欧州航路の文化誌

寄港地を読み解く

橋本順光／鈴木禎宏 編著

青弓社

欧州航路の文化誌——寄港地を読み解く／目次

第7章 和辻哲郎『風土』成立の時空と欧州航路
――歴史的偶然と地理的必然との交差において

カバー装画――日本郵船歴史博物館所蔵
装丁――斉藤よしのぶ

はじめに——もうひとつの海洋文学

橋本順光

ウミニオフネヲウカバシテ
イッテミタイナ、ヨソノクニ

「ウミハヒロイナ、大キイナ」で始まる一九四一年の歌「海」は、こんなふうに異国への誘いで締めくくられる。これは文部省唱歌「われは海の子」（一九一〇年）の延長にあるといっていいだろう。いずれも子供たちに海国日本という自覚を促し、海に未来と可能性があることを強調する。いみじくも「われは海の子」の最後の一節は、「いで大船を乗出して我は拾はん海の富。いで軍艦に乗組みて我は護らん海の国」である。船が貿易と軍事の要だったことがよくわかるというものだ。

ただし、「ウミニオフネヲウカバシテ」「ヨソノクニ」へ行くというのは、明治の日本にとって容易なことではなかった。海運振興の旗を振ってはみたものの、船も航路ももっぱらイギリスが市場を支配していて、参入はきわめて困難だったのである。たとえば横浜とイギリス領インドのボンベイ（現ムンバイ）を結ぶ航路は、日本郵船がイギリスの船会社と熾烈な価格競争を経ることで、一八九三年にようやく可能になった。外国航路の開拓と維持が政府の命令であり、多額の補助金が半官半民の日本郵船に投入されなければおよそ無理な話だった。横浜からロンドンまでを結んだ念願の欧州航路が開通したのは九六年のことだが、これは日本とイギリスの利害が一致し、両国の補助や援助という後ろ盾なくしては不可能だっただろう。ロシアの南下という脅威を共有し、日清戦争で日本が勝利し、近代化の基礎を喧伝できたことが幸いしたのである。ただ自前の欧州航路船は、イギリスから技術者を呼んだものの、竣工したのはそれから二年後の九八年までずれこむことになった。

まさに一八九〇年代から、海軍と商船を富国強兵の両輪として国民に宣伝する活動が本格化していく。九九年には、広く海運振興を目的とする帝国海事協会（現在の日本海事協会）が創設され、一九〇〇年には、一八八九年創立の大日本帝国水難救済会（現在の日本水難救済会）が機関誌「海」の発行を始めた。「海」の巻頭には有栖川宮威仁の写真を掲げているが、威仁はこの協会と救済会双方の総裁を務めていた。巻頭論文は、同じく両団体の理事だった海軍の肝付兼行が、「我が海国的価値を論じて国民の覚悟に及ぶ」と題して、海運の振興が不可欠であることを説いている。

ただ、もっともその任を果たしたのは、肝付の次に掲載された幸田露伴の「海と日本文学と」だった。露伴はここで、日本は四方を海に囲まれているにもかかわらず、海の文学がきわめて貧弱であることを指摘した。その理由として、平安以来、貴人たちが机上でいたずらに海の恐怖を書き付けたこと、さらに庶民が書き手となった江戸時代に海禁策がとられていたことを挙げた。そのため、「古来の小説少からずと雖、海員の生活、船の上の旅客の真情等を書き現わししものの如きは、幾干かあらんや」と、海と船がまともに日本文学で描かれなかった、というのである。一方で露伴は、『万葉集』を見ると海の歌が少なからずあり、海洋文学の貧困はあくまで歴史的な制約にすぎないとも付記している。こうして海運の発展とともに、今後は海洋文学が隆盛していくことを待望して、露伴は一文を締めくくる。

海中に国を成せる我邦人に吞海の気象無くんば、如何で世界に勇を称するを得ん。地理上の状態は千古渝らず、歴史上の状態は雲煙去来す。今や我邦は山間の狭き平地に安きを偸みしが如き昔時の愚をば復びせず、また国を鎖し海を封ぜし近古の陋をば復びせず、膽勇ある我邦人は島内にのみ安居するに堪えず、海に親むことは日に月に多く成りゆけり。海国の所産たるに相応する文学は蓋し今日以後に成らん。(1)

このような海洋文学再興の意識は、『いさなとり』（一八九二年）や翻訳『大氷海』（一八九三年）といった露伴個人の執筆活動の延長にほかならない。と同時に、「海国男子」を喧伝する国策と合致するため、「海と日本文学と」はきわめて好都合な宣伝材料ともなった。早くも翌一九〇一年には、旧制中学の最終年度である五年生を対象にした『中等国語読本』巻九（明治書院）に全文が掲載され、三八年頃まで定期的に採録された。そもそも明治書院刊行の『中等国語読本』は、海運と海防の必要性を説き、海外へと雄飛する姿を描く教材、つまり新たな海洋文学の試作、が落合直文が編集した一九〇一年版から繰り返し登場する。たとえばすでに〇一年初版の段階で、巻三に「独逸留学中の所感」、巻四に「船室の記」、巻五には「春の巴里」「スエス《(ママ)》開鑿始末」「ポートセッド《(ママ)》より友人に寄する書」とが登場していた。その後も〇四年刊では巻一に「観艦式」「初度の欧洲行」が、〇六年刊の巻九には「友人の洋行を送る」が収録されている。旧制中学には、ごく一握りしか進学できなかった頃のことである。進級後には、帝国大学なり海軍兵学校なりに進み、軍艦や商船で海外へと羽ばたくことが期待されたことがうかがえるだろう。二十世紀前半だけをざっとみても、「濠洲航路」「航海術の練習」（一九〇六年版巻四）、「セイロンの古都」（一九〇六年版巻六）、「わが国の海運」（一九一三年版巻六）と、海運に関する教材は枚挙にいとまがなく、どの学年も常にどこかで目にするという状態だった。セイロンの古都ことキャンディも、ポート・サイードから始まるスエズ運河も、パリやロンドンへ向かう欧州航路の船客が必ず寄港する土地である。海運を振興し、ゆくゆくは洋行の途に就くことが、暗黙の了解になっていたとさえいえるだろう。

実際、露伴の「海と日本文学と」に『中等国語読本』で触れたはずの一八八〇年代生まれの世代こそは、一九二〇年代から三〇年代にかけての客船黄金時代に、欧州航路をたどって洋行した人々の中核を占めている。一八八九年生まれの哲学者である和辻哲郎もその一人で、彼は一九二七年に洋行し、欧州航路で体験した航程（中国大陸、インド亜大陸、アラビア半島、地中海）の順に文明を分類した『風土――人間学的考察』（岩波書店、一九三五年）を刊行している。ベルリンに和辻を訪ね、一緒にローマも回った一八八八年生まれの詩人の川路柳虹は、洋行前の作ではあるが、「秋の断章」（一九二一年）の後半が、新時代の海の詩として一九三一年の『中等国語読本』巻六に採用されている。編集した金子元臣は、『中等国語読本――教授資料』（明治書院、一九三一年）のなかで、それとは言及しないものの露伴の「海と日本文学と」の主張をほぼそのまま繰り返し、『万葉集』以来途絶えた海洋文学をこうして作り出し、「大に海国日本の気を吐くのは、今日以後の国民の手に」託されていると発破をかけている。その柳虹の詩の冒頭が「はるかな人に手紙かく／船室《キャビン》の朝の卓のうえ」とあるのは、これまでの国語読本に異郷からの便りが多く掲載されたことと呼応しており、船旅での手紙が海洋文学を支えることを示唆するようである。実際、三〇年代になると尋常小学校にまで「欧洲航路」という、校長らしき洋行の客が小学生に宛てた手紙が教材として登場する。中心となった文部官僚の井上赳もまた一八八九年生まれであり、一九二五年の洋行を生かして、通称『サクラ読本』こと『国定第四期小学国語読本』のなかでその執筆と編集を担当したのだった。

むろん広々としたデッキで漫歩する船客ではなく、船底に押し込められた移民や労働者を描く文学なら、つとに名作が生み出されていた。たとえば、悲惨な船員の労働状況を告発して日本郵船を解雇された米窪太刀雄の『海のロマンス』（一九一四年）、それこそ露伴のいう「海員の生活」の「真情」を主軸とする葉山嘉樹の『海に生くる人々』（一九二六年）や小林多喜二の『蟹工船』（一九二九年）、そして船中の移民を描いた前田河廣一郎の『三等船客』（一九二二年）や石川達三の『蒼氓』（一九三五年）などである。しかし、これら富国強兵の暗部を描く小説は、当然ながら海洋文学とみなされることはなかった。かといって、露伴以降の作家が試行錯誤したにもかかわらず、一級の海洋文学が生まれたわけではない。一九一六年の段階でも、言語学者の新村出は「海洋文学の貧弱」を嘆きながら、「既に新海洋文学の端緒は現れて」おり、「将来この種の大詩人大文豪」(2)が出るだろうと、露伴そのままの掛け声を「日本文学の海洋趣味」（一九一六年）で繰り返している。こうした嘆息と希望が入り交じった観測は、依然として決定的な作品を言及できないまま、決まり文句のように青野季吉「海と古典の話」（「海運報国」一九四一年十一月号）や柳田泉『海洋文学と南進思想』（一九四二年）まで続いたのだった。

むろん、露伴の掛け声に応えるような小説は書かれていた。島崎藤村の『海へ』（一九一八年）は、まさに「船の上の旅客の真情」を描いた小説である。一九一三年、藤村は姪との愛人関係から逃げるようにしてフランス船エルネスト・シモン号に乗って渡仏し、一六年に、今度は日本郵船の熱田丸で、戦局悪化のためスエズ運河を通らず南アフリカ経由で帰国した。『海へ』では、あえてだろうフランスでの生活は描かれず（それは四年後に刊行された小説『エトランゼエ』に詳しい）、描写は、もっぱら前述の航海での船上の人間模様と寄港地にさかれている。『闇の奥』（一八九九年）でジュゼフ・コンラッドがテムズ河に大英帝国発展の歴史を凝縮してみせたように、藤村は隅田川の変化に日本の近代史を重ね、セーヌ河を眺めたときにも思い出したという隅田川の「懐裡《ふところ》」に帰るところで『海へ』を締めくくっている。『海へ』が海洋文学の試みであることは、藤村自身が認めるところだった。「「海へ」の後に」（一九三八年）という晩年に寄せた後記で、「万葉以後、海は次第に自分等の国の文学から離れるようになった」なか、「海を解放した[3]」明治時代、木曾の山中で抱いた海への憧れを描いたと藤村は記している。

ただ『海へ』にしても、日本における海洋文学の困難を象徴するかのように長大に書き継がれながら未完に終わった横光利一の『旅愁』（改造社、一九三七年）にしても、海への憧れや船上での生活が生彩ある筆致で描かれたとは言い難い。むしろ「ウミニオフネヲウカバシテ／イッテミタイナ、ヨソノクニ」にみられる船旅と異国への憧憬をかき立てたのは、『中等国語読本』で落合直文が記した「ポートセッドより友人に寄する書」のような旅行記だったのではないか。日本では二つの世界大戦の間に、洋行者が競うようにして旅の記録を続々と刊行したが、そこには憧れて旅行記を読んだ者が新たに旅行記を書くという好循環が見られる。見送ってくれた友人や家族に宛てた手紙も兼ねて、あるいは受け取った餞別や援助への報告書として、ほぼ初めてともいえる豪華な客船での船旅に胸を高鳴らせ、まるで航海日誌のように船上生活を事細かく書き記し、寄港地での見物も細大もらさず描き出そうとする。これらの旅行記こそ、日本の隠れた海洋文学といっていいだろう。

その幕開けは一九一九年、第一次世界大戦の講和条約が結ばれ、大戦景気と一等国入りの興奮がさめやらぬ頃である。以降、多くの洋行者が海を渡ったが、そんな洋行熱を率先したと思われる筆頭が、摂政時代の昭和天皇である。二一年、少なくとも近世以降の皇族では初めての外遊というふれこみで裕仁は、戦艦香取に乗って欧州に向かった。その様子は、逐一、日本で報道されただけではない。軍服ではなく洋服で船や異国でくつろぐという、ついぞ日本では見せたことがない写真を豊富に織り交ぜた溝口白羊『東宮御渡欧記』（日本評論社、一九二一年）や、二荒芳徳／澤田節蔵『皇太子殿下御外遊記』（大阪毎日新聞社、一九二四年）、さらには『少年少女の為めの東宮御外遊記』（冬夏社、一九二一年）まで、関連書や特集雑誌が多く刊行された。香港、シンガポール、コロンボを経て、スエズ運河から地中海入りというコースは、欧州へと船で渡る洋行客がみんな通る道であり、皇太子の外遊が洋行への親しみと憧れに拍車をかけたであろうことは想像に難くない。

この欧州航路の旅は、ユーラシア大陸の端から端までを同好の船客と談話しながら、およそ一カ月をかけて海沿いに進むゆえに、文明の歴史と日本も含めた東洋の未来とを否応にも考えさせることになる。寄港地は基本的にイギリス領であり、使われている言葉も英語で通貨もポンドである。イギリスの東洋進出と海上覇権の歴史が連想されるというものである。昭和天皇も、似たような実感を抱いたようだ。いよいよイギリス上陸を前にしたジブラルタルでのこと、イギリス人記者の取材に答えた談話が、一九二一年五月四日付の「デイリー・メール」紙に掲載されている。それによれば、道中、「寄港した港はすべて、事実上、英国領」であり、「大英帝国は日の沈まない帝国であることを改めて実感した」として、その「物の力だけでなく、徳の力」による統治を賛美しているのである。『昭和天皇実録』の第三巻（東京書籍、二〇一五年）によれば、誤伝を避けるため、会見の後に「英文の書付」が送られたという。文中には、その日本語原文が全文引用されているが、前述の談話にあたる記述は見当たらないため、おそらく非公式に話した内容が報道されてしまったのだろう。むろん日英同盟更新をめぐる時期であるためのリップサービスということは割り引かなければならないが、こうした感想は、欧州航路の船客が大なり小なり、書き記すところであった。そしてそれは、たとえば児島義人が『船の十日物語』で「アングロ・サクソン族の植民的才能」(4)と揶揄したように、容易に反感や義憤へと反転するものでもあったのだ。

むろんイギリス人が西から東へと向かう場合、印象が正反対となるのはいうまでもないだろう。キプリングがイギリス領ビルマの「マンダレイ」（一八九〇年）で詠んだ「スエズ以東」という語句は、「十戒がない」(5)東洋全体を指す慣用句となり、そこに点在する寄港地は、前哨地であるために併呑される不安と常に隣り合わせだった。昭和天皇のイギリス滞在時に伺候した外務官僚のアシュトン＝ガトキンは、駐日経験をもとに『キモノ』（一九二一年）という小説を変名で書いているが、それはエジプトを新婚旅行で訪れた夫婦が、さらに日本まで旅して東洋の暗黒を知って慄然とする物語だった。生まれてこのかた欧州で教育を受けてきた日本人女性がイギリス人貴族と結婚するものの、エジプトで内なる東洋に目覚めて結婚が不調に終わるというのは、日英同盟への批判と同時に、イギリスの植民地支配の限界と不安を示唆してもいるだろう。

欧州航路は、こうした東西がせめぎ合う闘争とつい結び付けられてしまうのだが、それとは異なる冷静な知見もまた、航路によって生み出されている。世界を周遊した仏教者の井上円了がその一人で、井上は『欧米各国政教日記』（哲学書院、一八八九年）で、半ば戯れに文明西漸説を主張した。つまり、最初は中国かインドで始まり、それがヨーロッパで開花し、さらに大西洋を渡ってアメリカへ移り、最終的に中心はまた中国かインドへと戻ってくるのではないかというのである。文明が東から西へと進み、ヨーロッパを終着点とみなすヘーゲルの歴史哲学的な見方なら、肯定するにせよ否定するにせよ、しばしば欧州航路の船客が残した紀行文にも見られる。欧州航路を往復すると、自然とこうした世界観や文明史観が育まれるものである。東洋の寄港地を経て欧州へ行けば、その美麗さに圧倒されるが、欧州滞在後に東洋を通過すると、列強の植民地支配が否応にも目につく。日本の軍事的ないし商業的な進出が、文明史的に必要かつ必然であるかのような言辞が書き込まれることにもなるのである。そうした東洋への帝国主義的な野心を見越すようにして、井上は、香港の印象が西洋を見る前と後とではおよそ正反対になることを同書で注記している。日本から初めて見ると、香港の西洋的な美観に感服するが、西洋を見てからでは、あらが目立ってくるというのである。文明の中心は東西のどちらに移るかを問題とせず、いずれ一周して循環するだろうという達観は、世界の見聞と仏教とが結び付いた井上ならではの言葉といえるだろう。

このように東西を往復する欧州航路の旅は、文明の攻防と興亡を船客に意識させるものだった。孤独や不安に悩まされず世界を見聞できる点で、多くの洋行客がシベリア鉄道よりも欧州航路船を好み、日本語が通じて日本人客が多い日本郵船をもっぱら選んだ。彼ら洋行の客が寄港地で垣間見た上海や香港は中国像の基盤となり、さらにはコロンボがインドの、アデンやカイロがアラビア世界のそれぞれ代表として認識されることになったのである。同じような旅程で寄港地を巡り、同じような観光地を見て回って旅行記を書き続けるうちに、踏み固められて道が生まれるようにメンタルマップこと心理的な世界像ができあがる。欧州航路は、まさに近代日本の世界観を形成したといえる。そしてそんな寄港地に偏りがちのメンタルマップを、気候によって大胆かつ明晰に描くことに成功したのが、和辻哲郎の『風土』にほかならない。

本書は、欧州航路によって生み出された膨大な旅行記を海洋文学として再評価し、航路が形成したメンタルマップを寄港地の順に取り上げ、同時に和辻の洋行と『風土』とを再評価しようとする試みである。そもそも王族を別にすれば、非西洋の中産階級の旅行客がこれだけ世界を行き来したのは、近代の歴史では初めての現象だった。そのことを如実に示す一節が、イギリスの文人サミュエル・ジョンソンが残した小説『ラセラス』（一七五九年）にみえる。ラセラスとはアビシニア（現在のエチオピア）の王子の名であり、彼はそれまで安穏と暮らしてきた幸福の谷ことハッピー・バレーを出て、世界を旅するのである。旅の前にラセラスは、以下のような嘆きを漏らす。

ヨーロッパ人はなぜあんなにも強大なのだろうか。彼等があんなにも簡単にアジアやアフリカを訪れて交易や征服ができるのに、なぜアジアやアフリカの人間はヨーロッパの海岸に乗りつけて港に植民地を作ったり、現地の王たちに法律を教えてやるということができないのだろうか。ヨーロッパ人を送り返す風は、私たちをヨーロッパへ送り届けることもできるはずではないのか。(6)

しかしラセラスは、結局、理想郷はどこにもないことを旅で悟り、再びハッピー・バレーに戻ることになる。このハッピー・バレーこそ、英語圏においていわば東洋的な桃源郷の代名詞となり、香港ほかイギリスの植民地でしばしば地名として名付けられた。だが、近代日本の洋行客はラセラスのように隠遁するよりも、ラセラスの疑問を解消することを選んだといえるだろう。エドワード・サイードは、オリエンタリズムが旅行記によって醸成され、牽引されたことを強調したが、欧州航路の船客による記録と航跡によって築き上げられた経済的で言語的な足場は、オクシデンタリズムともいうべき楔を寄港地に打ち込んだからである。

その点で日本郵船の船は、イギリスの前哨地ともいえる寄港地にあって、一種、移動する日本として基地のような存在となっていた。実際、日本郵船の客船は、戦時の際に輸送船となるだけではない。一九三〇年代になると、戦時には空母として買い上げられることを予定して丈夫で豪華な客船が建造された。日英同盟の破棄を決定したワシントン会議（一九二二年）では海軍軍縮条約も締結されたが、日本は三六年に脱退しており、翌年から優秀船建造の助成が始まる。関谷健哉が子供向けの啓蒙書『船』であからさまに述べるように、「戦時には軍用として大切な役目をはたすことのできる力を兼備しているものが真に優秀な船[7]」なのであり、そうして作られた新田丸、八幡丸、春日丸（小磯良平が三姉妹として描いた四〇年のポスターが知られる）は、みな空母に改造され、沈没している。

このような経緯を考えれば、多くの洋行客が、日本郵船の船やマストに掲げられた国旗を旅先で目にして安堵したと記していることには納得がいくだろう。一例をあげれば、のちに日本女子大の学長となる井上秀子は、『婦人の眼に映じたる世界の新潮流』で、ポート・サイードで熱田丸に乗り込み、「船長も日本人、ボーイも日本人、乗客の多くが又日本人」だったため、欧州旅行での「不断の緊張」がとけ「最早母国に帰ったと同様の寛いだ気持[8]」になったと記している。本書の序章「欧州航路の文学——船の自国化と紀行の自国語化」（橋本順光）にあるように、「船長も日本人」というのは長い道のりを経ての快挙だった。その半面、日本郵船の船がそれだけ日本になるということは、欧州でのたとえば女性優先の建前が本音に取って代わられてしまう可能性も意味していた。夫の赴任で渡欧した伴野徳子は、ナポリから白山丸に乗って帰国したが、夫が「船へ乗ればもう日本だ。これから働くのはお前さんだぞ、とばかりベッドの上にふんぞり返って、お殿様を決めこんでいる[9]」姿を描き、そこでもはや旅が終わったかのように、復路の寄港地については何も書かず筆をおいている。

　こんなふうに井上秀子と伴野徳子といったさほど知られていない旅行記であっても、両者を比較し、海運の歴史的な文脈を踏まえることで、露伴のいう「船の上の旅客の真情」が浮かび上がってくる。船中で同行した船客の人間模様だけではない。寄港地もまた、通りすがりの見物人だからこそ記録した日常風景が切り取られていて、たとえ個々の記述は断片的であっても、当地の歴史や社会を念頭において膨大な旅行記から選び取ることで、一方的な観察にとどまらない双方向の変化を描き出すことが可能になる。実際、寄港地のなかには、日本人社会が形成されているだけでなく、ほぼ日本人客に特化した商人まで生まれていたのだが、これらイギリス領における共生関係は、これまでほとんど研究されてこなかった。たとえば藤村の『海へ』のコロンボでの記述で「宝石売の土人が煩くて、私は自分の船室に隠れた」とあるのは、おそらくハシーム商会のことだろう。明治の元勲や軍人たちの名刺の束を持ち歩き、流暢な日本語で宝石を勧めたハシーム商会は戦後も健在で、たとえば一九六五年九月号の「文藝春秋」には「コロンボのホテルに宿泊した邦人で、かなり達者な日本語を喋る宝石商の訪問をうけなかった人はあるまい[10]」と、「セイロンの宝石商」なる東京銀行のコラム広告で紹介されているほどである。同じようにしてスエズには、船が運河を通り抜ける間に、船客をカイロやピラミッド観光に連れて行く南部商会があった。作家の阿部次郎が「ポート・サイドの南部商会に何かの世話にならずに、其処を通過した郵船の船客は少いであろう[11]」と述べたように、欧州航路の紀行文では必ずといっていいほど登場し、当地の観光と表象に多大な影響を与えたにもかかわらず、ハシームや南部の生涯を調べようとする試みはなかったのである。

　近年、イラクやシリアで破壊された遺跡について、考古学者が写真の提供を呼びかけ、それらをかき集めることで立体的に復元する試みが報じられた。本書も同様の方法をとっているといえるだろう。あるいは文献学でいう逸文と輯佚《しゅういつ》に比較できるかもしれない。もはや失われてしまった文献が、ほかの書物に引用されることで残っていることがある。それを逸文といい、それらを集めて復元する試みを輯佚という。スナップ写真はしばしば意想外のものを写し込むが、それらを集積することで、失われた足跡が思いもかけず浮かび上がり、復元することが可能になる。本書の執筆者も、考古学者のように担当する地域と事項の専門的な知見を生かして、欧州航路に関する膨大な記録と旅行記から、洋行や寄港地など関連する個所を収集し、それらを適宜、和辻の『風土』と対比しながら、近代日本のメンタルマップとその形成過程を探ろうと試みるものである。

以下、簡単に本書の構成を説明しておこう。

序章「欧州航路の文学」（橋本）では、欧州航路の成立とその紀行文が生まれた背景を説明している。イギリス領の寄港地に居候するようなかたちで出発した日本郵船の欧州航路は、増加する洋行客、そして日本語による旅行記の出版と実は重なり合う現象だった。

第1章「欧州航路の起点と原点――横浜と富士山」（鈴木禎宏）は、欧州航路の出発点である横浜を扱う。たとえば横浜出身でフランスにも長く滞在した獅子文六は、東京の丸の内が一丁ロンドンとすれば、横浜の旧居留地はすべてがロンドンだったと回顧しながら、「もっとも今から考えると、精々、コロンボあたりの植民地風景に過ぎなかった」[12]と「横浜今昔」で注記している。欧州航路で寄港地を見ることで、横浜の、ひいては日本の地政学的な意味と意義が再発見されたことはもっと目が向けられてしかるべきだろう。なお、日本の租界があった上海、そして香港については、その中国像は欧州航路だけで形成されるものではなく、複雑で複合的な往還あってのものであるため、本書の企図からはずれることからやむなく割愛した。

最初の寄港地として第2章（「シンガポール」西原大輔）がシンガポールから始まるのは、欧州航路が、実質、ここから始まるためである。上海やシンガポールには相当な日本人社会があり、横浜や神戸までの間で往復する船客は多かった。したがって、シンガポールで下りなかった客は、おおむねそのまま欧州まで同行することになる。逆に、復路の船客からすれば、藤村の『海へ』で日本郵船のボーイが口にするように、「新嘉坡まで行けば、もう日本へ帰ったも同じようなもの」[13]と一安心できる場所でもあった。一方、イギリスにとってシンガポールは、日本との同盟破棄後、要塞化を進めており、イギリス領インド以東ににらみをきかせる要衝の地として、まさに東西が拮抗する十字路となっていたのである。

第3章「日本人が見た／見なかったペナン――和辻哲郎『故国の妻へ』『風土』を中心に」（大東和重）のペナンもまた、インドや中国、そして欧州の要素がマレーの土地で絶妙な均衡を保って共存する街である。しばしばその重要性は、洋行の客からも見過ごされがちなところではあったが、和辻は慧眼にも『風土』につながるヒントを見抜いていた。

第4章「インドの代名詞コロンボ――デッキパセンジャーとハシーム商会」（橋本）のコロンボと第5章「スエズの商人・南部憲一」（山中由里子）のスエズでは、前述の日本人客を対象にした商人が中心となる。コロンボのハシーム商会と、スエズの南部商会は、寄港地でのあわただしい滞在の間、洋行客の観光案内を請け負いながら、土産物を商った。二つの章は、ともに遺族のご協力を得て旅行記の記録と照合することで、これまで等閑視されてきた活動と生涯を発掘している。前記の獅子文六は「初の船旅」（一九六三年）でハシームとおぼしきコロンボの宝石商を描いているが、ほかにもコロンボやスエズでの彼らの活動が、多くの作家や文人に描かれたことが明らかにもなるだろう。コロンボはまたシンガポールやペナンから乗り込むインド系のデッキパセンジャー（船の甲板《デッキ》で寝泊まりするためこう呼ばれる）が下りていく場所でもあり、その姿とコロンボでの観光はインドを象徴する風景として認識されていた。スエズでのピラミッドとカイロ見物が、アラビア世界と砂漠の雛型とみなされていたこともいうまでもないだろう。和辻は、ハシームにも南部にも言及はしていないが、おそらくその案内を受けて観光しており、それが『風土』の考察につながることになる。

第6章「日本人のマルセイユ体験――幕末遣欧使節団から和辻哲郎まで」（児島由理）と最後の第7章「和辻哲郎『風土』成立の時空と欧州航路――歴史的偶然と地理的必然との交差において」（稲賀繁美）は、欧州航路の最初の到着地であるマルセーユを取り上げ、そこから欧州に学んだ洋行者の系譜のなかで、和辻を位置づける。マルセーユは、欧州航路を旅してきた洋行客が、緊張と期待をもって上陸する記念すべき土地であり、それゆえにその土地は過剰にヨーロッパ的なものとして読み込まれ、書き記されてきた。当然ながら、欧州に長く滞在した帰路の客は、当初の印象とはおよそ異なって見えることに苦笑しながら、自身のヨーロッパ体験の深化に感慨を抱くことになる。それは和辻もまた例外ではなかった。ただ、和辻の留学は、たしかにヨーロッパを周遊し、とりわけイタリアでは精力的に教会や美術館を見学してはいるが、交遊は、こと書簡を見るかぎり日本人ばかりであり、現地の研究者と親しく交わった様子はみられない。これは同世代の九鬼周三や矢代幸雄と著しい対照をなしていて、同時に、和辻の著作とときにすれ違い、交錯していたことが判明する。

このように本書では、欧州航路によって生まれた旅行記を海洋文学として再評価し、それらの世界観ことメンタルマップについて、航路によって規定されていた経緯と限界とを、和辻の『風土』を補助線とすることで解き明かそうとするものである。むろん、残された課題はまだ多い。旅行記は対象となる地域の研究を参照し、比較することによってこそしかるべき分析が可能となるはずだが、その作業は、資料の制約などで困難を伴うからである。とはいえ、一九二〇年代から三〇年代には膨大な旅行記が各国で刊行されていながら、それらはほぼ閑却されたままに等しい状態にあり、それらをつなぎ合わせることで意外な交流と交錯が発掘できる可能性は、まだまだ残されている。本書によって少しでも多くの人々と「イッテミタイナヨソノクニ」にも似た未知の発見とその興奮を共有でき、今後の研究の進展に貢献できたとすれば、編者としてこれに過ぎる喜びはない。

注

(1) 幸田露伴「海と日本文学と」(一九〇〇年)、『露伴全集』第二十四巻、岩波書店、三六五ページ
(2) 新村出「日本文学の海洋趣味」(一九一六年)、『新村出全集』第五巻、筑摩書房、一九七一年、三一七ページ
(3) 島崎藤村「「海へ」の後に」(一九三八年)、『藤村全集』第八巻、筑摩書房、一九六七年、五四一ページ
(4) 児島義人『船の十日物語』イデア書院、一九二七年、二九六ページ
(5) Rudyard Kipling, Mandalay (1890), *Stories and Poems*, (Everyman's Library), Dent, 1970, p.196.
(6) Samuel Johnson, *The History of Rasselas, Prince of Abissinia*, Oxford University Press (Oxford World's Classics),

2009, p.30.

（7）関谷健哉『船』（僕らの科学文庫）、誠文堂新光社、一九四一年、三一七ページ。以下、日本郵船の船の詳細については『七つの海で一世紀――日本郵船創業１００周年記念船舶写真集』（日本郵船、一九八五年）を参照した。

（8）井上秀子『婦人の眼に映じたる世界の新潮流』実業之日本社、一九二三年、三五三ページ

（9）伴野徳子『倫敦の家』羽田書店、三三九―三四〇ページ

（10）「文藝春秋」一九六五年九月号、文藝春秋、三七二ページ向かい（ページ数記載なし）

（11）阿部次郎「埃及訪古記」『秋窓記』一九三七年、岩波書店、一九六ページ

（12）獅子文六「横浜今昔」（一九六二年）、『獅子文六全集』第十五巻、朝日新聞社、一九六八年、一七八ページ

（13）島崎藤村「海へ」（一九一八年）、『島崎藤村全集』第八巻、筑摩書房、一一七ページ

序章

欧州航路の文学——船の自国化と紀行の自国語化

橋本順光

はじめに——欧州航路という修学旅行

およそ戦前まで、洋行は大人の修学旅行であった。ヨーロッパを見てきただけでなく、そこで後ろ指さされずに振る舞える語学力、西洋の制度を理解し、文化をたしなむだけの素養。洋行者は教養人であることが前提とされ、あるいは旅のなかでそうした教養を身につけたとさえ思われていた。帰朝者に対してときに皮肉を込めて使われた「洋行帰り」は、ヨーロッパへの往復旅行が、それだけで免状のように機能した時代の産物と言える。実際、滞在する時間の長さと場所の多さからいって、洋行は単なる欧州旅行ではなかった。船と鉄道が主流の時代、多くの場合、一生に一度の経験だからと精力的に各地を回るため、たとえ漫遊旅行や視察のためであっても、期間は最低でも数カ月、ときに数年に及ぶことも珍しくなかった。そもそも、船で欧州に行くだけでおよそ一カ月かかった時代である。欧州航路でアジアを経てヨーロッパへ行き、各国を周遊した後、帰りは大西洋を横切ってアメリカを訪問し、太平洋を横断して帰国するということもあったので、洋行はしばしば世界一周旅行となった。

そのように世界を漫遊できる理由もあって、ひたすらロシアの原野を横断するシベリア鉄道よりも、船のほうが人気があった。日本人客の場合、日本語が通じて費用も安い日本郵船の欧州航路を利用するのが定番だった。

一八九〇年代から一九五〇年代まで、船はおおむね以下のようなコースをたどった。船は横浜から出発し、神戸に停泊する。その間、外国人客の場合は、しばしば京都か奈良を訪れる。当然、日本人客の多くは、直接、神戸から乗船することになる。その後、日本を離れた船は上海、香港と中国大陸を南下して、シンガポールへ至る。ここから暑く長い船旅が続く。風が強いインド洋を突っ切って現スリランカのコロンボまで行く。そこには日本人船客専用のハシーム商会があり、そこで名産の宝石を買うか、古都のキャンディまで日帰りの旅に出かける。船はさらに灼熱のアラビア半島へ向けてインド洋を抜け、現イエメンのアデンを経由し、紅海を航行した後、エジプトのスエズに到着する。そうして船がゆっくりとスエズ運河を通過する間、船客の多くは、これまた日本人客を対象にした南部商会に依頼してカイロまで観光に出かけ、運河を通り抜けた船にポート・サイードで飛び乗る。こうして地中海を航行し、最初の欧州の港であるマルセーユの土を踏むのである。船はさらにジブラルタルを経てロンドンへ向かうのだが、パリやベルリンなどを周遊する客はほとんどマルセーユで下りてしまう。そこからヨーロッパを回った後、ドーヴァー海峡を横切ってイギリスに渡り、ロンドンから日本郵船の船に乗って帰国するわけである。

むろん限られた世界ではある。しかし、中国大陸、南洋、インド、アラビア、そしてヨーロッパを効率よく見て回られる欧州航路は、地理や世界史を実感できる点で、まさに修学旅行として機能した。日本・イギリス・フランスなど列強が割拠する上海を別にすれば、すべての寄港地は当時、イギリス領であり、抑圧だけでは説明できない巧みな植民地支配と英語の隆盛について、乗客は西に進むにつれて否応もなく痛感させられることになる。動くホテルでもあった客船での体験も見逃せない。とりわけ一等船客は夕食に際してドレスコードがあり、洋装や洋食を受け入れざるをえず、振る舞い方もおのずと学習することになる。閉ざされた空間で目的をほぼ同じくする旅行客と起居を繰り返し、ときおり寄港地で植民地を探訪するのはたしかに漫遊の楽しさがあっただろうが、それは期せずして、これから向かうヨーロッパへの順応を訓練する期間ともなっていた。いわば辺境から、中継する町の賑わいにまごつき驚きながら、ヨーロッパへの上京を果たしたとも言えるだろう。本書は、そんな欧州航路をたどった日本人船客が、何を見て、何を書いたのかと同時に、何を見せられて、どう見られていたのかをも浮かび上がらせようとするものである。世界を見ていたはずの洋行客は、同時に、欧州航路によって切り取られた世界を見せられていた。洋行の知られざる副産物は、洋行によって欧州以外の地域が印象づけられることであり、上海と香港が中国の、コロンボがインドの、いわば代理として機能し、一定の世界観を形成したことである。自明のように思えるが、欧州航路の自国化と、その紀行を自国語で蓄積し上書きしていった欧州航路の文学とは、密接に結び付いていた(1)。では、その欧州航路の文学によってどのような世界観が共有されたのか。本書は、各章で寄港地順にその過程を探り、一つの完成形とも言える『風土』を執筆した和辻哲郎の意義を考察するものである。

1 欧州航路前史——イギリス東洋航路の逆転と領土化

欧州航路は、端的にいってイギリスの東洋航路を逆転させたものである。東洋の植民地化に欠かせない商船と軍艦の基地となる寄港地を、イギリスは東へ東へと開拓していき、そのいわば終着点が日本だった。そこからどのようにして日本郵船は欧州航路を成立させることができたのか、そして欧州航路の文学はどのように形成され、和辻の『風土』はどのように位置づけられるのか。航路の文化的な重要性に留意しながら、以下、概観してみよう。

開国前後、多くの日本人が欧州へ向かったが、寄港地へ停泊していく旅の途上、つまりヨーロッパの工場や都市を目にするよりも前に、その強大な力に圧倒されることがしばしばだった。それを意図的に日本人船客に見せつけた最初の一人が、イギリス公使ラザフォード・オールコックである。一八六二年、彼は日本側通訳の森山多吉郎(栄之助)に対し「最初にホンコン、それからシンガポール、ペナン、ポイント・ド・ガール〔現コロンボ・

引用者注〕、アデン、そしてマルタと続いていく此の港町は、我が国の植民地をつなぐ鎖であり、こうして私たちは地球をぐるりと取り囲んでいるのだ(2)」と、イギリスの東洋航路を誇示し、その延長に日本があることを示唆された森山はすっかり萎縮してしまう（図1参照）。地中海のマルタ上陸を前にして、すでにイギリス領の要衝の地を次々に見せられ、商業と軍事の絶大な力を見せつけられていた森山にとってそれは当然の反応だったろう。オールコック自身、著書の『大君の都』（一八六三年）で誇らしげに記すところから考えて、くすぶる攘夷など開国の抵抗も、使節が船で世界を見聞するうちに自然と消滅することを示唆したのかもしれない。

図1　パトリック・フォードの『大英帝国の犯罪歴』（1915年）の扉絵にある「蛇の道」のように世界を取り巻くイギリスの航路と植民地。蛇の頭は、イギリスの象徴であるライオン。地図でイギリス領は赤く塗られたことから、イギリス領だけを経由した世界一周航路をオール・レッド・ルートというが、それを風刺したもの。著者はアイルランド系アメリカ人ジャーナリスト

実際、森山と同じ感想を抱き、攘夷が不可能であることを悟ったのが、イギリスへ密航後の一八六四年、下関戦争回避のためオールコックに面会した伊藤博文や井上馨である。その一年前の六三年、二人はイギリスの商業的な植民地化を支えたジャーディン・マセソン商会の船で、船客ではなく船乗りとして苦労を分かち合いながらイギリスへ渡る。攘夷のつもりがすっかり変心してしまったとは、二人とも後年に語るところだが、もっと率直な言葉でイギリスのジャーナリストに語った記録が残っている。ちょうど井上が外務大臣で条約改正にあたっていた頃の八四年、ヘンリー・ウィリアム・ルーシーの取材に応じて、テムズ河にさしかかる頃にはすっかり国力の差を思い知らされていたと『西回りで東洋へ(3)』で述べたのである。もちろん、欧化政策の一環として、いかに旧来の攘夷が遠い昔のことであるかという宣伝とは思われるが、井上の偽らざる実感でもあったことだろう。事

実、同時代の幕臣でも似たような感慨を記している例は多い。たとえば、六六年、中村正直とともにイギリス留学生の監督を命じられた川路太郎こと寛堂は、海洋の要所を確保するイギリスの深謀遠慮を、東洋の船旅で思い知る。息子の柳虹が『黒船記』で引用する日録によれば、船がアデンをすぎ、紅海の入り口の海峡にさしかかった頃、そこの「ペェリュム島」(現イエメンのペリム島)は、「周囲僅か二三丁の小島なれども実に紅海の咽喉たる要地」であるため、イギリスはそこを領土にするだけで「紅海中に号令」が可能なことに寛堂は気づく。そして「方今英吉利の盛大を目撃して実に驚くばかりなり」と感心すると同時に、日本を出てからの停泊地がみな英領であり、「東方の諸国唇亡の勢ただ嘆息するのみ」(4)として故国の命運を憂い、海軍の必要性を特記するのである。また川路とパリで面会した渋沢栄一は、六七年、徳川昭武のパリ万国博覧会出席に随行して洋行したが、フランス船から英領の寄港地を目にして、同様にイギリスの要を得た海洋制覇に舌を巻いている。『渋沢栄一滞仏日記』に収録された当時の「航西日記」をみれば、早くも香港で渋沢は、「運輸自在ならしめ利柄を掌握し通塞を専断」するゆえ、イギリスが「東洋貨力の権を執る」(5)のだと的確に見抜いていたことがわかる。川路も渋沢も、紅海から地中海まで陸路で移動し、六九年に開通するスエズ運河の工事を間近に眺めていて、そのことも国力と海運の圧倒的な落差を認識させたのであった。(6)

たしかに東進してきた帝国主義と植民地化の歴史を遡航するようにして西回りで東洋の港に寄港していけば、否応にも帝都の膂力を認めざるをえないだろう。しかし、逆に東回りだと認識が異なってくる。世界中を旅して回ったイザベラ・バードは、東回りで南洋や東洋を巡ってから日本を訪れるのと、西回りでカリフォルニアからいきなり日本を見物するのとでは、およそ日本の印象が変わってくると『日本奥地紀行』(一八八〇年)の冒頭で注意を促した。同じことが洋行についても言えるだろう。太平洋を横断してアメリカを視察し、それからヨーロッパを回って日本に帰国したいわゆる岩倉使節団(一八七一—七三年)の記録に興味深い観察がみられる。『米欧回覧実記』の一八七三年八月十五日の項、マラッカ海峡を通過するぐらいの頃、「馬児塞ヨリ郵船ニ上レハ、一船ミナ白皙赤髯ノ航客ナレトモ、(略)挙動麁忽ニテ、言語人ヲ侮慢シ、高笑ヲ発シ(略)是ミナ本国ニアリテ、小人ノ行ニシテ恥ル所タリ」とある。欧州の帝都をいくつも巡った後だけに、マルセーユから乗ってきたヨーロッパ人の粗暴が目立ち、「東南洋ニ生産ヲ求メルモノハ、大抵文明国ヨリ棄テラレタル民ナリ」(7)と、いわばヨーロッパで食い詰めた徒輩がはけ口として東洋へ捨てられてくると結論づけたのである。と同時に、まだ外交の日が浅い日本への警告も忘れてはいない。「欧州ノ情実」をよく知らないからといって、こうした無頼の徒を見てヨーロッパ文明そのものを軽侮するのは危険で、日本の旅客も他山の石としなければならないと付け加えているからだ。記したのは久米邦武だが、こうした冷静な観察は、一度東回りで大英帝国に圧倒された後、再び使節団に同行した川路寛堂のような存在も手伝っていたのではないか。いずれにせよ、西洋文明に敬意を抱きながらも、横暴な植民者にまで萎縮する必要はないという態度は、岩倉使節団だけでなく日本の近代化にとって視察最大の成果といっても過言ではないだろう。

事実、以降の日本政府はイギリス・アメリカが独占する東洋航路に参入すべく、資金を含めた補助を展開していく。早くも使節団の帰国から二年後の一八七五年、日本初の定期外国航路である上海航路が三菱商会によって開設された。この頃の船はほとんどがイギリスからの購入だが、それを日本政府の後押しと補助金をもとに運航して価格競争を展開したのである。その後、三菱商会は改名と合併を経た後、国策として海運を進展する必要を訴えた渋沢栄一の尽力もあって、八五年に半官半民の日本郵船会社が設立される。ただし、八六年、日本人乗組員を見殺しにしたノルマントン号のイギリス人船長の処罰をめぐって治外法権が問題となったように、自社の航路であっても船内はいわば居留地状態のままだった。つまり、船長はイギリス人はじめいわゆる西洋人でなければならず、高級船員もまた日本の船員は認められていなかったのである。なお上海航路にはイギリスに注文した最新の客船が投入されたが、その一つ、八八年に完成した西京丸に乗船したラフカディオ・ハーンは、九二年八月六日付の書簡で、日本の定番ガイドブックを刊行していたメイソンに宛てて、これこそ「日本の近代化」の象徴と、うんざりした調子で記している。旧時代の日本を求めて隠岐旅行に出かけたハーンは、予定していた鉄道が洪水のため不通となり、神戸から門司まで最新鋭の客船に乗るはめになったのである。(8)

翌一八九三年、上海航路に続いて、ボンベイ航路が開設される。インド亜大陸はイギリスの領土であり、航路は、日本郵船同様に政府から補助金を受けていたP&O社の独占だったが、ねばり強い交渉と激烈な価格競争を経て、ボンベイ航路は軌道に乗る。ここでも奔走したのは渋沢栄一であり、そのことは来日したインドの財界人J・N・タタとの出会いも含めて、彼自身『渋沢栄一自叙伝』（渋沢翁頌徳会、一九三八年）で語り、幸田露伴が『渋沢栄一伝』（岩波書店、一九三九年）で活写するとおりである。旅行と交易の対象だった日本が、上海やボンベイに航路を開拓して独自に交易を始める近代国家へと変化した点で、これは大きな転換点だった。弾みをつけるようにして、一年後の九四年七月には、日英通商航海条約が締結される。これこそ不平等条約の交渉で最初に成功した改正条約であり、締結からわずか二週間あまりで日清戦争が始まる。日清戦争の勝利が、イギリスから購入した軍艦と客船、そしてその兵站を背景にしていたことはいうまでもないだろう。ハーンが特記した上海航路の西京丸も、日清戦争では大砲を装備して海軍に徴用された。ハーンも、こうした変化を踏まえ、「日本郵船は日清戦争の間に、世界有数の船舶会社に成長し、インドや中国とも直接、交易を始めた」と記し、シンガポールや香港の延長にある日本の外国人居留地は、いつか消滅するだろうと、『心』のなかの「趨勢一瞥」[9]で予言した。欧州航路が開通したのは、くしくもその年のことだった。

2 欧州航路の発展——自国化と自国語化

一八九六年三月十五日、日清戦争直前にイギリスから購入した土佐丸が横浜を出航し、欧州航路が開通する。日本郵船設立に際して三菱は手を引き、三井が中心となっていたが、それだけに海運の先駆者として三菱商会の岩崎弥太郎に敬意を表し、その出身地である土佐にちなんでの命名であった。三月十九日、寄港した神戸市での祝宴で「祝土佐丸之欧洲初航海」として新作手踊りの「貿易繁昌愉快ぶし」が披露された。「実《げ》に日の本の誉なり」が冒頭で繰り返され、「商戦軍の先発隊／追々商品おし出して／其貿易の勇々しさを／眼に見る事の嬉しさよ」という一節からも、日本が欧米列強に伍していくための橋頭堡として位置づけようとしていたことがよくわかる。ただし、J・B・マクミラン船長以下、高級船員はみんな外国人であり、船内は、事実上、治外法権である居留地の延長だったことに変わりはない。したがって政府が今後も多額の補助金を出してまで欧州航路を維持していくべきかどうか議論があり、そのためだろう、「貿易繁昌愉快ぶし」は、ことさらに国益と国威発揚を喧伝している。

実際、日本郵船は、国からの補助金を見越して、見切り発車するように土佐丸を出航させ、欧州航路用の新造船もすでに六隻を発注していた。造船と航海についてそれぞれ奨励法が発布されたのは、土佐丸の初出航から八日後の三月二十三日のことである。新造船は五隻がイギリスに、一隻は三菱長崎造船所に発注された。三菱商会出身で三菱長崎造船所の所長だった荘田平五郎は、日本郵船の社外取締役でもあったのでその希望というが、これまで建造してきた規模の四倍近い六千トン級の建造は無謀にも等しかった。[10]それが決定に至ったのは、渋沢の後押しがあったからとは、宿利重一の『荘田平五郎』（対胸舎、一九三二年）が伝えるところである。造船にあたっては、イギリスのランカシャー州にあるバロー・イン・ファーネス造船所（後のヴィッカース社）からジェームズ・クラークを招き、一八九七年には進水予定にまで至るが、長崎造船所の顧問でもあったロバートソンが、ロイド船級協会検査員として確認した際に、リベットに緩みがあることを指摘する。その後、すべてのリベットを打ち直したものの、ロバートソンは承認せず、ついには会社が彼を忌避するほどこじれてしまう。結局、ロイドから別の検査員が派遣されることで、九八年、ようやく常陸丸は船級協会に登録され、日本郵船に引き渡された。『岩崎彌之助伝』は、これをひとえに「ロイド検査員の妨害」とし、竣工の遅延による賠償金および新船の竣工計画の頓挫など多大な損失をもたらしたものの、「我国の造船工業が、外国人の支配から脱して、独立を達成した勝利[11]」だったことを強調する。イギリスには軍艦を含めて造船の発注は続いたので、そこまで単純化できないにしても、以降、欧州航路船の造船は軌道に乗り、一九〇四年から始まる日露戦争を経て、日本の海運は大

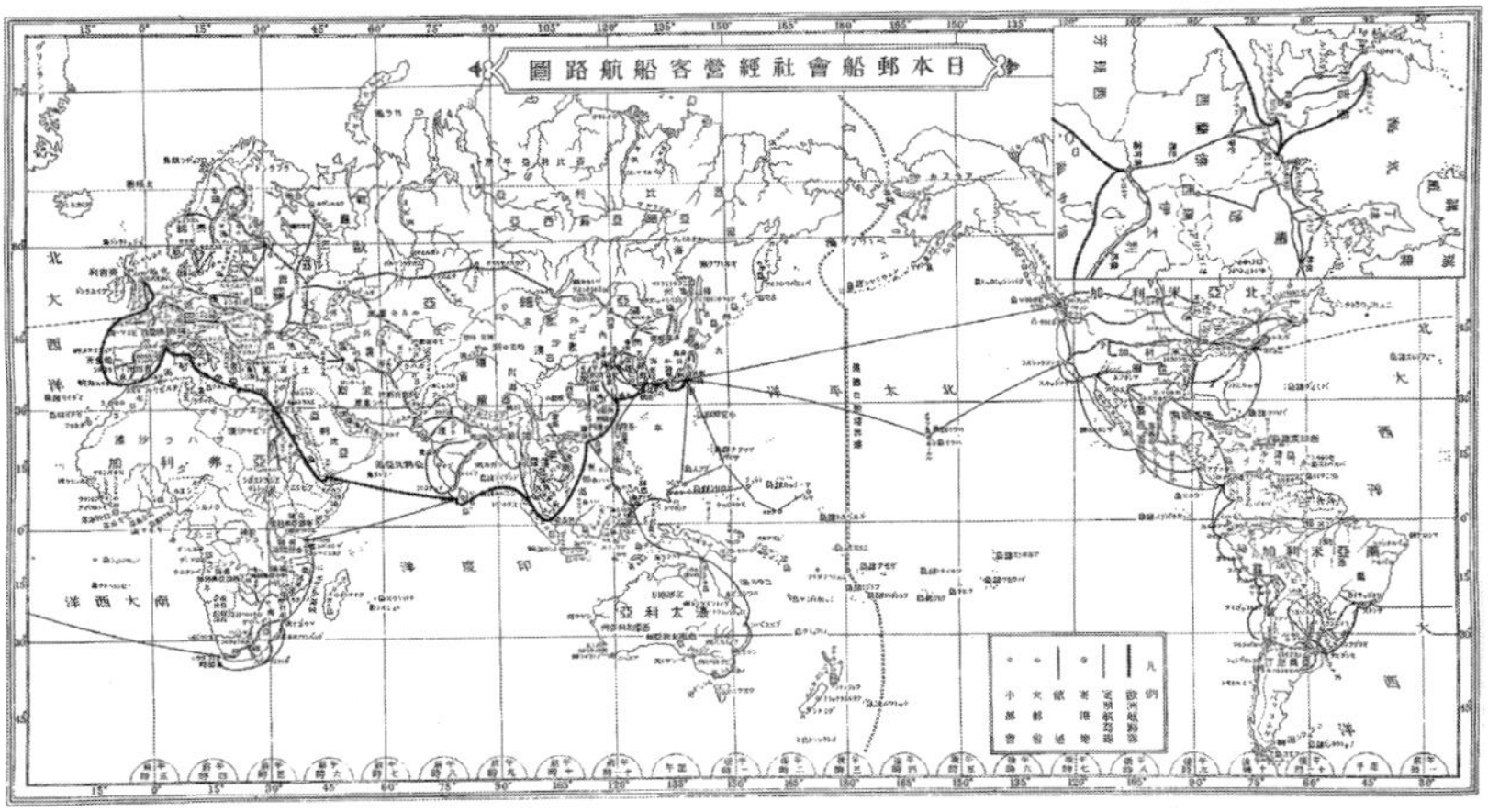

図2　最盛期の日本郵船の客船航路図。フォードがいう「蛇の道」をほぼすべて上書きしたことがわかる。同社発行の『渡欧案内』（1931年）所収

きく飛躍することになる（図2参照）。

その端的な変化は、高級船員さらには船長の自国化である。明治日本の外国貿易は、外国の貿易商がその八割以上を独占していたが、その一因には、常陸丸の一件も示唆するように日本の海運の信用が低かったことが挙げられる。たとえば三井物産船舶部の社長でもあった益田孝は、「西洋人は西洋人が船長をしている船でないと乗らなかったし〔保険会社の‥引用者注〕ロイズは日本の海技免状を認めず、日本人が高級船員の大部分を占める船については保険を拒否した」[12]と不満を述べたという。そうした事態を変えるため三井物産船舶部は、高級船員の自国化を積極的に推進した。日清戦争で、軍の機密を保持するためと、船体保険が政府負担となったのを契機として、御用船で日本人船長と機関長が多く採用されたことも、変化に拍車をかける。さらに日露戦争で、欧州航路から御用船として使用された土佐丸の船長に村井保が就任するなど、以降、御用船の船長として多くの日本人が登用されることになった。こうして内外に外国人船長となんら遜色ない技量を示すことで、海軍と保険業界の認識を変えることになり、ついに一九〇六年、日本郵船の欧州航路で初めての日本人船長となる村井保が博多丸に乗船した。社長の近藤廉平は、悲願達成に際してシャンペンを抜き、「こんな嬉しいこ

とはない。早く日本人船長にしたかったが時至らなかった」と就航にあたって挨拶し、同じ〇六年、ロイズ保険協会は、日本人が船長である船の保険にも、もはや割増料金を要求しなくなったという。こうして外国人船長は、ちょうどお雇い外国人よろしく日本人船長によって置き換えられ、第一次世界大戦の講和条約から一年後の二〇年、日本郵船の全船長と高級船員が自国化をとげる。[13]

今日でも航空会社と飛行機はしばしばその国の延長となるように、船は国土や帝国の一部とみなされていたので、この自国化はきわめて重要な事象であった。たとえば、一八九一年、日本訪問後、イギリスに戻った作家のエドウィン・アーノルドは、コロンボで「いわゆる大英帝国の非公式艦隊」であるP&Oの船に乗り込んだ途端、「もう半ば故国に着いたような気になった」[14]と安堵したという。日本人客にすればそれは船内が居留地のようだったというわけだ。それに比べて日本人船員がとり仕切り、日本の乗客が多数である乗り物で外国に行くのは何と気楽なことだろうとあけすけに記した一人が、俳人の河東碧梧桐である。その『支那に遊びて』（一九一九年）で河東は、快適な日本郵船での船内生活と、はるか昔、外国船に乗ったときの気苦労を対比する。たとえ南洋の太陽の下でも部屋におとなしく引っ込んでいなければならず、「食事の時の服装儀礼」にも「甲板の往来」にも「針の山を踏む戦々恐々」とした態度で臨まなければならなかったというのである。ところが、大戦でヨーロッパの船が引き揚げたために東洋航路はほとんど日本の独占となった。隅で小さくダンスをする「惨めな」「外人客」の苦痛は、「五十年来我等の嘗めて来た苦痛の報酬」ではないかと、この「今日の航海の快味」を「海上の報復」[15]とまで記すのである。事実、日露戦争このかた「一等国」として認知されたという意識は、船員から乗客まで厳格な上下制度が貫かれた船のなかで、成り上がりにありがちなさざ波を幾度となく起こすことになる。例は二つだけで足りるだろう。一九〇六年一月、日露戦争に際して欧州で広報活動に従事した末松謙澄は、ドイツ船で帰国の途上、食堂で最下等のテーブルにしか案内されないとポート・サイードから英文で投書し、同十六日付で「タイムズ」紙に掲載された後、相手の船会社と論争を引き起こした。一等船客にもかかわらず、日本人ゆえにしかるべきサービスがなかったというのである。この意識が、戦間期になると乗客一般にまで広がったようだ。日本郵船の最下等ともいうべき甲板で寝泊まりするデッキパセンジャーとして乗船した金子光晴は、「一等国の国民がヒンズーといっしょにデッキで旅をするなんて非常識よりも国辱です[16]」とたしなめられたと、「貝やぐらの街」で回顧している。欧米社会の延長だった船内でしかるべき承認を求める時代から、日本郵船が日本社会の対外的な延長として当然視されるようになった時代の推移が、如実に読み取れるだろう。

それはまた欧州航路での旅が気楽な漫遊となり、寄港地がいわば宿場町か歌枕のように日本語で上書きされ領土化されるということでもある。たとえば桜井鷗村は『欧洲見物』で、西洋人の日本見聞記と同じように、「日本の洋行者は、もっとドシドシ西洋見聞記を書いても宜い筈であるのに、兎角遠慮に過ぎている[17]」と苦言を呈した。桜井は、大隈重信編『開国五十年史』(開国五十年史発行所、一九〇八年)英語版の出版交渉のために渡英し、それを成功させただけに、潮目の変化にも敏感だったのだろう。欧米人中心の日本研究ではなく、当事者を中心にして日本の近代化を紹介した浩瀚な書物(海運は近藤廉平、外国貿易は益田孝の執筆)の英語での出版に尽力した桜井が、ポート・サイードで讃岐丸に乗るや、アーノルドよろしく「モウ半分本国へ帰ったような気[18]」になり、「世界の海に日本船の横行するのは、即ち日本帝国が出張して往くことなのである」と高揚して書くのも無理からぬことだったろう。

桜井はいわば欧州航路のさらなる自国(語)化を訴えたわけだが、それを自覚した一人が、約三十年後の一九三六年に洋行した俳人の高浜虚子と言える。イギリス製の讃岐丸に乗った桜井と違い、三菱が長崎で造った箱根丸で旅中を日本語と和服で通した虚子は、「船は領土の延長であって、マルセーユに著きロンドンに著くのは其処まで日本の領土が延長することになる[19]」と述べ、名所を巡るように世界各地で俳句を詠んだ。公刊した『渡仏日記』で虚子は、俳句という「花鳥諷詠の詩をかれ等に説くことは、花鳥諷詠国の領土の延長ということが出来る」と、さらに続ける。最たる例が、シンガポールでの句会の後、箱根丸から「東京日日新聞」に打電された「熱帯季題小論」だろう。そこで虚子は、季語の夏の部に熱帯の項を設け、シンガポール、ペナン、コロンボといった地名に、スコールや椰子といった風物を取り込むことを提案したのだった[20]。これによって世界を日本の季語で表現できるわけであり、虚子の旅は極言すれば欧州航路の領土化と要約することさえ可能だろう。

事実、虚子の頃には、日本郵船による寄港地案内や、日本人客を対象にした現地旅行代理店、日本企業支社のネットワークが整備されていて、おおむね、その洋行の記録は定番とも言える記述が積み重ねられていた。詳しくは本書の各章に譲るが、寄港する順にそこで描かれる主題を書き出せば次のようになるだろう。

上海　海のように広大で濁った揚子江、列強が割拠する租界地の喧噪、人力車、魔窟
香港　ピーク・トラム、神戸や横浜のような高台に住む商人、夜景
シンガポール　日本では食べられない熱帯の果物（ヤシの実、ドリアン、マンゴスチン）、日本人の海外雄飛（からゆきさんと日本人経営のゴム園、二葉亭四迷の墓）、インド人デッキパセンジャー（コロンボまで甲板で移動）
ペナン　熱帯の果物、蛇寺、ケーブルカーによる登山、モンスーンで荒れるインド洋と船酔い、そしてスコール
コロンボ　日本語が通じるハシーム商会で、名産の宝石購入とキャンディの仏歯寺までのドライブ、辛すぎるインドカレー
アデン　砂漠と岩山のなかに忽然と出現する港、ここに来て誰もが気づくイギリスの巧みな海洋制覇
ポート・サイード　船がスエズを航行する間、南部商会を利用してカイロ見物とピラミッドを背景に写真、悠久のナイル河とミイラ
マルセーユ　初めての欧州に緊張と興奮、そして帰国の際に、それほどの町でないことを実感

虚子の『渡仏日記』も、多かれ少なかれ、これと似たり寄ったりである。コロンボのハシーム商会も、ポート・サイードの南部商会も、日本郵船からはときに上陸前に無線で予約などができたほどで、現地の旅行代理店として日本人船客はまず利用するところであった。ただ、たとえ定型化した旅程だろうとも、虚子が旅や航海の途中で句会を開き、花鳥諷詠の言葉に編入したことは、やはり無視できない功績といわなければならない。箱根

丸での句会には、同船していた作家の横光利一や東洋学者の宮崎市定も参加したことで知られるが、むしろ重要なのは、洋行や寄港地先で俳句を読む行為にお墨付きが与えられたことだろう。四年後、「皇紀二千六百年」を記念して日本郵船は『海の俳句集』『海の和歌集』を編集しているが、前者には、虚子とともに洋行した横光利一の句ほか、世界各地で詠まれた句を収録している。虚子以前にも、俳句や歌、漢詩は洋行の途上でよく詠まれたが、無聊を慰める手遊びの域を出ることがなかった。虚子は、それをはっきり「花鳥諷詠国の領土」の拡大と明言し、熱帯を含めて世界の名所を自国語化したのである。

3　大学助教授の洋行——義務としての欧州漫遊

欧州への旅が漫遊となる一方で、洋行が知的な修学旅行として機能した一因は、それが戦前の大学助教授にとってほとんど義務となっていたことが挙げられる。天野郁夫の『教育と近代化——日本の経験』（玉川大学出版部、一九九七年）が詳述するように、一八七九年に官費留学生制度が確立し、九三年には帝国大学に講座制が導入されることで、大学卒業→留学→大学教授というコースが生まれ、まさに日本郵船で日本人船長と高級船員が増加したように、大学教師の自国化が進む。三年にわたる留学費用を国が支出することには異論もあったが、高額な外国人雇用に代えて国内の教員を育成するほうが総予算は抑えられ、また洋行後、民間に就職する留学生を減少させることで、留学制度は大学教師の養成のため必要とされたのである。その狙いどおり、留学の成果は日本の大学に還元されることになった。半面で、帝大の助教授は着任してまもなく洋行なり留学なりすることが慣例化し、いわば教授昇進のための不文律の条件となっていく。一九〇〇年、漱石と同じドイツ船に乗った国文学者の芳賀矢一、同時期にロンドンに留学していた化学者の池田菊苗などは、そんな帝大教官の一例である。漱石が帰国した〇二年頃、坪内逍遥や姉崎正治が洋行を疑問視したのは、こうした帝大教官の洋行が当然となった風潮を批判してのことだったが、あくまで少数にとどまり、制度を揺るがせるほどではなかった。大学教員と外国航路船長の自国化は、ハーンが予見したように、外国人社会としての居留地を消滅させ、〇三年には、当のハーン自身も帝国大学での英文学講座での職を失い、帰国した漱石に取って代わられたのである。

　こうして自国化が進むことで、欧米の大学に留学して学位を取得することが念頭におかれていた制度は、徐々に洋行によって学識と見聞を深めることのほうが目的となっていく。外国人教官が減り、大学教育が日本語で受けられるようになった結果、語学力が講読を中心にして鍛錬されるようになったことを考えればやむをえない趨勢だっただろう。その変化を体現するのが、一九二〇年九月十五日、「文部省在外研究員規定」の制定によって、従来の「外国留学生」が「在外研究員」へと名称が変更されたことだろう。理由は、「本邦学術の発達に伴い」、派遣される大学講師や助教授はすでに日本で十分に専門知識を習得していて、学生としてではなく「客分」として欧米の大学に所属する現状を考慮したというのである。[21] それはまた自国語で高等教育を受けられるようになった半面、「造詣深キ学者ニシテ日常会話ニ不馴」な大学教官が生まれたということでもある。「文部省在外研究員規程其他ニ関スル注意事項」（一九二六年）という文部省の小冊子に引用された報告には、そのため「外国大学ノヘボ教授ニ軽視サルル事アリ」という苦々しげな一節がみられる。この二四年に帰国した「某在外研究員」によれば、「当地（伯林）ノ学生等貧弱粗暴ナル思想ヲ、尤モラシク流暢ナル言葉ニシテシャヘル等、癇癪ノ種子多シ、勝気ナル日本人ノ神経衰弱ノ原因ノ一ツカト思ワル」[22]と、本国では指導の対象だった大学生に、言葉の壁のため満足に反論もできないストレスがはっきりと書かれている。ヨーロッパの大学で学ぶことはない、といわんばかりに（おそらく日本語で日本人相手には）虚勢を張るものの、言葉や習慣の点で現地にうまく溶け込めない大学教官は、当然ながら現地の日本人社会では陰口をたたかれる存在になりかねない。[23] そんな「在外研究員」を指してのことだろう、イギリスで実業家として暮らしていた岩井尊人は、たとえば「日英新誌」一九二二年五月号で、「われ某大の助教授てふ名刺もつ人にあひたりつらいものかな」や「おそろしくつらいものかな新着の何とか大学助教授てふひと」[24]といった落首を寄稿している。

図3　左　日本郵船の英語版航路案内*Round-the-World Tours*（1929）から。右の1930年代P&O社の東洋航路案内ポスターそのままに、異国趣味と購買意欲を刺激していることが明らか。船賃の安さもあり、特に東洋に関心のある欧米人客は日本郵船を利用し、人脈を広げた。29年に箱根丸でインドに留学した若きミルチャ・エリアーデもその一人

ありていに言えば、ここに箔をつけるための洋行が確立したとも言える。そこへ第一次世界大戦による日本の好景気とドイツのインフレーションが、私費の洋行とその流行を後押しした。大学教師、官僚、企業の役員、画家や作家が世界を漫遊し、いわばその出張報告書として続々と旅行記が出版された。親戚一同や有志から援助を受け、洋行の後、その旅行記を刊行して配布するということもあったので、その数は膨大このうえない。人と物の移動が加速化した第一次世界大戦を経て、近代的なパスポート制度が確立し、ツーリズムが世界的に隆盛したことも旅行記の黄金時代を盛り上げていった。兵站のため発達した交通網と、建艦競争の副産物として巨大化した豪華客船が、異国への憧れを高めながら、十九世紀とは格段に容易かつ快適になった旅を一般人にも手軽にしたのである（図3参照）。出版社や新聞社が著名な小説家に奨学金のように資金を渡し、紀行文を提供してもらうことがイギリスや日本で流行するのも、一九二〇年代から三〇年代のことだ。D・H・ロレンス、サマセット・モーム、アガサ・クリスティらが紀行文や観光小説を執筆し、日本でも谷譲次、林芙美子、野上弥生子らが同様に筆を振るった。たとえば作家で軍人の桜井忠温は、『欧洲見物』を書いた鷗村の弟であり、松山では漱石に英語を習った後、従軍した二百三高地での激戦を記した小説『肉弾』（一九〇六年）がベストセラーとなり、その英訳によっても国際的な成功をおさめた。兄や師と違って英語も欧米事情も不案内な忠温が、新聞社の援助を得て欧米を訪ねた『土の上・水の上』（実業之日本社、

一九二九年）は、かつての十九世紀的な洋行が大戦ですっかり変わったことをよく示している。そんな海外での日本人群像を描いたのが、三六年のベルリン・オリンピック観戦記とあわせて洋行の記録を新聞社から依頼され、その後、翌年から『旅愁』（改造社）を書き継いだ横光利一にほかならない。

このように定型化した洋行と観光の言説があふれ、滞在時間に差はあれ、各地に日本人社会が出現し、その群像についての論説も盛んに書かれた頃（ブラジル移民船での日本人社会を描いた石川達三の『蒼氓』が芥川賞を受賞したのは一九三五年である）、和辻哲郎の『風土』（一九三五年）が刊行されている。『風土』は、和辻が欧州航路でたどった地域について、あえて観光名所を記述せず、中国大陸、インド亜大陸、砂漠、欧州の順に気候がその土地の人々と文明をどれだけ規定しているかを論じる。寄港地という点の微細な記述によって世界を描き出そうとするのが、当時、膨大に刊行された洋行記録だとすれば、『風土』は、気候という面によって大胆に色分けすることで世界を描いた点で、同時代の洋行者が果たそうとして果たせなかった欧州航路の領土化に、虚子とは異なる方法で成功したと言えるだろう。

ただし、一九二七年に白山丸で洋行した和辻自身は、あくまで型どおりの旅しかしていない。当時、京都帝大の助教授だった和辻は、前述の慣習にしたがって、「今年外遊の番」がきたので「臆腔」ながら重い腰をあげ、半ば仕方なく在外研究員として洋行したのである。(25) 家族、なによりも妻の照と離れるのが苦痛だった和辻は、膨大な書簡を妻に書き送っているが、心身に失調を来す洋行者のことを念頭において「とにかく照と離れてこうしている事が一つの大きな仕事」（四月二十九日）と記すとおり、洋行に気乗りも野望も全くなかった。ヨーロッパには雑草がないという、和辻にとって『風土』を書く啓示となった指摘（三月三十日）を口にしたのは、同船した農業経済学者の大槻正男（京都帝大助教授で、和辻同様、在外研究員）だが、彼が「神経衰弱」（六月十日）になったことを妻に報告した和辻は、極力、努力や無理をしないよう心がけていると念押ししている。和辻にとって洋行は「保養院」（二月二十五日・八月五日）に入るようなものなのであった。

実際、絵はがきを織り交ぜた妻への手紙は事細かな日々の暮らしと和辻の率直な思いがつづられていて、まるで洋行絵日記である。船での豪華な食事については、メニューがそのまま便箋になるので、さっそくそれを妻に送り（二月二十日）、シンガポールに着く前に一等船客の名簿が配られた際には、「この船で一番有名なのは誰だろうという話が出ましたが、和辻さんという事です」と言われたことを無邪気に報告する（三月十五日）。付言すると、当時、一等室と二等室は船客名簿が配られ、専用の食堂などは格好の社交の場となっていた（図4参照）。欧米の船にならってのことであり、たとえばアメリカとヨーロッパを結ぶ北大西洋航路は、映画『邂逅』（監督：レオ・マッケリー、一九三九年）や『紳士は金髪がお好き』（監督：ハワード・ホークス、一九五三年）からもうかがえるように、男女の恋の始まりや鞘当て、あるいは怪盗紳士や探偵が活躍する華麗な舞台として描かれることが多かった。ただ日本郵船の欧州航路の場合、日本人女性の乗客が少なかったことと、洋行の日本人男性が日本人男性同士で行動する例が多かったため、少なくとも表向きは、ほとんどの船客にとってそうした色恋沙汰は蚊帳の外だったようだ。シアトル航路をモデルにした有島武郎の『或る女』（一九一九年）は有名だが、たとえ小説であっても欧州航路を舞台にしたロマンスは、田山花袋の『海の上』（一九二一年）を別にすれば戦前ではほとんど例がない。ただ、和辻は妻の心配を見越して、シンガポールから「西洋の女」が増えて「腕や足をニューニュー出して見せつけている」が、「不愉快に感ずるか、でなければ何も感じない」とわざわざ強調している（三月十五日）。

図4　左は日本郵船のロンドン発横浜行きの英語版乗客リスト。右は横浜発ロンドン行きの「御乗船記念芳名録」。ともに1926年の筥崎丸での１等船客と２等船客が対象。場合によっては住所や職業も明記される。アニタ・ルースの同名の原作（1925年）にはないが、映画『紳士は金髪がお好き』には、モンローが食堂で１等船客名簿を見ながら億万長者を物色する場面がある

当然、寄港地でも無理に歩き回ることはしない。上海では住友銀行の人に車で案内してもらい、香港では船に乗って島巡り、シンガポールではゴム林まで車で行き、ジョホールのモスクを見学、ペナンではケーブルカーで登山、コロンボで

は車でキャンディへ行き、アデンでも自動車でオールド・タウンへと、名所を見なくても「町丈見れば沢山」だとして、和辻は車を多用している。街並み全体を俯瞰するほうが「西洋の勢力」や地域の特殊性がよくわかるという一節（二月二十五日）は、後の『風土』につながる発想だろう。船内でも、ペナンから乗船してきたデッキパセンジャーの母子に故国の家族を思い出して涙したと報告していて（三月九日）、『風土』では、この共感が忍従性を背景にしているために、逆説的に外国勢力による家父長的なインド支配を誘発するという指摘へと援用されることになる。スエズでは、おそらく南部商会だろうか、カイロまで自動車で走り、途中でラクダに乗ってピラミッドへ行っているが（四月二十二日）、欧州航路の船客がみんな繰り返した通り一遍の見聞から、『風土』の砂漠論を導き出した力業はむしろ特記していいだろう。

イギリスに対する和辻の態度も示唆に富む。アデンを目にして「そんな所にでもイギリス人はちゃんと住みこんで仕事をしている。カナはないと思った」（四月二十二日）とこれまでの多くの洋行客同様に感心し、大英博物館では、「よくもこんなに沢山泥棒して来たものだ」（一九二八年五月六日）とアイルランド人が広めた当時の日本でもおなじみの批判を繰り返している。和辻は大学時代、谷崎潤一郎らと「新思潮」に参加していて、バーナード・ショウの翻訳やウィリアム・ブレイクについて評論を寄稿しているが、イギリスの文学や文化には関心を示すことは全くなかった。かわりにイギリスでは、モーニングとスーツを新調している（一九二八年五月二十五日）[26]。フロックコートを持ち帰った漱石以来の典型的な行動ではあるが、イギリスがもはや世界の文化的な中心ではなくなった退潮を示す逸話とも言えるだろう。英語、スーツ、そして航路といった世界的な交通と交易の基盤こそ盤石になったものの、国内には博物館という過去の遺物しかもはや見るべきものがなくなった老大国を体現するからである。

結局、和辻は「こちらへ来なければ見られないものを見てしまえば用はない」と、「文部省の命令にある通りの「研究」に堪えざる健康状態である事」を書類で訴え（一九二八年四月二十三日）、満期三年のところを一年半に切り上げて帰国する。講義に出るよりも本を読むほうが身になるが、それなら日本で読んだほうがいいと、漱

図5　桜井忠温が『土の上・水の上』（実業之日本社、1929年）13ページで引用した漫画。フランス人を見物する外国人観光団のなかでただ1人カメラを構える日本人。原図は、*L'Écho de Paris*の1928年7月1日付記載、ジョスパンことジョセフ・パンション（Joseph Pinchon）の「これがパリジャンですよ（Parisiens!）」

石以来繰り返された理由を和辻も繰り返したわけである。ヨーロッパでしか見られないものを和辻が熱心に見たのは、イタリアだった。熱心に教会を回っては詳細な記録を妻に書き送っていて、それは『イタリア古寺巡礼』（要書房、一九五〇年）の原型となる。ただ和辻は主に絵はがきを購入していて、カメラを持ち歩くことはなかった。欧州では「日本人が誰もかれも写真機を持って歩いているので、いくぶん反抗心もあって、おいそれと写真をやる気にはなれない」（五月二十八日）というのである。たとえば川路寛堂に英語を学んだ画家の三宅克己は、三度、洋行の記録を公刊しているが、最初は『欧洲絵行脚』（画報社、一九一一年）だったのが、『欧洲写真の旅』（アルス、一九二一年）、『写真器さげて欧米へ』（アルス、一九三三年）と題目が変遷したことが示すように、まさに一九二〇年代にカメラは洋行客に普及し、日本人旅行者のステレオタイプにまでなる時代だった（図5参照）。とはいえ和辻のように「ティチアン」（七月二十二日）などイタリア美術を見て回る日本人旅行者自体はすでに苦笑と顰蹙の対象となっていたようだ。アメリカ出身の詩人T・S・エリオットは、「ティツィアーノの絵の間で、お辞儀をするハカガワ」と、その詩「ゲロンチョン」（一九二〇年）のなかで、戦後のヨーロッパを象徴する一場として揶揄するように書き添えている。[27] 和辻は、一八七〇年代に来日したというイギリス人から話しかけられているが（十二月二十九日）、このことはもっぱらイギリス人が東洋に向かうために使っていた航路が、欧州を訪れる航路として逆転し、ヨーロッパの人間が多くの東洋人の眼にさらされるようになったという半世紀の激変を象徴しているように思われる。

たしかに和辻の洋行は、在外研究員としてはさして成果はなかったかもしれない。膨大な書簡にヨーロッパの友人や大学人が登場することは皆無に等しく、ドイツ語で成果を発表する意欲も希薄だった。対照的なのは、和辻がベルリンで親しくした鹿子木員信《かのこぎかずのぶ》だろう。鹿子木はイギリスにそのアジア主義思想が危険視された哲学者だが、一九二六年にベルリンでの日本協会設立に関わり、ドイツ語が堪能なこともあって、その後、長くドイツと日本の懸け橋として活躍する。和辻は、ヨーロッパで音楽を学んでいた漱石の息子純一や、川路寛堂の息子の柳江に何度か会うなど、洋行世代の交代にも立ち会っていたが、彼らのような優雅な交遊や、新思潮の紹介とも無縁だったといわざるをえない。

ただ、そのように現地の人々に溶け込めず、社会に入り込めなかったからこそ、『風土』のような観察が可能になったとも言えるだろう。たとえばマルセーユを再訪問した際、初のヨーロッパということで「いかに自分の気持ちもアガっていたかをしみじみと感じ」、街の「つまらなさ」（十二月二十五日）を実感したという。これはすでに多くの船客が帰路に記す常套句にすぎないが、そこから和辻は丘から見下ろした街の「面白さ」を特記する。熱帯の街を見てきてからの印象だったため、アフリカの砂漠を控えた湿気と熱気の混合を見落としていたというのである。ここから『風土』でいう「湿度の弁証法」まではあと一歩だろう。欧州航路の旅とは、中国南部やインドといった「モンスーン地域の烈しい「湿潤」」、そして「沙漠地域の徹底的な湿潤の否定すなわち「乾燥」を体験」し、「湿潤と乾燥との総合」たるヨーロッパに至ると、和辻は巧みに要約してみせた。専制の東洋から自由の西洋へ歴史は発展するというヘーゲル的な歴史哲学を多分に意識してだろう、さらに気候と文明が重ねられ、沙漠のキリスト教と、牧場のヨーロッパの科学への渇望には、「我々の風土が牧場にも沙漠にもなり得ないことの洞察が欠けていた[28]」と結論づけるのである。

なるほど『風土』はあまりに乱暴な環境決定論にみえるかもしれない。しかし、和辻の気候への関心は、まさに船がその尖兵であるように、史上初めて世界が一体化したかと思わせる錯覚への疑念にあることは注記していいだろう。だからこそ「「ところ」の相違を無視した芸術品が、実は単なる移植」にすぎないことへの反省が必要というのである。「古いヨーロッパの文化的世界においても、ギリシア・ローマの芸術圏が主導的な地位を占める時代はもう過ぎ去った」として、「アフリカの怪奇な野蛮趣味や石器時代の幼稚な趣味が百貨店の飾り窓を占領[29]」し、「東洋趣味」と同居していると和辻は続ける。これは多分にアール・デコの世界的流行を指してのことではないか。事実、固有の文脈を無視して、一定のパターンに各地各時代の主題を統合できるのはアール・デコの特徴であり、だからこそ世界中に流布したわけだが、そうだとしても気候や自然の制約は消失することにならない、と和辻は強調する。なぜなら「人は知らず識らずに依然としてその〔自然の：引用者注〕制約を受け、依然としてそこに根をおろしている[30]」からである。国民性は血ではなく土地にあることを強調し、それゆえ人間を中心にすえて、土地と文化を自由に変形し、移植することに警鐘を鳴らしたとも言えるだろう。こうした土地の固有性を気づかせたのが、それら各地域を強引につなげた東洋航路であり、欧州航路だったのは皮肉かもしれない。しかし、欧州航路から見える世界観を強引なまでに明晰に説明した『風土』は、東洋航路の旅から生み出された欧米の紀行文や記録とは全く異なる独自性を有していた。一九六一年に、『風土』が和辻の著作のなかで最初に英訳されたのはそのためではないか。

おわりに――教科書の欧州航路

最後に『風土』と並ぶもう一つの完成型、国語教材となった洋行に触れておこう。すなわち、尋常小学校六年の国語教科書に掲載された「欧洲航路」である。冒頭の「サイタ、サイタ、サクラガサイタ」で有名な、通称『サクラ読本』(『国定第四期小学国語読本』)の十一巻にある。文部省の指定どおりならば、一九三八年に登場し、教科書の改訂があった四〇年まで使用されたはずである。写真を交えた本文は十八ページに及び、読本の国語教材のなかで最も長い。日本で見送ってくれた人々への手紙となっていて、教材の性質から考えて、校長が残してきた児童に宛てて書いたという設定と考えられる。いよいよ明日にヨーロッパ上陸をひかえて胸が高まるなか、神戸を出てからの船旅を、寄港地の印象とともに順に回顧する内容である。喧噪と混沌の上海、多国籍の人々が渦巻く南洋のシンガポール、インド洋の荒波を経て、古都のキャンディまで出かけたコロンボ、岩山のなかに忽然と出現する港町アデン、そして悠久の歴史を感じさせるピラミッド。イギリスの海洋制覇への感嘆と、伸びゆく日本の船と商品への期待。見事なまでに当時の旅行記の紋切り型が繰り返される。

審議を経ての修正はあったろうが、執筆したのは編纂者だった文部省の井上赳である。一八八九年生まれと和辻と同い年の井上は、一九二五年から一年間、教育制度視察のために欧米視察を命じられていて、榛名丸での欧州航路行も含めて詳細な記録を『祖国を出でて』（一九三一年）という旅行記で公刊している。後年、実は「教材作成のための資料として書きとめた」と回顧するように、表現内容ともに教材の「欧州航路」と共通するところは多い。(31)「あなたは日本人、私はインド人。日本とインドと仲よくせねばならぬ」という一節どおりの経験が、井上にあったことがわかるし、ペナンへの寄港が省略されているのも、そこの名所である「蛇寺は郵船の案内から除くべきものだね」という同行者の意見にみんなが賛同したという一件が関係したのかもしれない（井上が何を見落としていたのかは、本書の第3章「日本人が見た／見なかったペナン――和辻哲郎『故国の妻へ』『風土』を中心に」〔大東和重〕にあたられたい）。

ただ、たとえ平凡な紀行文であっても、多くの人の手を経て教科書に掲載された意味は見逃すことができまい。井上は、『小学国語読本綜合研究　巻十二』（一九三九年）の「編纂概説」にて、「鬱勃たる現代日本の発展的精神は、遠く海外にものびて「欧洲航路」の如く世界的舞台にも進出」していて、これこそ「将来ある日本文化の限りなき進展を予想し、その活舞台を暗示するもの」(32)と述べている。小学四年生の「横浜港」と「ホノルルの一日」、そして五年生の「アメリカだより」に「パナマ運河」と、順次、積み上げてきた国語の「世界地理的教材は、どうしてもヨーロッパへ発展しなければならない」わけである。その点で「欧洲航路」は、川路寛堂や渋沢栄一以来、連綿と日本人洋行客が書き残してきた記録の公約数となっていて、いわば小学生に洋行を疑似体験させるものといっていい。たとえば川路が感心したペリム島について、「両方の岬も中の小島も、すべて岩ばかりですが、此の小さい岩の島が英領なのです。考えて見れば香港以来、シンガポールも、コロンボも、アデンも、皆英国人の下に発達した都市ですが、此の岩の一塊をも彼等は見のがさず、ここに貯水池や信号所を設けているのです」[33]とある。そこへアデンにまで届けられる日本商品の積み降ろしを対比するのである。

欧州航路は、イギリスの東洋航路を徐々に逆行する形で成立し、半官半民の日本郵船は、「商戦軍」の先発隊として、船、船員、船長を自国化していった。この現象は、大学教官が洋行を経て自国化していったことと連動するものであり、同時に、東洋の権益への参入にほかならなかった。その点で欧州航路は、まさにイギリスの東洋航路を逆転したのである。そんな欧州航路から、熱帯季語を含め世界を俳句で表象するシステムを作り上げた高浜虚子、その航路を「湿度の弁証法」と要約して『風土』という文明論に練り上げた和辻哲郎、川路寛堂や渋沢栄一以来の洋行体験を国語教材に集約した井上赳は、幾度も上書きされ、積み重ねられてきた欧州紀行の自国語化の一つの帰結と言えるだろう。つまり欧州航路の記録は、船長と高給船員の自国化、洋行による大学教員の自国化、世界表象の自国語化が三位一体となった存在なのであり、それらの文脈から広義の文学として読み直されるべきものと言えるだろう。

ただ欧州航路がイギリス航路を逆転させたものである以上、両者は、早晩、衝突せざるをえない運命にあった。虚子、和辻、井上らによって欧州航路の文学が一つの完成を迎えてまもなく、第二次世界大戦によって事態は急変する。日本郵船の客船は、イギリスのP&O同様、「非公式艦隊」と言える存在であり、戦時の際には空母になることが予定されていたものもあり、多くが広義の軍用船に改造され転用されて、沈没の憂き目にあった。本章で言及した船も、戦後まで生き延びたのは一隻もない。小学校の教科書は、一九四一年からいわゆるアサヒ読本へと変わり、「欧洲航路」は日本の植民地の事情や、「軍艦生活の朝」「病院船」といった戦時下を伝える教材に差し替えられる。作家や画家、学者たちも、新聞社や軍部から、洋行ではなく戦地や植民地へと派遣されるようになったのである。

戦後、太宰治は、「洋行者の土産話」が「名所絵はがき」にすぎず、空虚そのものと『如是我聞』のなかで痛罵した。「いやに、みな、うれしそう」なところに「田舎者の東京土産話」と同じ臭いを感じ取り、実にうさんくさいというわけである。「外国へ行くのは、おっくうだが、こらえて三年おれば、大学の教授」という一心で、「みじめな生活をして来たんだ。そうして、いまも、みじめな人間になっているのだ。隠すなよ」と、さらに太宰は挑発する。私怨が底にある罵りではあるが、「馬鹿なエッセイばかり」書く外国文学者に対して「翻訳だけしていれあいいんだ[34]」と痛罵する直後の一節とあわせて、洋行が留学と翻訳という直輸入から、在外研究員へと変化した一面を突いているとは言えるだろう。太宰自身、大学入学時というから一九三〇年、兄に誘われた洋行を断っているが、「洋行するよりは、貧しく愚かな女と苦労することのほうが、人間の事業として、困難でもあり、また、光栄なもの」になったと全く悔いることはない。そして太宰は啖呵を切るようにたたみかける。「醜い顔の東洋人。けちくさい苦学生。赤毛布。オラア、オッタマゲタ。きたない歯。日本には汽車がありますの？ 送金延着への絶えざる不安。その憂鬱と屈辱と孤独と、それをどの「洋行者」が書いていたろう[35]」と突き付けるのである。

たしかに洋行者たちは、「神経衰弱」におびえる惨めな生活や苦悶を積極的に語ろうとはしなかった。和辻は、夢のなかで「プリンセスをキャレッス〔愛撫：引用者注〕」して、いよいよ自分の「プリンスがプリンセスのところまで行くと、堪えきれずにいきなり泣いて了う」という赤裸々な手紙を妻に送りはしたが（六月十七日・五月五日にも同様に記述がある）、「ほかの人に読まれると一寸困る」というとおり、これは一九九二年の新版全集で初めて公刊された個所である。国費で派遣された大学教官はいうまでもなく、なにがしかの援助を得て渡航した洋行客にとって、成果の誇示はある種の代償作用でもあっただろう。五〇年、戦後再開された最初の留学生の一人として遠藤周作がフランスのラ・マルセイエーズ号で渡仏し、五三年に日本郵船の赤城丸で帰国した経験を生かして「アデンまで」（一九五四年）や『留学』（一九六五年）を発表するのは、太宰の挑発とその死から六年以上たってのことである。[36]

しかし、これまで見てきたように、欧州航路の文学にとって、太宰がいうような「市民の生活のにおい」はあまり重要ではない。本書が、寄港地の「魔窟」をさして取り扱わず、三等船客やデッキパセンジャーそのものよりも、彼らが一等船客にどのように描かれたか、あるいは目に入らなかったのかに注目するのはそのためである。[37]いみじくも井上赳は、『祖国を出でて』のなかで欧州航路の旅を四季の変化になぞらえた。希望と不安とともに日本を出発する春、熱帯の寄港地を巡る夏、そして「あこがれの文明国の大玄関であるだけに、我々には肩の凝る、気の置ける処である」[37]欧州を目前に道連れと別れる秋である。この感慨は、迫り来る冬を見越して、欧州航路の寄港地が走馬灯のように思い起こされるという教科書の「欧洲航路」と一致するだけでなく、大戦と大戦の間でこそ可能だった欧州航路の文学とも重なり合うだろう。家族や親しい友人と離れ、多く単身で渡った洋行者たちの物見遊山にも見える旅の記録は、前述のようにヨーロッパ文明に馴致される訓練であると同時に、そこへの批判的な見方をも提供していた。限られた窓からとはいえ、欧州航路からのぞいた世界がどのようなもので、そこからどのような世界観が形成されたのか。前述のように虚子、和辻、井上によって完成されたともいえる日本側の記録を上書きするのではなく、現地の歴史や文脈という双方から問い直す作業はいまだ十分になされてはいないのである。

注

(1) 以下、欧州航路については、日本郵船株式会社貨物課編『我社各航路ノ沿革』(日本郵船、一九三二年)、日本経営史研究所編集『日本郵船株式会社百年史』(日本郵船、一九八八年)といった社史を参照した。つとに、海事産業研究所「近代日本海事年表」編集委員会編『近代日本海事年表』(成山堂書店、二〇〇三年)や小風秀雅『帝国主義下の日本海運——国際競争と対外自立』(山川出版社、一九九五年)といった優れた交通史研究が積み上げられていて、洋行や紀行の記録についても、各地域別に時代順に紀行文を編集した『世界紀行文学全集』(修道社、一九五九—六一年）の特に海洋編、その現代版ともいうべき和田博文を中心にした『言語都市』シリーズ（藤原書店、一九九九―二〇〇九年）、福田秀一『文人学者の留学日記』（武蔵野書院、二〇〇七年）など蓄積は多い。ただ両者を組み合わせた研究は残念ながらほとんどなく、航路の自国化と紀行の自国語化の相関に注目する試みも管見のかぎり見られない。なお、以降の引用では旧仮名・旧字体は、適宜、変更している。

（2）Rutherford Alcock, *The Capital of the Tycoon*, vol.2, Longman, 1863, p.402.

（3）Henry W. Lucy, *East by West: A Journey in the Recess*, vol. 2, Richard Bentley, 1885, p. 29. 芳賀徹『大君の使節――幕末日本人の西欧体験』（〔中公新書〕、中央公論社、一九六八年）以降、岩倉使節団をはじめとする洋行者の記録を滞在地の歴史と照合することで複眼的にとらえる研究が始まり、犬塚孝明の『明治維新対外関係史研究』（吉川弘文館、一九八七年）を中心とした一連の研究、今橋映子『異都憧憬――日本人のパリ』（〔ポテンティア叢書〕、柏書房、一九九三年）、大久保喬樹『洋行の時代――岩倉使節団から横光利一まで』（〔中公新書〕、中央公論新社、二〇〇八年）などが続いた。本章もこれらの研究書に多くを負い、こうした新資料の紹介と教育史・海運史の成果を組み合わせることでそこに貢献しようとするものである。

（4）川路柳虹『黒船記――開国史話』法政大学出版局、一九五三年、一八一―一八二ページ

（5）大塚武松編輯『渋沢栄一滞仏日記』日本史籍協会、一九二八年、一二ページ

（6）一九二一年、皇太子時代の昭和天皇が軍艦香取で洋行の途上、ジブラルタルでイギリス人記者に対して公式会見に応じて、香港からマルタまでイギリスの植民地が「如何に立派なる方法を以て、英国官憲に依り統治せらるるか」を目の当たりにし、「英国々民が、世界文明の進歩の為に貢献せし偉業」への賞賛を強調している。もちろん「貴我両島帝国」の友好のための外交辞令だが、インドのナショナリズムをめぐって日英関係に亀裂が入っていたときだけに、地中海に入るのを待ってから公式会見に至ったと思われる。宮内庁『昭和天皇実録』第三、東京書籍、二〇一五年、一〇六―一〇七ページ

（7）久米邦武編『米欧回覧実記』第五巻（岩波文庫）、岩波書店、一九八二年、三〇七―三〇八ページ。なお本書の「はじめに」で言及した一九〇一年版『中等国語読本』収録の「スエス開鑿始末」は、『米欧回覧実記』の一節である。

（8）*The Writings of Lafcadio Hearn*, vol.16, Houghton Mifflin, 1922, p.290.

（9）Lafcadio Hearn, "A Glimpse of Tendencies," *Kokoro*, Houghton Mifflin, 1896, p.189.
（10）詳しくは、常陸丸事件の位置づけも含めて、造船業の展開を巨視的に論じた中岡哲郎『日本近代技術の形成——〈伝統〉と〈近代〉のダイナミクス』（「朝日選書」、朝日新聞社、二〇〇六年）の第七章を参照。
（11）『岩崎彌之助伝』下、岩崎彌太郎・岩崎彌之助伝記編纂会、一九七一年、三一六ページ
（12）詳しくは加地照義「明治年代における外人船員排除について——海技の近代化と自立について」（「商大論集」第二十二巻第二—四号、神戸商科大学経済研究所、一九七一年）を参照。この重要な指摘は、ロイド側の資料調査とあわせて、海事史にとどまらない位置づけと考察が望まれるだろう。
（13）その点で、翌年に皇太子時代の昭和天皇が、ロンドンのロイド協会を訪れ、日本初の巡洋戦艦金剛、日露戦争で活躍した三笠、それに今回の御召艦となった香取を建造したゆかりのあるヴィッカース社の造船所を辺鄙とも言えるバロー・イン・ファーネスにわざわざ訪ねた意義はきわめて示唆に富む。前掲『昭和天皇実録』第三、一六〇、二一四ページ
（14）Edwin Arnold, *Seas and Lands*, Longmans, 1891, p. 520.
（15）河東碧梧桐『支那に遊びて』大阪屋号書店、一九一九年、六三—六四ページ
（16）金子光晴「貝やぐらの街」『どくろ杯』（中公文庫）、中央公論社、一九七六年、二八七ページ
（17）桜井鷗村『欧洲見物』丁未出版社、一九〇九年、一〇ページ
（18）同書五六五、五六七ページ。なお『開国五十年史』中にある大隈重信の一文は、一九一三年版『中等国語読本』に「わが国の海運」として再録された。本書の「はじめに」を参照。
（19）高浜虚子『渡仏日記』改造社、一九三六年、四六五ページ
（20）『定本高浜虚子全集』第十一巻、毎日新聞社、一九七四年、三〇八ページ
（21）辻直人『近代日本海外留学の目的変容——文部省留学生の派遣実態について』東信堂、二〇一〇年、四七—四八ページ
（22）文部省専門学務局文部大臣官房会計課「文部省在外研究員規程其他ニ関スル注意事項」文部省専門学務局、一九二六年、三九ページ

(23) これは文部省からの「注意事項」として挙がっている例であり、箱根丸で虚子や横光と同船だった宮崎市定(当時、京都帝大助教授)のその後の活躍をみれば明らかなように、在外研究員が文字どおり「客分」として歓待され、学問の相互交流に貢献した例が多いことはいうまでもない。いずれにせよ、二〇〇五年、事実上の廃止となった在外研究員は、一九四一年に中断されるまでおよそ二千人が派遣されていて、それ以前の外国留学生約千人と戦後の再開分とあわせて、しかるべき調査と研究が必要だろう。

(24) 岩井尊人「助教授」「日英新誌」一九二二年五月号、東洋出版会社、二〇ページ

(25) 安倍能成ほか編『和辻哲郎全集』第二十二巻、岩波書店、一九九一年、一六六ページ。久保勉宛の一九二七年一月二十六日付書簡。以下、二七年の和辻照宛の書簡は、日付だけ記す。

(26) もっぱら軍服だった皇太子時代の昭和天皇も、洋行の途上で初めて慣れないスーツを着用した。イギリス大使館勤めだった吉田茂が、各国の王族を顧客にもつヘンリー・プールの裁縫師をジブラルタルへ同伴することで、イギリスには新調したぴったりのスーツで入国している。前掲『昭和天皇実録』第三、九八ページ

(27) *The Complete Poems and Plays of T.S. Eliot*, Faber, 1969, p.37.

(28) 和辻哲郎『風土——人間学的考察』(一九三五年)、『和辻哲郎全集』第八巻、岩波書店、一九六二年、六四、一二〇ページ

(29) 同書一七一ページ

(30) 同書二〇四ページ

(31) 井上赳、古田東朔編『国定教科書編集二十五年』(武蔵野文庫)、武蔵野書院、一九八四年、三一ページ。「欧洲航路」が『祖国を出でて——印象紀行』(明治図書、一九三一年)に基づくことは、教師向け授業解説書の多くが当時既に示唆している。たとえば秋田喜三郎『小学国語読本指導書——尋常科用巻十一』明治図書、一九三八年、三九二ページなど。

(32) 井上赳「編纂概説」、国語教育学会編『小学国語読本綜合研究　巻十一』岩波書店、一九三九年、一〇ページ

(33) 文部省「欧洲航路」『小学国語読本　巻十一』日本書籍、一九三八年、一四六—一四七ページ

(34) 太宰治『如是我聞』(一九四八年)、『太宰治全集』第十一巻、筑摩書房、一九九九年、三五五ページ

(35) 同書三五〇ページ

(36) この赤城丸は、戦後、自由な造船計画が初めて許され、一九五一年に誕生した新船の一つである。ただ約七千五百トンと、初の国産大型船だった前述の常陸丸の約六千トンを一回り大きくしたくらいで、遠藤周作も記すようにほとんど貨物船に等しかった。なおラ・マルセイエーズ号は約一万八千トンだった。

(37) とはいえ、春画研究の高まりのなか、金子光晴が自身も「旅のはじまり」(『どくろ杯』中央公論社、一九七一年)で示唆するように「風の変った風俗画」で旅費を工面しながら世界を回ったのはよく知られているが、その春画が航海中を単身で過ごす男性船客を対象にしていた可能性や、いわゆる異人種間性交を描いているものが多い意味は、もっと考察されてしかるべきだろう。たとえば南方熊楠は、「性画の流出入」(一九二六年、『南方熊楠全集』第四巻、平凡社、一九七二年)で、江戸時代に「紅毛男女」の春画が描かれたことと「昨今ポート・サイドなどで、フレンチ・カードを往復の水夫が多く買う」ことを比較している。

(38) 井上赳『祖国を出でて――印象紀行』明治図書、一九三一年、一〇八ページ

第1章——欧州航路の起点と原点——横浜と富士山

鈴木禎宏

はじめに

一八五三年（嘉永六年）、アメリカの東インド艦隊が浦賀に現れた。それら四隻のうちの二隻は蒸気機関を備えていたが、その武力や汽走の能力は当時の水準で一流とは言えなかった。しかし、二百年以上鎖国を続けていた日本にはこれらの「黒船」が脅威と映った。[1] 翌年に幕府は日米和親条約を、五八年には日米修好通商条約を締結した。その後、オランダ、ロシア、イギリス、フランスとも同様の条約を結んだ。

この安政五カ国条約によって神奈川の開港が決まったが、実際に港として選ばれたのは横浜であり、一八五九年の開港後、そこには世界各地から船が集まるようになった。同年、イギリスのペニンシュラ&オリエンタル（P&O）社は上海・長崎間の定期航路を設置し、六四年にこれを横浜まで延長した。こうして日本は欧米の通信・交通網に組み込まれ、先進国の植民地獲得や権益拡大競争の渦中に入った。横浜は海外に開かれた窓口として、世界の人、物、情報、そして富が集まる場所となった。

本章では、横浜という場所がもつ特性や意義を、欧州航路という観点から考える。ただし、結論を先に言えば、航路の物理的な起点と終点は横浜だったが、思想史から言えば航路の原点は富士山だった。本章では横浜という港の成立と発展を論じるが、必要に応じて富士山も考察する。具体的には、ガイドブック、日本人と外国人が著した旅行記、外国人による日本滞在記などに注目し、そこで描かれた横浜と富士山を分析する。扱う時代は一八五九年の開港から、日本郵船会社のヨーロッパ航路が休止した一九四〇年までとする。

横浜に関しては、横浜市編の『横浜市史』（一九五八年）と『横浜市史Ⅱ』（一九八九―二〇〇四年）をはじめ、良質な研究の蓄積があり、特に横浜開港資料館の活動は着実に成果を上げている。本章の先行研究としては、同館の『世界漫遊家たちのニッポン』『図説 横浜外国人居留地』や、同館が中心になって編集した『横浜居留地と異文化交流』『横浜と上海』(2)などがある。

以下、第1節で航路での横浜の位置を確認し、第2節で街の成立を跡付け、第3節で横浜という場所の特性を旅行案内・旅行記・滞在記を参照しながら、富士山との関連に注目して論じ、欧州航路での横浜と富士山の意義を考えたい。

1　航路と横浜

最初に航路という観点から、横浜の位置を確認しておこう。横浜の意義は他の港との関係と交通網の発展・変遷のなかで変じていくが、この地は開港以来一貫して海運の重要な結節点だった。

横浜開港当時、東アジアでは欧米諸国の進出によって、開港が相次いでいた（図1）。中国では一八四二年の南京条約によって香港島がイギリスに割譲され、さらに広州、厦門、福州、寧波、上海の五港の開港が決まった。さらに五八年の天津条約によって牛荘、登州、鎮江、南京、九江、漢口、淡水、台南、仙頭、琼州が開港し、六〇年の北京条約によって天津の開港と九龍の割譲が決まった。日本では、安政五カ国条約によって箱館、新潟、神奈川、兵庫、長崎の開港と、江戸、大坂の開市が決まり、ここに横浜の開港を見たのである。

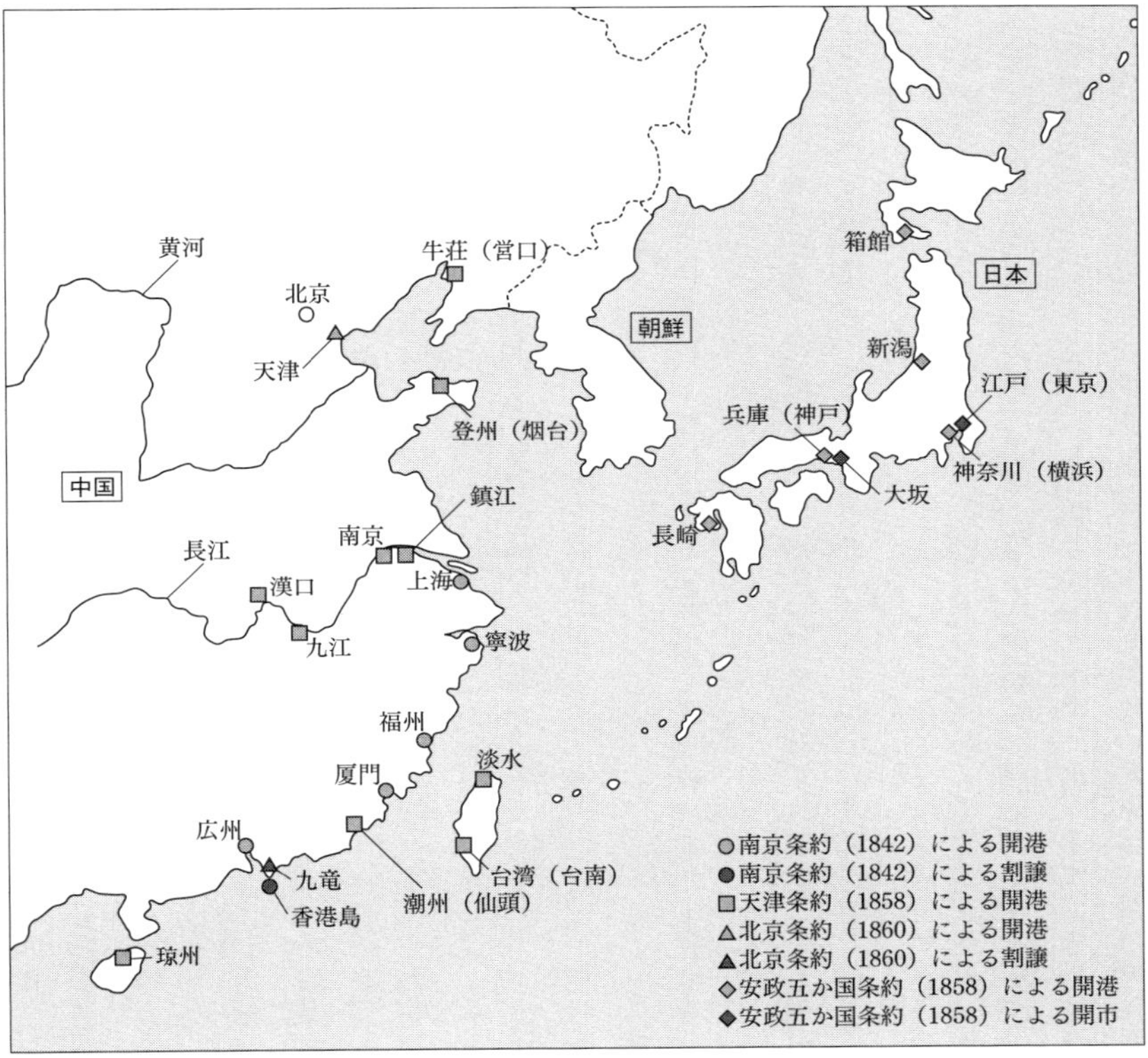

図1　19世紀中頃の東アジア
（出典：横浜開港資料普及協会『横浜と上海——二つの開港都市の近代』横浜開港資料普及協会〔横浜開港資料館〕、1993年、11ページ。引用にあたり一部改変）

開港後、横浜は定期航路で他の港と結ばれていった。一八六四年にP＆O社が上海・横浜間に定期航路を開設し、その翌年にはフランス郵船会社が、続いてドイツのNDL社が欧州と横浜を結ぶ航路を開設した。さらに六七年一月には、アメリカの太平洋郵船会社が太平洋定期航路（サンフランシスコ─横浜─香港）を開設し、横浜は北米とつながった。六九年五月にアメリカ大陸横断鉄道が完成し、七〇年十一月にスエズ運河が開通すると、横浜は世界一周ルートのなかに組み込まれた。一方日本側では、七五年（明治八年）に三菱商会が横浜・上海線を開設し、九三年にはその後身である日本郵船会社が横浜・ボンベイ航路を、さらに九六年には欧州線、豪州線、シアトル線という三つの定期航路を開設した。ポート・サイード、コロンボ、シンガポール、香港、上海、神戸、横浜は、これらイギリス・フランス・ドイツ・日本の四社すべての船が寄港した。[3]

横浜に寄港する船会社・航路はこの他にも多数ある。横浜はやがて朝鮮半島、台湾、大連といった「外地」、そして日本各地（「内地」）とも結ばれた。[4]一九一六年（大正五年）にシベリア鉄道が全通すると、アジアからヨーロッパへ至るルートが、シベリア鉄道経由、スエズ運河経由、北米経由の三つに増えたが、横浜からはこれらすべてが選択可能だった。

横浜という港湾都市は、このような航路網や鉄道網のなかで評価されなければならないが、その意味は航路の種類や渡航者の渡航目的に応じて変わる。日本人にとって横浜は様々な航路の出発点であり、終着点である。一方、北米から太平洋を横断してきた者にとって、横浜はアジア最初の港であり、日本への入り口であり、中国に至る前の通過点であり、オーストラリアへ行く際の乗り換え港である。逆に、横浜から太平洋を横断してアメリカに向かう者──たとえば香港から北米に向かう中国人の移民──にとって、横浜はアジア最後の港だった。

欧州航路をめぐっては、政治、経済、外交、軍事、社会、文化など様々な力関係が交錯した。たとえば、薩英戦争や下関戦争の際に外国の軍艦が横浜に集結したが、イギリス船に積まれていたアームストロング砲のような大砲は上海で製造されていた。横浜からマルセイユに至るまでの港はほぼイギリスの勢力下にあり、日本郵船がボンベイ航路や欧州線を開設した際、P＆O社を中心とする外国船三社はボンベイ同盟や極東往復同盟という形でこれらに圧力をかけた。また、日本人が船長を務める船については、海外の保険会社は当初、保険契約を引き受けなかった。この他にも、横浜の歴史は様々な形で欧米諸国や、他のアジア諸国の状勢変化の余波を受けた。たとえば、上海のイギリス駐屯軍は生麦事件を契機に横浜へ移駐したが、その背景には上海でのコレラの流行があった。(5) あるいは、一八六八年には早くも日本人出稼ぎ労働者百五十人が横浜からハワイへと送り出されている。(6) このように航路は、植民地、科学技術、交通と金融、疫病や移民といった社会問題など、様々な力学の上に成立しており、それらの交錯が横浜にも影響を及ぼした。

2　横浜の成立

この節では横浜の港と街の成立過程を俯瞰する。近代の横浜の歴史を大まかにたどると、国際化、都市化、工業化という流れに整理できるが、ここでは初期の街作りを中心に見ておく。

横浜の「居留地（Foreign Settlement）」は外国人専用の地域として、上海の「租界」――外国人だけでなく中国人も居住する――とは異なる過程を経て形成された。上海では一八四五年に租界が誕生し、イギリス・アメリカなどの共同租界では工部局が、フランスの専管租界では公董局がその運営にあたった。上海では外国商人が自ら出資して土地を造成し、それが自治の根拠にもなった。これに対し、日本では特定の国の専管居留地は結局形成されず、外国人による居留地自治の試みも放棄され、日本側が行政権を確保した。自治権返還後の居留地管理体制を幕府と外国間で取り決めたのが、六七年の横浜外国人居留地取締規則である。これによって横浜の居留地に住む外国人は、上海とは異なり、現地（日本側）の権力に服し、借地料を支払うことになった。(7)

街の構造を見ると、神奈川運上所（税関）を中心に、西（東京）側に日本人町、東側に外国人居住地（山下）が開設され、これらは内陸部から隔離されて関内と呼ばれた（図２・３）。関内居留地は海岸通りから内陸部へ

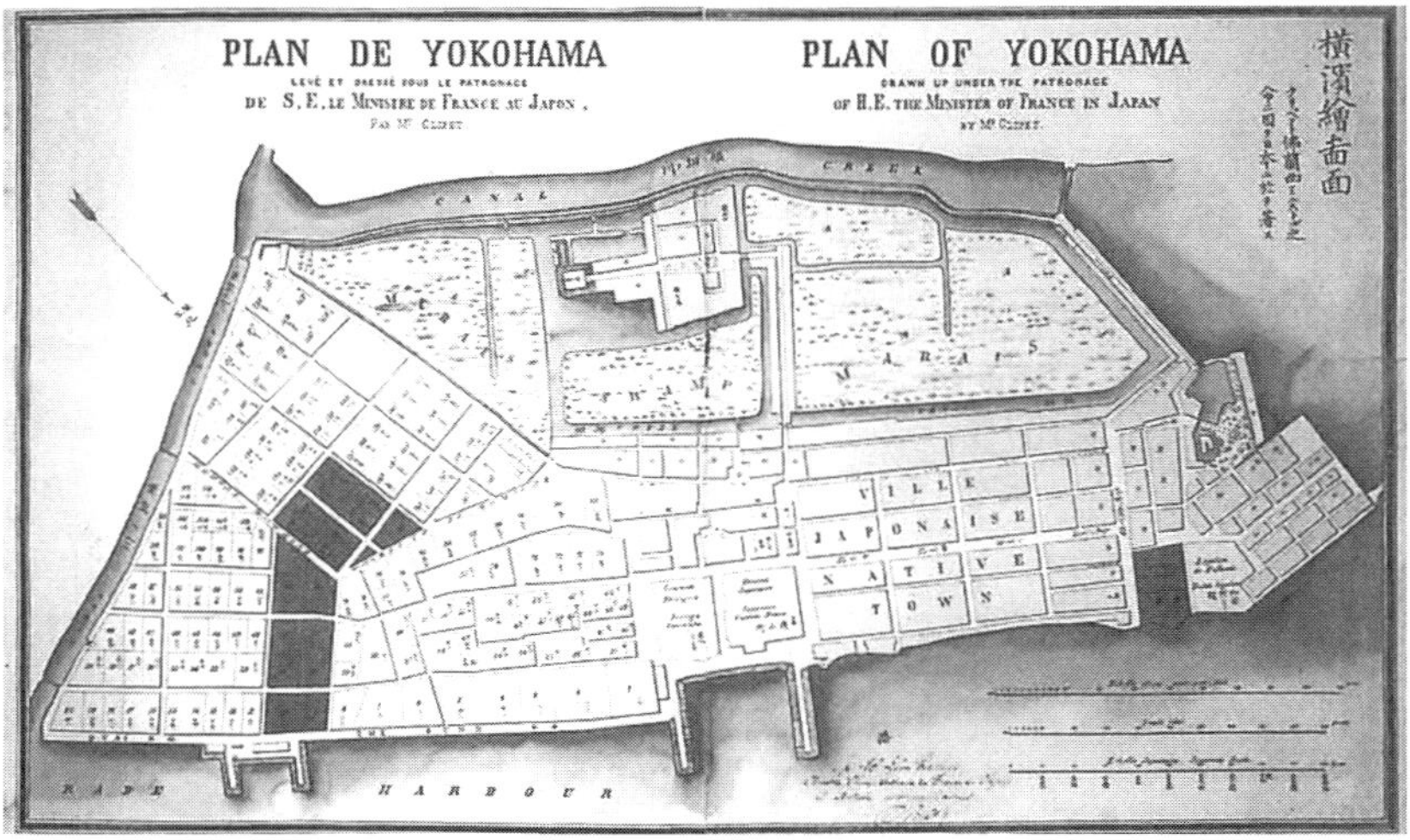

図２　「横浜絵図面」（1865年）
（出典：横浜開港資料館／横浜開港資料普及協会編『図説 横浜外国人居留地』有隣堂、1998年、30ページ）

広がる初期の居留地と、沼沢地を埋め立てて造成した街区の二つからなる。その後、一八六七年に高台の山手地区（Bluff）が居留地に編入され、山下居留地は商工業地区として、山手居留地は住宅地区として、それぞれ特色ある街並みを形成していった。関内には、港に集まる富を背景に遊郭や中華街が現れた。関外では、日本人の居住地や伊勢佐木町などの繁華街が形成された。

　横浜の街は外国人技術者の活躍によって造成・整備されていった。その多くは上海など中国から横浜に来た人々だが、その活動のあり方は上海と横浜とでは異なっている。上海では居留外国人が納めた税金を資金として、欧米側（工部局と公董局）が都市基盤の大半を整備した。これに対して横浜では、西洋人技術者から技術を導入しながらも、幕府（そして明治政府）が基盤整備の主体となった。横浜で活躍した技術者としては、たとえば下水道の整備を手がけたイギリス人技師R・H・ブラントン（一八四一―一九〇一）、上水道を立案したイギリス工兵中佐H・S・パーマー（生没年不詳）、ガス整備に関わったフランス人技師H・プレグラン（一八四一―八二）、防波堤の修築などに携わったイギリス人建築家G・ウィットフィールド（生没年不詳）、鉄道建設を進めたアメリカ

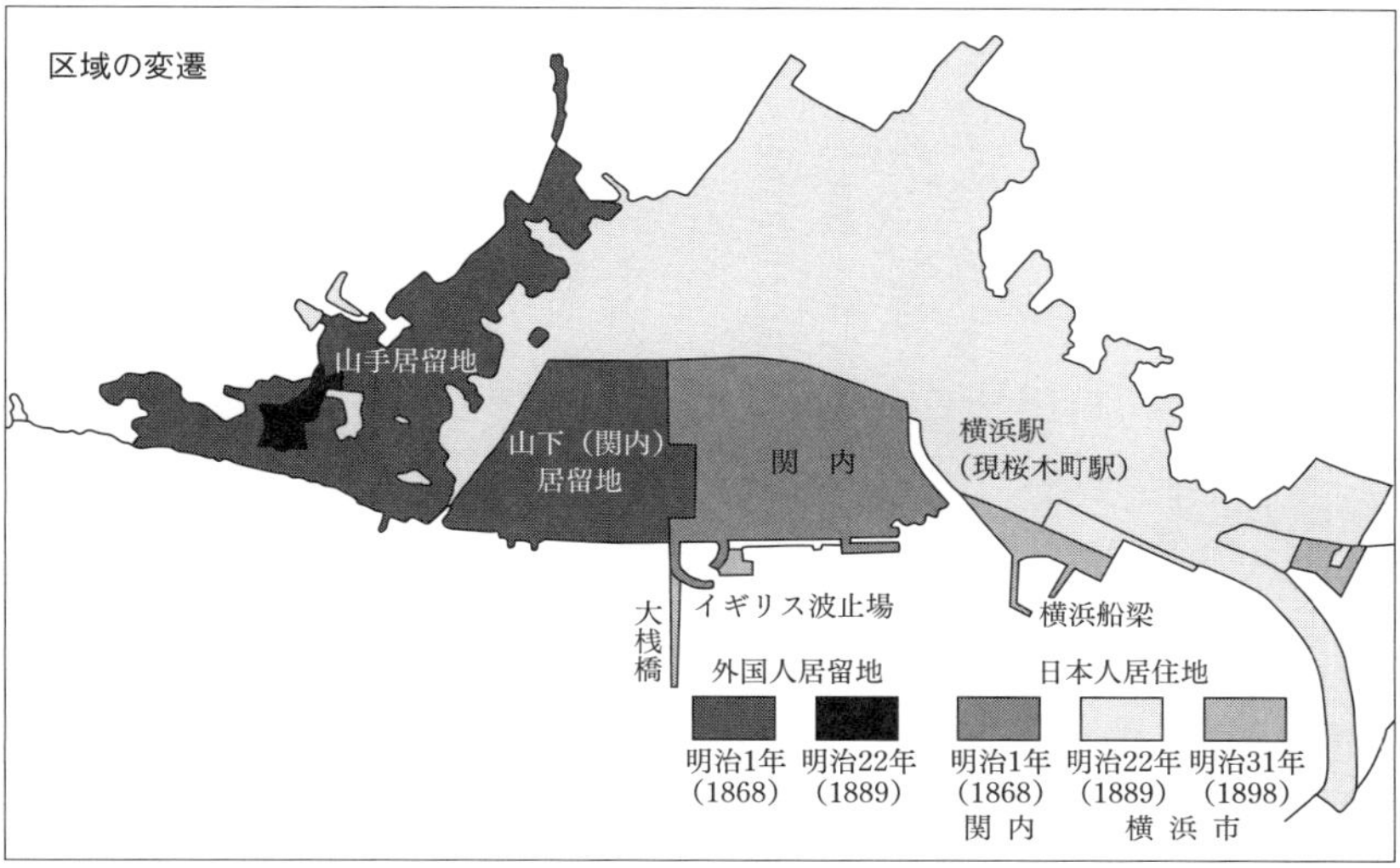

図３　「区域の変遷」
（出典：前掲『図説 横浜外国人居留地』30ページ）

人リチャード・P・ブリジェンス（一八一九―九一）などがいる。[8]

これらの人々は、産業革命による新技術の登場と植民地経営に伴う需要に基づいて養成された技術者である。イギリスを例にとれば、高等教育と資格試験制度のもと、土地測量士、エンジニア、医者、建築家・都市設計家といった専門職が成立していた。これらの人々は植民地に赴くことによって、本国にとどまるよりも広く活躍の機会を得ることができた。[9]横浜の基盤整備は、このような植民地の都市・港湾建設に関わる欧米の諸制度と無関係ではない。

こうした都市基盤のもと、横浜には様々な施設・制度が導入されていく。それらはたいがい、旅行ガイドブックで最初に言及されるものであり、具体的にはホテル、領事館、銀行、郵便・電信・電話、病院、教会、新聞、交通手段などである。港には一八九四年に大桟橋が造られ、九六年以降相次いで築港工事がおこなわれた。

居留地は一八九九年（明治三十二年）七月十七日、改正新条約が発効するまで存続した。居留地の人口は九三年の時点で五千人に近く、[10]面積は九六年末の時点で、関内居留地と山手居留地合わせて百三十三ヘクタールだった。日本の開港場五港のなかでは最大だったが、同時期の上海の租界（七百八十六ヘクタール）の六分の一程度だった。

一九〇九年（明治四十二年）に開港五十年祭が挙行された後、一〇年代には海岸の埋め立て工事が進み、横浜の拡大が進んだ。横浜市が都市計画に本格的に取り組み始めたのは、一九年（大正八年）である。関東大震災時には山手が壊滅的な打撃を受け、欧米系の住人の帰国や転居が相次いだが、横浜はその後も拡大を続けた。二七年（昭和二年）には鶴見の工業地帯を市域に編入し、横浜は工業都市になっていった。三〇年代には内国貿易施設と外国貿易施設が整備された。

居留地で特筆すべきものとして、中華街がある。中国人は欧米商館の横浜進出とともに横浜へやってきた。彼らは買弁や金銀鑑定士として外国人商館で働き、欧米人と日本人の取り引きを仲介した。また、他にも様々な職業の中国人が来日し、欧米人の生活を支えるサービスを提供した。中国人の地位は欧米人よりも制限されていたが、中国人は常に居留地の外国人人口の五割前後を占めた。横浜の中国人は、「華僑」として日本人からも欧米人からも独立した世界を作り、独特の形で日本の外とつながっていた。

横浜の居留地は、上海租界と比べれば存続期間が短く、規模も比較的小さかった。また、都市基盤の整備が外国ではなく、現地（日本）側の主導と支出でおこなわれた点で、アジアの他の主要港とは異なっている。しかし、類似点がないわけではない。インドの諸都市やシンガポールなど、イギリス支配下の都市や港では、白人種優性の理論、公衆衛生、治安維持などの理由から、人種・民族を隔離する方針によって街が分割されることがあった。[11]もちろん、日本側主導で作られた横浜にこうしたコンテクストを適用することはできない。しかし、できあがった街の見かけだけから判断するならば、欧米人の山手・関内地区、中国人が住む中華街、そして日本人地区と、国籍や人種によって空間が編成された横浜は、結果的に他のアジア諸港と似た姿にも見える。植民地の開発に携わった欧米の専門家たちが横浜でも活躍したという事実は、この感をさらに強める。居留地は日本と外国との政治的な駆け引きによって作られた場所であり、建設に際しては両者の思惑が様々なレベルで交錯したと思われる。

3　欧州航路からみた横浜と富士山

一八七〇年頃から世界一周旅行が欧米人の間で大衆化していった。旅行代理店で知られるトマス・クック（一八〇八—九二）が初めて世界一周ツアーを企画・実行したのは七二年（明治五年）から翌年にかけてのことであり、一行は横浜も訪れている。また第二次世界大戦前には、膨大な数の日本旅行記や日本滞在記が書かれた。こうした記述すべてを本章で分析することはできないが、それでも先行研究の助けを借りることで、そこにある種の傾向を見いだすことはできるかもしれない。本節では外国人や日本人が描いた横浜と富士山を取り上げ、欧州航路でのこれらの場所の位置づけを考えたい。富士山という、世界で最も知られた日本の地名を分析対象に加えることによって、横浜という土地の特徴がより明確に浮かび上がるはずである。

欧米人から見た横浜

来日した外国人にとって、横浜は日本での活動を準備する拠点だった。フランス人のエミール・ギメ（一八三六—一九一八）とフェリックス・レガメ（一八四四—一九〇七）など、横浜から汽車で連日上野や浅草へと観光に出かけた者もいれば、チャールズ・ホーム（一八四八—一九二三）など、日本各地を訪れる合間に横浜に滞在した者もいた。なかには動物学者エドワード・シルベスター・モース（一八三八—一九二五）のように、居留地在住の欧米人の支援を受けて研究活動をおこなう者もいた。このように、横浜は欧米人の日本滞在を支えたり、規定したりした。

外国人の行動範囲は、一八九九年の条約改正以前と以後で異なっている。安政五カ国条約によって、外国人は居留地以外に住むことが禁じられたが、ただし開港場から十里（約四十キロメートル）以内に設定された外国人

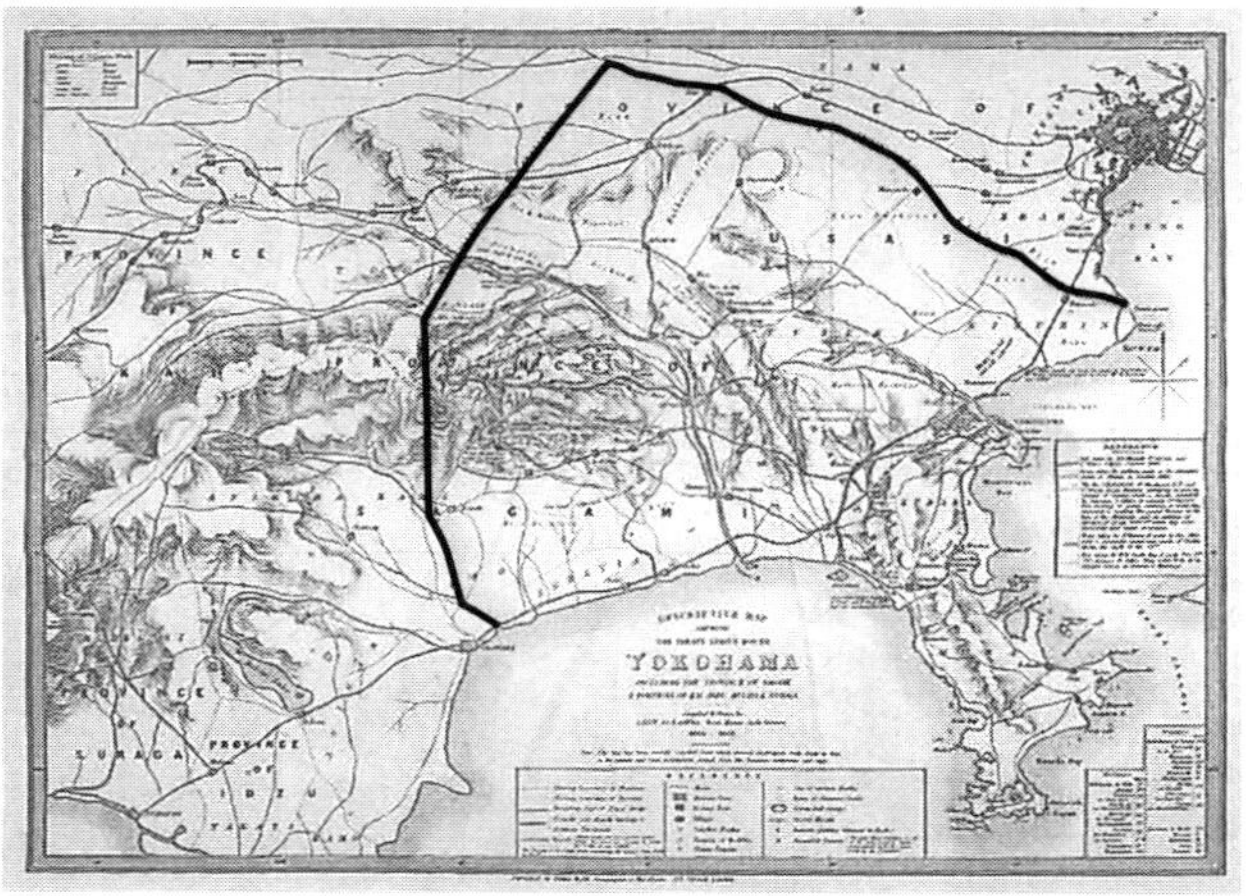

図４　A.G.S.ホーズ編「横浜周辺外国人遊歩区域図」（1867年頃）
（出典：前掲『横浜と上海』18ページ）

遊歩区域内であれば自由に外出できた（図４）。この区域の外に出るには「内地旅行免状」[15]が必要だった。外国人が自由に日本国内を旅行できるようになるのは、条約改正後である。

　このような行動範囲の制約は、ガイドブックにも反映されている。例外はもちろんあるが全体の傾向としては、条約改正前に出版されたガイドブックでは遊歩区域内の記述が充実しているのに対し、条約改正後のものでは横浜とその周辺の扱いが軽くなる。[16]前者の例として、アーネスト・サトウ（一八四三―一九二九）とG・S・ホーズの『中部・北部日本案内記』（*A Handbook for Travellers in Central & Northern Japan.* 一八八一年。第二版一八八四年）[17]があり、これは最初の広域的な日本旅行ガイドブックと位置づけられている。ここでは横浜近郊の遊歩区域内に関する記述が充実していて、なかでも鎌倉については詳細な説明がある。これに対して条約改正後になると、外国人の日本での旅行が自由化され、ガイドブックは日本全国を網羅しなければならなくなった。おそらくその結果、横浜の記述が相対的に減ったのだと思われる。[18]日本郵船が一九三二年（昭和七年）に出版したパンフレットには、商店街、野毛山公園、三渓園を除くと、横浜で訪れるべき場所はほとんどないと書かれている。[19]

　横浜は港町なので、様々な素性の人々がやってきた。定住した欧米人が山手に瀟洒な住宅街を形成する一方で、世界各地から流れ者――船員や世界漫遊家など――も流入した。初期の横浜についてサトウは、あるイギリス人外交官が横浜の外国人社会を「ヨーロッパの掃溜め」と評したことを紹介し、実際に居留民には若輩が多く、未熟だったと証言している。[20] 風紀の悪さという点では、横浜は世界各地の港町と変わらなかった。

その一方で、定住した欧米人は居留地を中心に独特の閉鎖的な社会を形成し、そのなかで秩序を生み出していった。居留地という物理的に内陸部から隔てられた空間に、彼らは故国と変わらぬ生活を持ち込んだ。この社会は国籍によって分断されることはなかったが、国力や人口数を反映して、居留地の社会的慣行はイギリス流が主となり、ドイツ人でさえ郵便をメイルという英語で呼んだ。[21] また、「ミシシッピ湾」（根岸湾）や「ペリー島」（猿島）など、彼らだけに通用する言葉が用いられた。東京と横浜は地理的にも近く、欧米人たちはほぼ一体の社会を形成していて、[22] 横浜は実質的に東京の港だった。

こうした欧米人の生活を支えたのが中国人と日本人だが、居留地の欧米人が中国人に向ける眼差しには厳しいものがある。横浜の中華街に対して欧米人がしばしば口にするのが、不潔さと臭いである。そうした例はフランス陸軍のデシャルムや、イギリス商人クロウなどの記述に見いだせる。[23] もちろん、中国人に対する肯定的な評価もあり、居留地で中国人が必要欠くべからざる存在であるとイザベラ・バード（一八三一—一九〇四）は述べ、[24] モースは買弁、銀の鑑定人の優秀さを率直に認めた。[25] しかしこれを否定的に捉える者は、「中国人は東洋の狡猾な金融業者」[26] だとか、買弁は「必要悪」[27] だと書いている。おそらく居留地に住む欧米人の間で常に話題となったのは、日本人と中国人のどちらを使用人として雇うべきかである。一八八四年から日本を訪れるようになったエリザ・R・シドモア（一八五六—一九二八）は、召使として中国人と日本人をともに高く評価した。[28] 一方、一九三〇年代に日本に滞在したサンソム夫人（一八八三—一九八一）は日本人の肩をもっている。[29]

前述のとおり、居留地に住む欧米人は日本の社会とは別の世界を形成していて、日本人や日本の風物に対する関心は個人差が大きい。つまり、日本に関心を全くもたず、居留地で故国同様の生活を営んだ欧米人も少なくないが、一方で、バードに代表されるように、日本の文化——それも西洋化の影響を受ける前の——に強い関心を抱いた者もいた。後者に関して言えば、日本を訪れる「世界漫遊家」が増えるにつれ、西洋の影響を受けていない、在来文化を探す眼差しはむしろ強まったのかもしれない。

しかし、日本に関心が寄せられたとしても、日本についての記述は類型的であり、旅行記には同じような描写・話題が繰り返し登場する傾向がある。横浜に関して必ず話題になるのは人力車である。なかには、ラフカディオ・ハーン（一八五〇―一九〇四）のように文学的に格調の高い人力車体験を描いた者もいるが、これは例外と言えるだろう。ヴィクトリア朝時代のイギリスの日本認識について研究した横山俊夫は、書き手たちが類型化した日本像を繰り返し生産したことを指摘している。ときには、日本に関する既存の言説を取り出して再構成することで、自分の旅行記を作成する者もいた。

旅行するにしろ定住するにしろ、日本が「文明化」されていることは、多くの欧米人にとって肯定的に評価されるべき事柄だった。日本滞在記には、近代化によって古き良き日本の風俗が消えていくことを嘆く言説が広く見受けられるが、ただしそれを記述した者も前節で述べたような社会資本に支えられて滞在・旅行をしていた。シドモアは食品、新聞、郵便、通信、電気、ガス、水道などの点で日本に不便はなく、「日本での生活や旅行は面白いほど簡単で、難しい話は港でも旅の主要街道でも出くわすことはありません」と無邪気に述べている。

日本人から見た横浜

日本が「欧米」「近代」を学習し、実力を蓄えるに際して、横浜は重要な場所だった。安政の五カ国条約によって、外国人には居留地以外の場所での居住・営業が禁止されたが、日本人に関しては、知事と領事の許可があれば居留地内での居住・営業が可能だった。日本人は外国商館や中国人が経営する店で働き、貿易実務、建築、塗装、印刷、洋家具・洋服の製造など、欧米の技術を身につけていった。また、いち早く欧米の生活文化を取り入れて生産を始めたので、横浜は日本人が洋行の準備をする場所でもあった。こうして、時代の最先端と欧米の文物の本物を見ることができる横浜は、日本人をも引き付けた。開港間もない時期には、各種の『繁昌記』『案内記』が作られ、一九三〇年代になっても、「モダン横浜」（衆文社）、『モダンヨコハマガイド』（神奈川県化粧品雑貨商報社、一九三五年）などの雑誌やガイドブックが出版されている。

その一方で、横浜の居留地は、日本人が欧米人を相手に商業を営む場所でもあった。日本人街の本町通りはキュリオ・ストリートと呼ばれ、椎野正兵衛の刺繍店などが軒を連ね、観光客を引き付けた。浮世絵は居留地の外国商人にも高く評価され、みやげとして祖国へ持ち帰られた。また、「横浜写真」と呼ばれる、日本の風俗を描いた彩色写真も人気があった。一九〇〇年に日本で絵葉書が認められると、「横浜絵葉書」が生産された。ここで消費されたのは、あくまでも欧米人の嗜好を満たすように演出された日本のイメージや日本文化であり、それは異国趣味の産物である。欧米人の嗜好に迎合した図像や工芸品が量産・販売・輸出された点で、横浜はジャポニスムの発信地だったと言える。

横浜という場所の意味は、年月の経過とともに変じていく。時代が下るにつれて、日本人も世界各地を観光し、さらに日本観や世界観を自ら発信するようになる。財界人が外客をもてなす団体として「喜賓会」を設立したのは一八九三年（明治二十六年）であり、朝日新聞社がメディアイベントとして世界一周を実施したのは一九〇八年である。世界一周をおこなう日本人が増えていくなか、永井荷風は『あめりか物語』（一九〇八年）と『ふらんす物語』（一九〇九年）で、アメリカの「支那街」やパリの場末を描き、欧州航路を西から東へとたどることの幻滅を書いた。一方、欧米滞在経験がない谷崎潤一郎は『痴人の愛』（一九二四―二五年）で、白人女性に強い憧れをもつにもかかわらず、実生活ではこれをあえて敬遠し、混血の風貌をもつ女の虜となった男を描いている。[36] こうした状況と対をなすように、関東大震災によって山手の「異人館」が消滅すると、郷愁という感情を通して過去の横浜と開国を振り返る眼差しが成立していった。先に、横浜の外国人と日本人とが明治時代に共同で作り上げたジャポニスムに言及したが、これは大正時代以降になると欧米では廃れ、むしろ日本側で消費されるようになった感がある。たとえば、横浜出身の版画家川上澄生（一八九五―一九七二）の一連の作品と、その活動を支えた蒐集家、黒船館主吉田正太郎（一八八七―一九七一）にこの傾向が認められる。「西洋人にとって日本的なもの」と「日本人にとって西洋的なもの」が交錯し、ときにそれらが混交する様を前に、日本人は「東洋人」であることを自覚したり、「西洋人」に自らを重ねたりした。

こうした華やかな文化が横浜で展開した一方で、現地には過酷な現実があった。横浜新報社著作部による『横浜繁昌記』（一九〇三年）には、「南京町」の中国人街が「暗黒不潔」という言葉で紹介され、さらに「横浜の半面」として「下等労働者」が住む地域、「洋妾」「貧民部落」、そして「詐欺賭博」の実態などが描かれている。[37]石塚裕道はこうした横浜の都市スラムの特質を、居留地や港湾建設などに結び付いた「港を向いたスラム」と適切に表現している。[38]「かんかん虫」と呼ばれた船の錆落とし工は、有島武郎（一八七八―一九二三）や吉川英治（一八九二―一九六二）の小説の題材となった。[39]しかし、横浜を訪れた欧米人でこうした都市の下層の生活に目を向けた人物は、管見では見つからない。モースは横浜の市場を訪れ、魚の種類は多いが野菜は貧弱だと観察したが、[40]この程度の記述さえ例外に属すようである。

開国以前、横浜近郊には豊かな近世文化の蓄積があったが、しかしそれでも「欧米」「近代」を受け止めるのは容易ではなかった。横浜の近代史には、外圧によって突然始まったと言わざるをえない側面がある。時代の最先端を行く文明・文化と直に接することができた横浜では、異文化の混交が繰り返し起きた。それはときに無国籍感やある種の浮遊感を生み出し、横浜の魅力となった。しかしそれは、横浜に確固たる社会的・文化的基盤が形成されたことを意味しない。さらに、地理的に東京に近すぎたことは、横浜の独自性の形成を妨げた感がある。[41]

富士山

航路と横浜を論じる際、一つ避けて通れない問題がある。それは富士山である。

近代に書かれた欧米人による日本滞在記や旅行記には、高い確率で富士山についての記述が見つかる。W・E・グリフィス（一八四三―一九二八）が富士山を「雪の衣服を着た山の女王」[42]と記したのをはじめ、富士山の美しさをたたえる文章は枚挙にいとまがない。画家レガメや絵心があるホームは、それぞれ富士山の絵を描いた。なかには、R・オールコック（一八〇九―九七）を嚆矢として、富士山登頂を試みる者もいた。

そうした数ある記述のなかで見逃せないのが、外国人が海上から富士山を眺め、愛でているものである。とりわけ、変化に乏しい太平洋を横断して横浜に着いた者には、この傾向が強い。写真家のハーバート・G・ポンティングは横浜入港の際に見た富士山に感動し、日本の国旗には日の丸よりも富士山がふさわしいと述べている[43]。サンソム夫人も、おそらく一九三〇年代初頭にカナダ経由で再来日を果たした際、洋上から冬の富士山を望み、息をのんだという[44]。シドモアは海から見える富士山を肯定的に描いた後、「風光明媚な湾岸風景を見た後、横浜の光景に旅行者はがっかりします。(略)日本風と見るには欧州的すぎ、欧州風と見るには日本的すぎるのです[45]」と、横浜に対する否定的な言辞を続ける。

洋上からの富士山を見て感動や感慨を覚えるのは、日本人も同様である。管見では、日本人が残した海外旅行記には、横浜に関する記述はあまりない。むろん、筆者の調査には限界があり、即断は慎まなければならないが、日本人が日本を離れる感慨や帰国の感慨を覚えるのは横浜の港ではなく、むしろ船から富士山を見たときのようである。この傾向は開国間もない時期からのもので、幕府の遣米使節の副使村垣範正(一八一三—八〇)に早くも認められる[46](もちろん例外はあり、夏目漱石〔一八六七—一九一六〕のように遠州灘で船酔いに苦しめられた者もいるが)。

さらに言えば、船で日本を離れた後も、日本人は心のどこかで富士山を時空の座標軸として意識している。哲学者和辻哲郎(一八八九—一九六〇)は一九二八年(昭和三年)二月、旅行先のイタリアから妻の照子に絵葉書を出し、そのなかで「この平野から見ると、エトナの頂が一寸富士山に似てくる。中〻いゝ山だと思つた。(勿論富士には及ばないが)[47]」と書いている。古代から富士山は日本の象徴として捉えられてきており、日本から遠い異国の地へ出ていった近代の人々にとっても、富士山は単なる地名ではなく、心理的な拠りどころだった。このことは、吉田初三郎(一八八四—一九五五)が大正末から昭和初期にかけて描いた路線図や観光案内図を思い浮かべると理解しやすいだろう。吉田の絵地図は独特の鳥瞰図法によって人気を博したが、彼が手がけた数多くの鳥瞰図——「内地」を描いたものも「外地」を描いたものも——には、富士山が描かれている場合が多い。この山は、当該地域までの距離が近ければ画面中央付近に大きく描かれ、遠ければ画面の端や遠景に小さく描かれる。

つまり、吉田の鳥瞰図を見る者は、描かれた当該地域が日本の領土内でどのような位置にあるのかを、富士山との距離や方向関係によって把握することができた。[48]「国の鎮め」という『万葉集』以来の富士山の意味合いを考えるとき、「大東亜共栄圏」を含め、近代日本人が抱いた世界観で、この山はその中心に位置すると述べても大過はないだろう。[49]

このように欧米人も日本人も富士山を日本の象徴と捉え、描いたが、そうした表象は相互に、そして世代を超えて受け入れられた。ジャポニスムにおいて富士山は重要なモチーフである。葛飾北斎の浮世絵『冨嶽三十六景 神奈川沖浪裏』は欧米で人気を呼び、その欧米での評価によって、日本側でも北斎の再評価が進んだ。あるいは、ハーンは小説"A Conservative"(「ある保守主義者」)の末尾で、長い放浪を経て日本に帰国する主人公――雨森信成(一八五八―一九〇六)がモデルとされる――が、船から富士山を見て母国の懐に戻ったことを実感する場面を描いた。ジャポニスムの影響を受けて一九〇九年(明治四十二年)に来日したバーナード・リーチ(一八八七―一九七九)は、横浜到着前に海上から富士山を見上げ、このハーンの小説の主人公を思い起こしている。[50]

富士山、あるいは「日本」の表象のあり方を考えるうえで興味深いのが、太宰治(一九〇九―四八)の『富嶽百景』(一九三九年)である。これは小説だが、ここで描かれているのは主人公の山梨県滞在であり、旅行を描いていると言えなくもない。そして、この小説では芸術家(小説家)が一つの作品をつくるまでの過程がそのまま描かれていて、富士山を描くことの困難が主題となっている。作中では、様々な場所や場面から見える富士山や、先人による富士山の表象(浮世絵、和歌など)が一つ一つ取り上げられる。そして、ステレオタイプと化した表現が実際の富士山の見え方に影響を及ぼすことや、富士山が見える場所で繰り広げられる人間模様が描かれる。そうした感慨や観察が続くなかで、読者は富士山が天皇制や日本という国家の象徴であることを絶えず意識させられる。この小説の最後の部分で、主人公は富士山を背景に二人の娘の写真を撮影する。カメラのファインダーのなかには「まんなかに大きい富士」があり、その下には「罌粟の花」のように「ふたり揃ひの赤い外套を」着た二人が「ひしと抱き合ふやうに寄り添ひ、屹つとまじめな顔」になっている。それを見て、主人公はおかしくてたまらなくなり、「ふたりの姿をレンズから追放して、ただ富士山だけを、レンズ一ぱいにキヤッチして、富士山、さやうなら、お世話になりました。パチリ」[51]とシャッターを押す。

ここで問題となっているのは、写真撮影という表象行為と、写真という表象とがもつ、政治性と歴史性である。明治期の横浜では、ベアト、ファルサーリといった外国人や日下部金兵衛といった日本人の写真家によって撮影された、いわゆる「横浜写真」が外国人観光客に販売され、そこには富士山をはじめとする日本の風景や和服を着た日本の女性が写っていた。これらの写真は購買者の好みを満たすように、職業写真家の意図のもとにその構図や被写体が定められていた。これに対して太宰が描いた場面では、被写体は洋服を着た日本人の女性であり、しかもこの被写体は自ら写ることを望むだけでなく、実際にカメラという機材を所有し、撮影の場所や写真の構図、自らのポーズと表情を決定している。さらに、二人を撮影したのは、素人の日本人（小説の主人公）だった。こうした状況は、「横浜写真」とは様相が全く異なっている。図式的に言えば、明治期には職業写真家によって外国人のために写真が制作・販売され、それがステレオタイプの表現となっていった。これに対し昭和期になると、日本人が旅行先――海外・国内を問わず――で自ら写真を撮影したり、自らが被写体になったりするのは、珍しいことではなくなった。欧州航路で海外に渡航する者も、あるいはこの航路を通って来日する者も、等しく潜在的に旅にまつわる表象の主体であり、客体であり、そして生産者かつ消費者であり、ステレオタイプ表現の担い手となった。こうした状況は基本的に今日まで続いている。

こうした表象行為と表象は、それがなされる時と場所に応じて特定の世界観を構成すると同時に、その世界観によってそれらの行為と表現もまた支持ないし規定されるが、太宰は富士山を題材とすることで、巧みにこうした関係性をあらわにしている。『富嶽百景』の主人公が覗いたカメラのファインダーのなかには、背景に雄大な十一月の白い富士山が広がり、その下で揃いの赤い外套を着た二人の女性が罌粟の花のように寄り添うという、日の丸を連想させる風景があった。つまり、ありふれたスナップとなるべき写真のなかに、富士山と日の丸という要素が現れたのである。しかもそれは、洋服とカメラという、当時の現代風俗によって成立するものだったが、それでいて、そうした事態は結局のところ、古代以来の富士をめぐる歴史、信仰、芸術といった文脈のなかに回収されてしまう。こうした、風呂屋のペンキ画以上にできすぎた表象の成立に期せずして加担しそうになっていることに気がついたとき、主人公は笑いで狼狽を隠しながらその役割から逃げ出し、二人の姿を外して富士山だけを撮影せざるをえなかった。この主人公は、既存のステレオタイプ表現を否定することも、打ち破ることもなく富士山を後にするが、こうした顚末を描いた小説そのものが、富士山の表象のあり方を問うという、別の次元からなされた新しい富士山の表現となっている。

明治—大正—昭和という時代の変遷のなかで、日本人の自己認識や世界観は、外国との関わりのなかで変化していった。それはまた、横浜や富士山をめぐる表象のあり方の変化とも呼応していたし、さらには欧州航路が担った政治性や歴史性の変化とも対応していた。横浜開港以来、外国人も日本人も、洋上からにせよ内陸からにせよ、自らの楽しみや商売のために横浜や富士山を描いたが、その表現が成立したとき、それはすでにある種の世界観に呼応していた。そして成立した表象は、「横浜写真」や「横浜絵葉書」の例に見られるように世界で流通し、各地で様々な他の世界観と交錯した。

その一方で、そうした交錯のあり方には、時代・地域・文化に応じた、ある種の傾向を見いだすことができる。先に和辻哲郎がイタリアから妻に宛てた手紙を取り上げたが、その和辻は日本とイタリアで「古寺巡礼」を試みた人物である。彼の行動の背景には、遠い時代、遠い地域への憧憬があるが、こうした和辻の眼差しは彼独自のものとは必ずしも言い切れず、むしろ同時代の日本に似通った傾向を見いだすことが可能である。たとえば、和辻のようなロマン主義的な傾向は、先に触れた川上澄生が横浜だけでなく安土・桃山時代の南蛮風俗にも憧憬を抱いていることや、あるいは、近代化以前の日本の姿を地方に求めた柳田国男（一八七五—一九六二）や渋沢敬三（一八九六—一九六三）といった民俗学者の活動とも軌を一にしているように思われる。さらに、主として江戸時代後期の生活文化を評価していった柳宗悦（一八八九—一九六一）と、ジャポニスムの風潮のなかで来日したバーナード・リーチが、ともに民藝運動に従事したこともここで思い出される。

以上のように見てくると、欧州航路――さらに言えば豪州航路と北米航路も――が担った政治的・歴史的・文化的役割の変化は、日本人の世界認識や外国人の日本認識の変化と呼応していると言える。そして、これらの航路の末端は確かに横浜だが、こうした航路が担った政治性や歴史性、そして近代日本人の世界観を問う場合、むしろすべての航路の原点として重要なのは富士山だと言わなければならない。ただし、近代の富士山が帯びた意味をこれ以上論じることは、本章の射程を超える。

おわりに

居留地で暮らしていた欧米系の外国人から見た場合、彼らの生活意識では、横浜と植民地との間にさほどの違いはなかったと考えられる。それを支えたのは日本側による近代化の努力、すなわち都市基盤や政治・経済・社会制度・メディアなどの整備である。こうした「文明」の度合いで、横浜が欧米人から評価されたのはまちがいない。ただし、こうした「文明度」を物差しとする評価は、アジアの他の港での植民地的状況や欧米人による現地人への差別と軌を一にしている。

居留地で生まれた異種混交の文化は、欧米人、日本人、そして中国人の合作だった。文化の折衷は世界各地の港町や植民地で見られるものだろうが、ただし日本の場合は、欧米でジャポニスムと呼ばれる現象を巻き起こした点が注目される。美術・工芸品などを生産・輸出し続けた横浜は、ジャポニスムの発信地と言える。

理想化された日本を愛でた欧米人が、日本と横浜の現実をどこまで直視したかについては、概して疑問である。横浜には「浮浪者が一人もいない」ことに感心したイザベラ・バードの例に見られるように、ほとんどの欧米人は横浜の現実を深く見ることなく日本を去っていったと思われる。レガメの言葉を借りると、「優しさと美しさの帝国」である日本は「地球上のあらゆる国の人々の平穏な出会いの地」、すなわち「世界の庭」（傍点は原文）

となるのにいい立場にあるという。[52] さらにシドモアによれば、シンガポール以東のアジアのすべての港に住む欧州人にとって、日本は「観光地、夏の保養地、療養所」として大事な場所だった。[53]「世界の庭」「観光地、夏の保養地、療養所」という言葉には、欧米人の肯定的な日本観と日本への願望が集約されている。

一方日本側から見ると、居留地を中心とする横浜の近代史は、外圧によって突然始まった。その歴史は欧米や中国との競争と相互依存のうえに展開しているが、その社会的・文化的基盤は必ずしも盤石ではなかった。こうした危うさのもとに横浜で異種混交の文化が育まれたが、これに対して日本人自らが郷愁を覚えるという現象が大正時代以降に起きる。これは日本の「近代」という時代の屈折した一面を物語っている。横浜では「文明」という光が明るく輝く分、そこに生じる闇も深かった。

こうした欧米人が抱いた理想化された日本観と古代以来の日本の世界観が交わる場所に、富士山が位置する。富士山は欧米人の異国趣味を満たし、また近代日本人に対しては心理的に時空の座標軸となった。欧州航路の物理的起点は横浜だが、理念的には富士山がその原点だと見るのが妥当だろう。

本章では、横浜での中国人から見た日本人や欧米人理解、あるいは近代における富士山の意義については論じることができなかった。今後の課題としたい。

注

(1) 園田英弘「「極東」の終焉――黒船前史」、吉田光邦編『一九世紀日本の情報と社会変動』所収(京都大学人文科学研究所研究報告)、京都大学人文科学研究所、一九八五年、一七ページ

(2) 横浜開港資料館編『世界漫遊家たちのニッポン――日記と旅行記とガイドブック』横浜開港資料館、一九九六年、横浜開港資料館/横浜開港資料普及協会編『図説 横浜外国人居留地』有隣堂、一九九八年、横浜開港資料館編『横浜中華街150年――落地生根の歳月』横浜開港資料館、二〇〇九年、横浜開港資料館/横浜居留地研究会編『横浜居留地と異文化交流――19世紀後半の国際都市を読む』山川出版社、一九九六年、横浜開港資料普及協会編『横浜と

上海——二つの開港都市の近代 平成五年度第二回企画展示』横浜開港資料普及協会（横浜開港資料館）、一九九三年、『横浜と上海』共同編集委員会編『横浜と上海——近代都市形成史比較研究』横浜開港資料普及協会（横浜開港資料館）、一九九五年

（3）日本郵船『日本郵船株式会社五十年史』日本郵船、一九三五年、日本経営史研究所編『日本郵船百年史資料』日本郵船、一九八八年、The Imperial Japanese Government Railways, *An Official Guide to Eastern Asia: Trans-Continental Connections between Europe and Asia Vol. 1 Manchuria & Chōsen*, 1913, Modern Tourism Library Series 1, Tokyo: Edition Synapse, 2008, pp. XXXII-XXXVII.

（4）参考として、大阪商船株式会社編『航路案内』大阪商船、一九一六年

（5）石塚裕道「横浜居留地像の形成」、前掲『横浜居留地と異文化交流』所収、五ページ

（6）福永郁雄「ヴァンリードは〝悪徳商人〟なのか——横浜とハワイを結ぶ移民問題」、同書所収、一一九—一五七ページ

（7）斎藤多喜夫「世界史のなかの居留地と商館」、前掲『図説 横浜外国人居留地』所収、九九—一〇五ページ、斎藤多喜夫「横浜居留地の成立」、前掲『横浜と上海』（一九九五年）所収、一三三—一六五ページ

（8）横浜都市発展記念館編『横浜建築家列伝』横浜都市発展記念館、二〇〇九年

（9）ロバート・ホームによれば、一八二〇年から七〇年までは土地測量士が、五〇年から九〇年にかけてはエンジニアが、八〇年から一九三〇年にかけては医者（とりわけ公衆衛生の専門家）が、一〇年から六〇年にかけては建築家と都市設計家が、都市の設計を主導した。ロバート・ホーム『植えつけられた都市——英国植民都市の形成』布野修司／安藤正雄監訳、アジア都市建築研究会訳、京都大学学術出版会、二〇〇一年、六二—六三ページ。参考として、堀勇良「横浜・上海土木建築技師考（補論）ウォートルス考」、前掲『横浜と上海』（一九九五年）所収、三〇七—三四四ページ。

（10）一八九三年の居留地の人口は四千九百四十六人であり、その国籍別の内訳は次のとおりである。イギリス八百八人、アメリカ二百五十三人、ドイツ百五十一人、フランス百三十二人、中国三千三百二十五人、その他二百七十七人（前掲『図説 横浜外国人居留地』三一ページ）。

（11）前掲『植えつけられた都市』第五章など。

（12）ギメ／レガメ『東京日光散策／日本素描紀行』青木啓輔訳（新異国叢書）、雄松堂出版、一九八三年

（13）チャールズ・ホーム著、トニ・ヒューバマン／ソニア・アシュモア／菅靖子編『チャールズ・ホームの日本旅行記——日本美術愛好家の見た明治』菅靖子／門田園子訳、彩流社、二〇一一年

（14）E・S・モース『日本その日その日 一』石川欣一訳（東洋文庫）、平凡社、二〇一一年

（15）丸山宏は次の文献で「内地旅行免状」の発行状況を分析している。「近代ツーリズムの黎明——「内地旅行」をめぐって」、前掲『一九世紀日本の情報と社会変動』所収、八九—一一二ページ

（16）条約改正前に出版されたガイドブックとして、以下のものを参照した。Pacific Mail Steamship Co., *A Sketch of the New Route to China and Japan through Line of Steamships between New York, Yokohama and Hong Kong, via the Isthmus of Panama and San Francisco*, San Francisco: Turnbull & Smith, 1867. William Elliot Griffis, *The Yokohama Guide*, Yokohama: F. R. Wetmore & Co., 1874. W. E. L. Keeling, *Keeling's Guide to Japan*, 4th ed., Yokohama: A. Farsari, 1890. Douglas Sladen, *The Club Hotel Guide*, Yokohama: Club Hotel, 1890. Eliza Ruhamah Scidmore, *Westward to the Far East*, 4th ed., Montreal: Canadian Pacific Railway Co., 1893. Gentaro Tomita, *Tourist's Guide and Interpreter with General Information for Travellers in Japan*, Tokyo, 1891. The Steamers of the Nippon Yusen Kaisha, *Handbook of Information for Passengers and Shippers*, Tokyo, 1896. *Handy Guide Book to the Japanese Islands*, London: Kelly & Walsh. n.d.

（17）Ernest Mason Satow and A. G. S. Hawes, *A Handbook for Travellers in Central & Northern Japan*, Yokohama: Kelly & Co., 1881. この本の版権はその後、チェンバレンとメイソンに譲られ、第三版以降は*A Handbook for Travellers in Japan*としてマレー社から出版された。

（18）条約改正後に出版されたガイドブックとして、次のものを参照した。Bradshaw's Guide Office, *Bradshaw's Through Routes to the Capitals of the World and Overland Guide to India, Persia and the Far East*, London: Henry Blacklock & Co., 1903. The Welcome Society, *A Short Guide Book for Tourists in Japan*, 2nd ed. Tokyo, 1906. The Welcome Society. *Useful Notes and Itineraries for Traveling in Japan*, 7th ed. Tokyo, 1909. T. Philip Terry, *Terry's*

Guide to the Japanese Empire: A Handbook for Travelers, Boston and New York: Houghton Mifflin company, 1933. T. Kawata, *Glimpses of East Asia: Nippon Yusen Kaisha Official Guide 1943 Edition*, Twenty-Fifth Annual Issue.（川田友之『東亜大観——日本郵船株式会社年鑑二十五周年版（二六〇三年版）』日本郵船、一九四三年）

(19)“Guide to Ports of Call and General Information”, N. Y. K. Line, MAY 1932. もちろん例外はある。条約改正後に横浜を詳細に紹介した旅行案内の例として、The Imperial Japanese Government Railways, *An Official Guide to Eastern Asia: Trans-Continental Connections between Europe and Asia Vol. 3 North-Eastern Japan*, 1914, Modern Tourism Library Series 1, Tokyo: Edition Synapse, 2008, pp. 1-18。

(20) アーネスト・サトウ『一外交官の見た明治維新』上、坂田精一訳（岩波文庫）、岩波書店、一九九九年、第二章

(21) W・E・グリフィス『明治日本体験記』山下英一訳（東洋文庫）、平凡社、一九八四年、二三—二六ページ、エリザ・R・シドモア『シドモア日本紀行——明治の人力車ツアー』外崎克久訳（講談社学術文庫）、講談社、二〇〇二年、五一ページ、トク・ベルツ編『ベルツの日記』上、菅沼竜太郎訳（岩波文庫）、岩波書店、一九七九年、四一ページ

(22) 前掲『シドモア日本紀行』五三ページ

(23) 滑川明彦「フランス士官デシャルム中尉が見た幕末日本」、前掲『横浜居留地と異文化交流』所収、一六四ページ、Arthur H. Crow, *Highways and Byeways in Japan: the Experiences of Two Pedestrian Tourists*, London: Sampson Low, Marston, Searle, and Rivington, 1883, pp. 203-204. 同様の記述として、前掲『シドモア日本紀行』四五ページ。

(24) イザベラ・バード『日本奥地紀行』高梨健吉訳（東洋文庫）、平凡社、二〇〇〇年、一九ページ

(25) 前掲『日本その日その日 一』一三一—一三二ページ

(26) 前掲『シドモア日本紀行』四五ページ

(27) 前掲『明治日本体験記』一八—一九ページ

(28) 前掲『シドモア日本紀行』四九ページ

(29) Katharine Sansom, *Living in Tokyo*, New York: Harcourt, Brace & Company, 1937, pp. 3-5.

(30) Lafcadio Hearn, “My First Day in the Orient”, *Glimpses of Unfamiliar Japan*, Vol. 1, Boston and New York: Hough-

ton, Mifflin and Company, 1894, pp. 1-28.

（31）Toshio Yokoyama, *Japan in the Victorian Mind: A Study of Stereotyped Images of a Nation 1850-80*, London: Macmillan, 1987, chap. 5.

（32）一例として、アリス・メアリー・レイの日本体験記には、グリフィスなど既存の著述の書き写しが多いことが、伊藤によって指摘されている。伊藤久子「史料紹介 レイ夫人の世界周遊日記」「横浜開港資料館紀要」第八号、一九九〇年、横浜開港資料館、一六八ページ

（33）前掲『シドモア日本紀行』四八ページ

（34）前掲「横浜居留地像の形成」一八―一九ページ

（35）吉崎雅規（横浜都市発展記念館）執筆・編『モダン横浜案内』横浜都市発展記念館、二〇一〇年、一四―一七ページ

（36）谷崎と永井については、西原大輔『谷崎潤一郎とオリエンタリズム――大正日本の中国幻想』（〔中公叢書〕、中央公論新社、二〇〇三年）、第三章。『痴人の愛』については、次の吉見俊哉による分析が興味深い。吉見俊哉「帝都とモダンガール」、バーバラ・佐藤編『日常生活の誕生――戦間期日本の文化変容』柏書房、二〇〇七年、二二八―二五〇ページ

（37）横浜新報社著作部『横浜繁昌記――附・神奈川県紳士録』横浜新報社、一九〇三年、一二九―一四六、一六七―二八五ページ

（38）前掲「横浜居留地像の形成」二六ページ

（39）有島武郎「かん〱虫」『有島武郎全集』第一巻、筑摩書房、一九八〇年、三六三―三七五ページ、吉川英治「かんかん虫は唄う」『吉川英治全集』第十三巻、講談社、一九六八年、三―九三ページ

（40）前掲『日本その日その日 一』三一―三四ページ

（41）横浜港振興協会／横浜港史刊行委員会編『横浜港史 各論編』横浜市港湾局企画課、一九八九年、一三一九―一三三〇ページ

（42）前掲『明治日本体験記』一一ページ

(43) ハーバート・G・ポンティング『英国人写真家の見た明治日本——この世の楽園・日本』長岡祥三訳(講談社学術文庫)、講談社、二〇〇五年、三二ページ

(44) "There is nothing of the masculine magnificence of the great icy ranges about Fuji; she is a dream, a poem, an inspiration, and on seeing her again after absence my heart misses a beat." (Sansom, op. cit., p. 1.)

(45) 前掲『シドモア日本紀行』二七ページ

(46) 村垣範正「遣米使日記」、日本史籍協会編『遣外使節日記纂輯 一』(日本史籍協会叢書)、東京大学出版会、一九八七年、一二—一三ページ

(47) 和辻哲郎『和辻哲郎全集』第二十五巻、岩波書店、一九九二年、四五一—四五二ページ

(48) 参考として、東京都江戸東京博物館編『美しき日本——大正昭和の旅展』東京都江戸東京博物館、二〇〇五年、一二二—一二八ページ、東京国立近代美術館編『越境する日本人——工芸家が夢みたアジア1910s-1945』東京国立近代美術館、二〇一二年、一二一—一二三ページ。

(49) 富士山については膨大な参考文献がある。ここでは次の文献を挙げるにとどめる。上垣外憲一『富士山——聖と美の山』(中公新書)、中央公論新社、二〇〇九年、鳥居和之ほか編『日本の心 富士の美展』NHK名古屋放送局、一九九八年、宮内庁三の丸尚蔵館編『富士——山を写し、山に想う』(三の丸尚蔵館展覧会図録)、菊葉文化協会、二〇〇八年

(50) Bernard Leach, *Beyond East and West*, London: Faber & Faber, 1978, p. 40.

(51) 太宰治「富嶽百景」『太宰治全集 三』筑摩書房、一九九八年、一二四—一四六、一四五—一四六ページ

(52) 前掲『東京日光散策/日本素描紀行』二八三ページ

(53) "the European dwellers in all Asiatic ports east of Singapore make Japan their pleasure-ground, summer resort, and sanitarium." (Eliza Ruhamah Scidmore, *Jinrikisha Days in Japan*, New York: Harper & Brothers, 1891, p. 26.)

第２章――シンガポール

西原大輔

はじめに

筆者は一九九二年から一年間、シンガポール国立大学で日本語を教えたが、それ以来、日本人が文章に書き、絵に描いたシンガポールの記録をこつこつと集めてきた。その過程で何より驚かされたのは、近代日本を代表する著名な人物の多くがこの港町に上陸し、何らかの足跡を残していることだった。福沢諭吉、森鷗外、夏目漱石、和辻哲郎、斎藤茂吉ら数多くの人士が、欧州航路の旅の途上でこの地に立ち寄っている。また、作家井伏鱒二や映画監督小津安二郎に至っては、シンガポールに居住した経験をもつ。横山大観も藤田嗣治も、この海峡都市を題材にした絵画を残した。単なる観光地、あるいは東南アジアの金融センターとばかり認識していたシンガポールには、日本との長く深い文化的関係があったのである。筆者は日本シンガポール協会の機関誌「シンガポール」に、「日本人のシンガポール体験」と題して五十回にわたり連載を続けてきた。その成果を踏まえながら、ここでは欧州航路の寄港地としてのシンガポールに焦点を当て、日本人による代表的な記録をたどっていこうと思う。

1　漂流民音吉と娘子軍

近代シンガポールの歴史は、一八一九年（文政二年）に始まる。イギリス東インド会社のトーマス・スタンフォード・ラッフルズ（一七八一―一八二六）は、マラッカ海峡に位置する人口が少ないこの島に目をつけ、ジョホールのスルタンとの交渉の末、ここに交易場を設けることを認めさせた。以来、シンガポールは国際的商業の拠点として急速に発展し、水深が浅い従来の貿易港マラッカをはるかに凌駕する都市となった。

日本・シンガポール関係史の劈頭を飾るのは、漂流民音吉である。現在の愛知県美浜町の船乗りだった音吉は、一八三二年に江戸に向かう途上で遭難し、三四年に北アメリカに流れ着いた。その後、音吉はイギリスに渡るが、幕末の鎖国政策のなかで帰国を断念、「音さん」改めイギリス人オットソンとしてシンガポールに定住し、貿易業に従事した。この音吉こそが、シンガポールに住んだ最初の日本人である。シンガポール定住以前、音吉は初の日本語訳『聖書』の刊行に協力したり、イギリス軍艦に通訳として乗船し来日するなど、様々な活躍をした。

一八六二年（文久二年）の徳川幕府竹内遣欧使節の一員だった福沢諭吉は、洋行の途上でシンガポールに立ち寄り、音吉と会っている。驚いたことに、福沢は音吉の顔に見覚えがあった。イギリス人として生きる決心をした音吉は、清国人をよそおって「九年前英国の軍艦に乗り長崎に至りしこと[1]」があり、そのときに二人は一度会っていたのである。また、竹内遣欧使節の淵辺徳蔵も、福沢諭吉が乗船したオージン号とは別の船でシンガポールに到着し、音吉の家を訪れている。淵辺が驚いたのは、彼の屋敷が大変立派なことだった。「欧行日記」には、「馬車も所持をり庭は二階屋にて間七八席あり庭も広く花木など植たり童僕小婢も使へり」と記録されている。なぜこんなに金持ちなのかと問われた音吉は、「洋学も相応に出来語学も可也出来る故に貨物の口入などして暮す[2]」と答えている。貿易商として成功したのである[3]。

しかしながら、最初のシンガポール在住日本人として音吉が広く認知されるようになったのは、もっぱら一九九〇年代以降のことである。それまでは、最も早くこの地に渡航した日本人は、海外醜業婦と考えられていた。彼女らは「娘子軍」とも呼ばれ、戦後は山崎朋子や森崎和江の著作[4]によって、「からゆきさん」という新しい呼び方が広まった。欧州航路を旅した日本人乗客の多くは、シンガポールに寄港した際、日本人街で娘子軍を目にし、言及している。

ロンドン留学に赴く途上の夏目漱石は、一九〇〇年（明治三十三年）九月二十五日、シンガポール日本人街の松尾旅館で昼食を食べ、日記に「此処《ここ》日本人町ト見エテ醜業婦街上ヲ徘徊ス妙ナ風ナリ」[5]と記している。漱石は英文で書かれた「断片」で、日本人売春婦を国の恥としていて、途上国エリートの心理がうかがわれて興味深い。シンガポールを通過する欧州航路の日本人船客は、この港に生きる娘子軍に共感しながら、一方で国辱とも感じていたのである。

図１　シンガポールの日本人町マレー街（1930年頃）。現在はブギス・ジャンクションというショッピングモール内の通路として残っている

漱石とは対照的に、日本人海外醜業婦に強く共感した人物が与謝野鉄幹だった。鉄幹は熱田丸で渡欧の途上、一九一一年（明治四十四年）にシンガポールの土を踏んだ。「日本民族」一九一三年（大正二年）十二月号（日本民族社）に発表した詩「新嘉坡の一夜」では、娘子軍を讃美している。曰く、「彼等がその郷土の家に寄する所、／年毎に少くも三十万円を下らず。／彼等はかくも其父母の安慰を計るとともに、／其兄弟の鋭を養うて奮起し、／世界の上に出動する日を望めり」。つまり、娘子軍は南洋で働くことによって日本の貧しい家族を養っており、親孝行であるうえに愛国心にも富んでいるというのである。「新嘉坡の日本ムスメよ、／欧州に赴く途上に彼等を見て、／

予は中心より彼等を賛美す。／彼等の生活は真実なり！　常に緊張し躍動す！／ああ我等学人何ぞ空言の多きや」と、鉄幹は詩を結んでいる。もっとも、鉄幹は彼女たちの「多彩華美なる褌」や「錦繍の欧風寝台」を描写しているので、潔癖な夏目漱石とは違って、単に「彼等を見」ただけではすまなかったにちがいない。(6)

図２　今村紫紅「熱国之巻（部分）」東京国立博物館、1914年。同年インド渡航の途上で訪れたシンガポールの水上集落を題材にしている。水上集落を描いたと思われる素描が別に残されている

2　欧州航路の文学

「欧洲航路の船客といふものは、どこかの学校へ入学したやうなものだ(7)」と横光利一が述べるように、ヨーロッパに赴く航海自体、日本人にとっては初の異文化体験だった。そのため、多くの文化人が詳細な旅日記を残している。漢文に通じた幾人かは、渡欧体験を漢詩に詠んだ。成島柳北は一八七二年（明治五年）九月、フランス郵船ゴタベリイ号とメーコン号を乗り継いでマルセイユを目指した。シンガポールには旧暦九月二十九日に到着、同十月一日に出港している。柳北はこの地で二首の漢詩を作った。

南辺麻陸北蘇門。地勢蜿蜒両蟒奔。奔到洋中不相接。双頭対処万帆翻。

（訳）南にはマレー半島があり、北にはスマトラ島がある。陸地がうねって二頭の大蛇が駆けているかのようだ。海の中を駆けながらもたがいに接することはなく、その二つの頭が向い合う所に、たくさんの船の帆がひるがえっている。

幾個蛮奴聚港頭。排陳土産語啾啾。巻毛黒面脚皆赤。笑殺売猴人似猴。

（訳）何人かの野蛮人が港に集まって来た。土産物を並べて、何やら騒がしく話している。髪は巻き毛で顔は黒く、足は一様に赤い。猿を売っている人が猿に似ているのが、大いに滑稽ではないか。(8)

図3　今村紫紅が題材としたブラニ島付近の水上集落。現在はコンテナ・ターミナル

マラッカ海峡の地理を主題とした一首目の漢詩では、マレー半島とスマトラ島の南北関係が間違っている。幕末から明治にかけての欧州航路の記録は、地理的知識に言及することが多く、成島柳北もこの時代の地理への高い関心を共有している。第二首では、「蛮奴」に言及している。シンガポールは白人や華僑やマレー人が住む多民族都市だが、生まれて初めて熱帯を訪れた好奇心から、成島柳北は西洋人や清国人ではなく、褐色の肌をもつマレー人に興味を示した。文明開化に背を向けた柳北も、文明／野蛮という図式を受け入れていて、今日の価値観では差別的に聞こえる言葉を連ねている。また、森鷗外もシンガポールで漢詩を作った一人である。鷗外は一八八四年（明治十七年）九月十一日に寄港している。ここでは二首のうちの一つを引用したい。次の詩では、自由貿易港としてのシンガポールの急速な経済発展に目が向けられている。

聞説蛮烟埋水郷。埔頭今見列千檣。英人応有点金術。塊鉄之頑乍放光。

（訳）聞くところによると、昔のシンガポールは、毒気を含んだ

もやが立ちこめる海辺の村にすぎなかったという
けれども、今こうして目に入るのは、数多くの商船が埠頭に停泊している光景である。
イギリス人は鉄を黄金に変える技術を身につけているに違いない
鉄のかたまりのように発展の見込みもない未開の土地が、いくらも経たないうちに、まるで黄金のように
光り輝く大貿易港に発展したのだ。(9)

欧州航路を西に向かう道中でシンガポールを訪れた成島柳北や森鷗外に対し、永井荷風は欧州航路を東に帰る際に初めてこの港に入った。アメリカ回りでヨーロッパに渡った荷風は、一九〇八年（明治四十一年）、ついに父の命令で日本に帰ることになった。永井荷風『ふらんす物語』のなかの一章は、「新嘉坡の数時間」と題されている。フランスからしぶしぶ帰国することになった荷風にとって、シンガポールは「醜い」東洋の入り口であり、彼は憂鬱な心情を抱いてこの地を訪れた。

汽船は古い木製の桟橋に繋がれている。桟橋の向《むこう》には汚れた瓦屋根の倉庫が引続いていて、熱帯の青空ばかり、陸地の眺望の凡《すべ》てを遮《さえぎ》っている。甲板からは耳を聾《ろう》する機械の響と共に、荷物が桟橋へと投出される。醜い馬来《マレイ》の土人や汚い支那の苦力《クーリー》が幾人と数知れず、互《たがい》の身を押合うように一方では取出された荷物をば、倉庫の中に運んで行く。と、一方では倉庫の中から石炭を運び出して船へと積込む。いずれも腰のまわりに破れた布片《ぬのきれ》一枚を纏《まと》うばかりなので、烈日の光と石炭の粉、塵挨の烟の渦巻く中に、行きつ戻りつ、これ等の労働者の動いている有様は、最初は人間ではなくて、唯汚い肉の塊りが、芋でも洗うように動揺しているとしか思われなかった。（略）東洋と云う処は実にひどい処だ。ひどい力役の国であると感じた。(10)

舞台になっているのは、タンジョン・パガ（Tanjong Pagar）の桟橋である。シンガポール川河口付近の旧港が

手狭になったため、イギリスのペニンシュラ＆オリエンタル社（Ｐ＆Ｏ）は一八五二年に埠頭を移転させた。それ以来、タンジョン・パガが港湾の中心となった。「牛車水」と呼ばれたチャイナ・タウンにもほど近く、背後の市街地には多くの苦力が住んでいた。この地は、第二次世界大戦後にリー・クワン・ユーが政治家として頭角を現した選挙区でもある。

欧州航路は、様々な日本文学の舞台となった。東西を結ぶこの海上ルートを題材にした旅行記は数知れない。旅行文学以外にも、たとえば森鷗外の短篇「舞姫」は、欧州航路の寄港地サイゴンから物語が始まっている。また、二葉亭四迷はサンクトペテルブルグから帰国の途中、インド洋上で亡くなった。一九〇九年（明治四十二

図４　日本船が停泊したタンジョン・パガ埠頭（1905年頃）。奥の船は煙突に二本の白線が引かれていることから、日本郵船の船と思われる。この場所は現在コンテナ・ターミナルになっている

図５　横山大観「シンガポール所見」横山大観記念館、1930年。船客が甲板から投げ入れる硬貨を、マレー人が水中に飛び込んで拾い上げる様子。黒田清輝や夏目漱石など、欧州航路を旅した多くの人がこれを目にし、日記に記録している

年）五月十三日、賀茂丸がシンガポールに到着すると、遺体は郊外のパシル・パンジャン（Pasir Panjang）の丘で荼毘に付された。会葬者は十四人だったという。その場所を特定することは難しいが、現在のブキ・チャンドゥ（Bukit Chandu）あたりと思われる。二葉亭没後二十年を経た二九年（昭和四年）、シンガポールの日本人墓地には「二葉亭四迷終焉之碑」が建立され、現在でも大切に守られている。

図６　吉田博「シンガポール」1931年。カトン海岸付近を描いたもの。当時の日本人が思い描いた典型的なシンガポールのイメージが表現されている

図７　二葉亭四迷墓碑前の佐藤春夫（右）と大仏次郎（中央）。1943年11月9日。墓碑は現在も日本人墓地公園に残っている

3　和辻哲郎のシンガポール認識

一九二七年（昭和二年）三月二日、白山丸でシンガポールを訪れた和辻哲郎は、この時期の欧州航路船客の典型的なシンガポール認識を示している。和辻がこの地で最初に驚いたのは、温帯日本と熱帯シンガポールの差異

ではなく、むしろ気候の共通性だった。

> 南洋の暑さは我々日本人にとって決して珍しいものではない。日本の盛夏を知るものは、かつて経験しなかったと思われる何物をもそこに見いだし得ぬであろう。植物の種類はなるほど我々に珍しいが、しかし椰子の林は、やや遠く離れて見るならば、形と色とにおいてきわめてよく松の林に似ている。ゴムの木の林も、我々の見なれた落葉樹の林と、さほどに異なったものではない。全体として見れば自然の与える印象は日本の盛夏のそれに似ている。特に人間の生活としての「夏」は、我々が常に経験するそのままである。[11]

シンガポールの天候が日本の夏に通じているという和辻の第一印象は、妻・照子に宛てた葉書からも確かめられる。手紙では、この熱帯の島の気候が日本の夏季とそっくりであることに繰り返し驚いている。「一向に熱帯らしい特別の感じはしない」「日本の海岸にそんなに違つた感じでない」「大して珍らしい感じではなかつた」「我々にはあまり珍らしくもない」「日本の夏の町と同じ感じ」「日本の八月頃と感じがよく似てゐる」[12]というように、日本との共通性を何度も強調している。

和辻は『風土』で、気候を根拠に文化を論じているが、シンガポールの印象に大きく影響されたためだろう、日本もシンガポールも「モンスーン」に属する土地として議論を展開している。しかし、当時の日本と東南アジアの間には、経済の発展度に大きな違いがあった。その差異を風土から説明するために、

図8　宮本三郎「山下・パーシバル両司令官会見図」東京国立近代美術館、1942年。舞台となったブキ・ティマのフォード自動車工場の会議室は保存されている。絵画から受ける印象とは異なり、実際は非常に狭い部屋である

和辻は日本の夏とシンガポールの気候の相違点をも述べる必要に迫られた。そこで彼は、次のように書く。

我々にとっての「夏」は、虫の音がすでに秋を含み、はずした障子が冬の風を含んでいる夏である。若葉や筍《たけのこ》と百舌鳥《もず》や柿との間にはさまった夏である。しかるに南洋にとってはかかる秋冬春を含まざる単純な夏が、言い換えれば夏でない単調な気候が存するのみである。(13)

和辻によれば、常夏の「南洋の風土は人間に対して豊かに食物を恵む」のであり、「人間は単純に自然に抱かれておればよい」という。南洋的人間は「文化的発展を示さ」ず、「生産力を発展」させられなかった結果、「ヨーロッパ人に易々として征服され、その奴隷に化した」ともある。要するに、怠惰が許される熱帯では文化文明は発展しないという、いかにもありきたりの、偏見に満ちた結論が下されている。

ところがこれでは、シンガポールをはじめとする東南アジアの可能性を説明することはできない。そこで和辻は、南洋の単調さは「激情に燃えて常に興奮している人の単調さ」だとし、「もしその固定を防ぎ横溢せる力を動かし得るならば、そこに目ざましい発展のあることは当然」と述べる。さらに南洋華僑に注目して、「南洋の風土の単調さに堪え得るものは実はヨーロッパの人間ではなくしてシナの人間」であり、「ヨーロッパの知力が開発した南洋の富源を今その手中に蔵《おさ》めつつあるものはシナの商人である」と主張する。しかし、気候風土を根拠にして経済発展を説明するのは無理がある。『風土』でのシンガポール関連の記述は、わずか二、三日の体験を強引に一般化したものと言えるだろう。

4　シンガポール上陸観光

欧州航路の重要な寄港地シンガポールで、汽船は貨物の荷役をおこなうとともに、燃料の石炭を大量に積み込む必要がある。そのため、一日か二日程度は栈橋などに停泊する。欧州・東洋間を往来する船客は、この時間を利用して短い観光に出かけた。欧州航路を旅した様々な日本人乗客の日記を読み解いていくと、彼らのシンガポール見物が非常に似通ったものであることがわかる。日本人旅行者が訪れるのは、日本人街、植物園、博物館、カトン海岸、ゴム園、マックリッチ貯水池、日本人墓地、そしてジョホールの王宮やイスラム寺院などである。これとは対照的に、日本人の記述にあまり登場しないのが、イギリスが誇る名門ラッフルズホテルや商業の中心地ラッフルズ広場、あるいはチャイナ・タウンなどである。シンガポールの西洋的側面や中華世界的な一面は、日本から到着した旅人の興味をあまり引かなかったようだ。

一例として、高浜虚子と横光利一のシンガポール観光[14]を見てみよう。二人を乗せた箱根丸は一九三六年（昭和十一年）三月四日、タンジョン・パガ埠頭に着岸した。在留邦人に出迎えられた一行は、二台の車に分乗し、ジョホールを目指した。二三年（大正十二年）供用開始の海を渡る土手道（Causeway）を通り、王宮と回教寺院を見学、奥田氏のゴム園を参観後に取って返し、タンジョン・カトン海岸の玉川ガーデンという日本料亭で昼食をとった。次いで植物園に移動し、吟行をおこなった。翌日は二葉亭四迷の墓を拝んで帰船している。熱帯の自然やマレー人に関わる場所ばかりを訪れているのが特徴と言えるだろう。

興味深いことに、欧州航路を西に行く途上でシンガポールを訪れた場合と、東に帰る途中で立ち寄った場合とでは、町の見方が大きく異なっている。西航の船客は、初めて見る熱帯であることから、南国の自然や風物に大きな関心を払う傾向がある。漱石や虚子や和辻哲郎は、熱帯シンガポールの気候が案外涼しく、日本の夏程度の暑さにすぎないことに率直に驚いている。また、明るい原色の花や繁茂する草木、あるいは赤い土などが、繰り返し描写されている。

一方、東航の旅客は、町に漢字があふれているのを見て、東洋に帰ってきたと安堵した。一九二四年（大正十三年）十二月二十二日、斎藤茂吉はヨーロッパからの帰り道にシンガポールに上陸した。「ここに来て日本語の

図9　金子光晴「新嘉坡——椰子の実採り」制作年未詳
（出典：今橋映子編著『金子光晴——旅の形象』平凡社、1997年）

断片を街上に聞くとき吾等涙ぐみつも」「「日本薬房」「海友休息所」などといふ日本系統の看板があり[15]」といった短歌には、祖国が近づきつつある喜びが表れている。島崎藤村も、シンガポールで郷愁をかきたてられた一人である。第一次世界大戦勃発でパリ滞在を切り上げた藤村は、一六年（大正五年）、欧州航路を東して六月にシンガポールに到着した。「新嘉坡まで帰ればもう日本に帰つたも同じやうなものだとは熱田丸の船員からよく聞かされたことだ。私はあの新嘉坡の港で既に日本の下駄の音を聞いて来たし、あれからの船の中で日本の子供の泣声をも聞いて来た[16]」と述べている。

ヨーロッパの白人社会で暮らした経験の後に、欧州航路を日本に向かって東航した乗客たちは、シンガポールにいる西洋人の姿にも目を向けた。西航の日本人旅客にはほとんど見られない視点である。永井荷風は「新嘉坡の数時間」（『ふらんす物語』）で、人相の悪い西洋人が植民地風の兜形の帽子をかぶって歩いている様子を、否定的なニュアンスで描いている。一方、イギリスに滞在していたジャーナリスト長谷川如是閑は、一九一〇年（明治四十三年）九月、ゴム園ブームのさなかのシンガポールに到着した。ロンドンを深く観察した如是閑は、シンガポールと香港でイギリスの勢力に敏感に反応していて、その洞察は経済・政治・風俗に及んでいる。「目下は例の護謨熱で、熱の出初《でばな》だけに半分はカラ騒ぎの最中だが、本国の英国では、新嘉坡で護謨を植れば、乞食も一晩で銀行が建てられるかの如く騒いでいた事は、僕らの倫敦で見聞した所である」「西洋の果から東洋の果に来るに、その間常に英国の警察権を脱する事が出来ないではないか」「有名な私娼国の英国人は、もし同国人が誤って公娼となってこの地に来ると、直《ただち》に醵金《きょきん》してこれを受出して本国に送り帰すという[17]」。これらは、欧州航路を東に向かった旅客だからこそ獲得できた視点である。

シンガポールを通過した旅人の航海日記類を渉猟していると、さらにもう一つの特徴に気づく。それは、日本

—シンガポール間の日本人乗客と、シンガポール—欧州間の日本人船客の階層の違いである。ヨーロッパ行きの便では、南洋出稼ぎの日本人はみなシンガポールで下船してしまう。船内に残っているのは、外交官やビジネスマン、学者・留学生など、日本社会のエリート層に属する人士ばかりとなる。

一方、シンガポールやペナンからは、多くの貧しいインド人たちがデッキパッセンジャーとして乗船してくる。マレー半島で出稼ぎをしていたインド人の帰国である。三等の船賃さえ払えない彼らは、吹きさらしの甲板上で昼夜を過ごすしかない。それは、貧富の差という世界の現実を見せつけられる体験だった。画家石井柏亭は彼らの姿をスケッチしていて、和辻哲郎は、「丁度私のケビンの窓の下にも、赤ん坊を抱いた母親が三四つと七八つの子を傍にしてデッキに座つてゐた。（略）それを窓から眺めてゐると涙がこぼれさうな気持になつた」[18]と、率直に感慨を述べている。

図10　福田豊四郎「馬来作戦絵巻（部分）」秋田県立近代美術館、1944年。左は降伏したイギリス軍。右は最後の激戦地ブキ・ティマの丘のイメージ

最後に、金子光晴・森三千代夫婦にも触れておきたい。彼らは欧州航路をたどった下層日本人のなかに身をおいたが、金子光晴の『マレー蘭印紀行』や『西ひがし』（中央公論社、一九七四年）、『ねむれ巴里』（中央公論社、一九七三年）、森三千代『新嘉坡の宿』（興亜書房、一九四二年）には、南洋に生活の根拠をもった日本人の姿が活写されている。彼らが生きていた世界は、欧州航路を悠然と旅した知識人たちとは全く異なるものだった。金子光晴は、シンガポールを種々雑多な民族による熾烈な生存競争の戦場として描いた。

シンガポールは、戦場である。焼けた鉄叉《てっさ》のうえに、雑多な人間の膏《あぶら》が、じりじりと焦げちゞれているような場所だ。頭に牛糞の灰を

ぬりこんだヒンヅー人。舢舨《さんぱん》苦力と人力車夫《チャー》。よだれ掛のついたあっぱっぱのようなものを着た猶太《ユダヤ》街の女たち。混血児。南洋産支那《ババナンキン》人。ベンガルや、アラビアの商人。グダン人種。暹羅《シャム》のかこいもの。煙鬼。馬来土民。出稼人。亡命者と諜者《スパイ》。かれらは、みな生きるために、炎暑や熱病とたゝかう。はるかにのぞむと、赫々とした赤雲《やけぐも》のような街だ。(19)

金子光晴のシンガポール認識は、欧州航路を一等や二等で旅をした優雅な旅客たちとは視点の高低が異なっていた。美しい熱帯の美に酔い、異国情緒に満ちたマレーの風物を愛でる姿勢とは一線を画し、生き残るために必死の戦いがおこなわれている空間として、シンガポールを描いたのである。それは、この文学者自身が置かれていた立場を、そのまま反映したものだったと言えるだろう。

おわりに

一九六〇年前後（昭和三十年代）、日欧間の交通が空路だけになったとき、日本人による欧州航路の旅の歴史は一世紀に及ぶ華やかな幕を閉じた。五八年（昭和三十三年）十一月二十八日、漁業調査船照洋丸の船医北杜夫がシンガポールに上陸し、その体験を「シンガポールさまざま」（北杜夫『どくとるマンボウ航海記』中央公論社、一九六〇年）などで語っている。船内に押し寄せるみやげ物売り、博物館訪問、インド人の肌の美しさなど、そこでは、百年間にわたって日本人が記述し続けてきたおなじみのテーマが、ユーモアのある文体で繰り返されている。

しかし、時代が下って一九八九年（昭和六十四年）の村上龍による小説『ラッフルズホテル』（集英社）が描くシンガポールは、欧州航路の寄港地などではなく、今日おなじみの近代的観光地の姿に変化している。欧州航路と日本文学との関わりは、北杜夫をもって千秋楽を迎えたと言うことができるだろう。

注

（1）福沢諭吉「西航記」、慶應義塾編『福沢諭吉全集』第十九巻所収、岩波書店、一九六二年、一一ページ

（2）淵辺徳蔵「欧行日記」、日本史籍協会編『遺外使節日記纂輯三』（「日本史籍協会叢書」第九十八巻）所収、東京大学出版会、一九八七年、一九ページ

（3）淵辺徳蔵が訪れた音吉の家は、近年場所が特定されるに至った。繁華街オーチャード・ロードの大統領官邸入り口に近い、コンコルド・ホテル正面の駐車場とその東南の緑地帯の一部が、音吉の広大な屋敷の跡である。シンガポールでの音吉の事績の調査は次の本にまとめられている。Leong Foke Meng, Rai Show Rei trans., *The Career of Otokichi: The Story of First Japanese Resident in Singapore*, The Japanese Association, 2005. この研究によって、音吉の所有した不動産が登記簿などから明らかになった。さらに、埋葬されたブキ・ティマのキリスト教墓地が一九七〇年に改葬された後の、新しい移転先の墓も発見されている。音吉の優れた伝記研究、春名徹『にっぽん音吉漂流記』（晶文社、一九七九年）での晩年の不明な部分が、シンガポール側の調査によって解明された。

（4）山崎朋子『サンダカンの墓』（「文春文庫」、文藝春秋、一九七七年）、および森崎和江『からゆきさん』（朝日新聞社、一九七六年）。

（5）夏目漱石『漱石全集第十三巻——日記及断片』岩波書店、一九六六年、一一ページ

（6）大正時代に入ると、シンガポールの海外醜業婦は日本の恥と強く認識されるようになった。一九一三年（大正二年）八月に着任した日本領事藤井実は、娘子軍の廃娼を進める方向に動きだした。娼婦が徘徊した旧日本人街は、ハイラム街（Hylam Street）とマレー街（Malay Street）が交差する付近が中心である。娘子軍が多く集まっていたこの地域は、在留邦人には「ステレツ」（語源は英語のstreets）と呼ばれていて、最盛期は一九〇五年（明治三十八年）頃だった。旧日本人街は既に大規模再開発がおこなわれ、ハイラム街やマレー街は、ブギス・ジャンクションという大規模商業施設の屋内通路として、その名をわずかにとどめている。

（7）横光利一『欧洲紀行』（『横光利一集』）、創元社、一九四〇年、一三ページ
（8）成島柳北「航西日乗」、『明治文学全集』第四巻所収、筑摩書房、一九六九年、一一九ページ。日本語訳は筆者による。
（9）森鷗外『鷗外歴史文学集』第十二巻、岩波書店、二〇〇〇年、二〇八、二〇九ページ
（10）永井荷風『ふらんす物語』（新潮文庫）、新潮社、一九五一年、二〇六、二〇七ページ。苦力が汽船に積み込んでいた石炭こそ、三井物産がオーストラリアとの競争に勝ってシンガポールへの輸出ルートを獲得した、三池炭田の産品だったと思われる。皮肉なことに、荷風が嫌悪した汚い労働者が運ぶ石炭の利益が、めぐりめぐって荷風のような裕福な日本人の生活を成り立たせていたのである。
（11）和辻哲郎『風土——人間学的考察』（岩波文庫）、岩波書店、一九七九年、三二ページ
（12）和辻哲郎「一九二七年三月四日付和辻照子宛書簡」、安倍能成ほか編『和辻哲郎全集』第二十五巻所収、岩波書店、一九九二年、一八三、一八四ページ
（13）前掲『風土』三三ページ。以下、和辻哲郎からの引用は、同書三三ページ
（14）高浜虚子『渡仏日記』改造社、一九三六年、四三—五九ページ。なお、横光利一は欧州航路の体験を後に小説『旅愁』（全三篇、改造社、一九四〇—四三年）で活用している。
（15）齋藤茂吉『齋藤茂吉全集』第二巻、岩波書店、一九五三年、二三九ページ
（16）島崎藤村「海へ」、『藤村全集』第八巻、筑摩書房、一九六七年、一五八ページ
（17）長谷川如是閑『倫敦！倫敦？』（岩波文庫）、岩波書店、一九九六年、四六八、四七二ページ
（18）和辻哲郎「一九二七年三月九日付和辻照子宛書簡」、前掲『和辻哲郎全集』第二十五巻、一九〇ページ
（19）金子光晴『マレー蘭印紀行』（中公文庫）、中央公論社、一九七八年、一一九ページ

第３章
日本人が見た／見なかったペナン
――和辻哲郎『故国の妻へ』『風土』を中心に

大東和重

はじめに

一九二七年（昭和二年）二月十七日、ドイツ留学のため、日本郵船の白山丸に乗船して神戸港を出立した和辻哲郎（一八八九―一九六〇）は、三月五日午前十一時半頃、ペナンに到着した。留学中に妻・照へと送った書簡を収録する『故国の妻へ』[1]によれば、キャビンで手紙をしたためていたところ、思いがけず教え子が訪ねてきて、案内してもらうことになった。

図１　ペナンとフェリー（マレー半島からペナンへと渡るフェリー、ジョージタウンの遠景〔2010年、著者撮影〕）

一行はペナン・ヒルへ向かう。インド人運転手が一人ついたケーブルカーは、「比叡山のよりはずっと貧弱」で、山頂まで八百メートルを登るのに三十分もかかった。山上で涼みながら景色を楽しんだ後、植物園に行って猿にバナナをやり、教え子の社宅に寄ってから、午後六時に出航した。和辻のペナン滞在は、往路だけではわずか六時間にすぎない。

しかしこの短い滞在は、和辻にとって「風土」の類型の一つ、「モンスーン域」を構想するうえで、ヒントを与える体験になった。『風土』の一節「モンスーン」[2]によれば、日本の盛夏を知る者は、南洋の暑さに「曾て経験しなかつたと思はれる何物をもそこに見出し得ぬ」。いずれも、「暑熱と湿気との結合」を特性とするモンスーン域に属するからである。しかし南洋では、「夏」は移り行かない。よって、「南洋の風土は人間に対して豊かに食物を恵む。人間は単純に自然に抱かれて居ればよい」ことになり、その結果、「南洋的人間」は「文化的発展を示さなかつた」と断定する。

ただし和辻によれば、南洋の風土の単調さは「力の横溢の単調さ」である。それは「激情に燃えて常に興奮してゐる人の単調さ」であり、「その固定を防ぎ横溢せる力を動かし得るならば、そこに目ざましい発展がある」として、ペナン・ヒルにその「具象的な姿」を見る。植物園を見て、「丁度日本で土用の真盛り」を連想した和辻は、山頂を目指す途中、日本の春や秋を連想させる草花や新緑、紅葉を目にした。この観察から、南洋では「時間的な移り行き」を欠くと共に、「空間的な移り行き」が存する」ことを発見する。季節の変化はなくとも、空間的変化は存在し、「それを受容し得るものに取つては、南洋の単調さはたゞ季節の単調さであつて、内容の単調さではない」。では南洋の「力の横溢の単調さ」を動かして「目ざましい発展」をもたらすのは、何者なのか。

日本・中国・南洋・インドのモンスーンから、中東の砂漠、ヨーロッパの牧場まで、広大な世界を対象とした和辻の風土論の出発点は、欧州への旅の途上で見た各地の印象である。そしてこの直感を、資料や考察によって色づけしたのが、『風土』である。ただしその直感は、必ずしも客観的ではない。第一次世界大戦を経て「一等国」へと成り上がった日本が、欧米に対抗してアジアへと触手を伸ばす時代の現状が、学問的洞察の名のもとに、刻み込まれている。

本章では、和辻『故国の妻へ』と『風土』を、当時の他の紀行文や歴史的背景と照らし合わせる。その作業を通じて、短い寄港中に和辻や日本人たちが見た、あるいは見えていたはずなのに見なかった、ペナンとマレー半島について論じてみたい。

1　大英帝国の海峡植民地ペナン

和辻はペナン・ヒルから眺めた郊外の椰子林について、「この林は英人が来て以来植林したものとのことで、木が秩序正しく並んでいる」(3)と記す。また『風土』では、「南洋は文化を産まなかつた。さうして文芸復興期以後のヨーロッパ人に易々として征服され、その奴隷に化した」(「モンスーン」)と述べる。日本人の眼に映ったペナン、マレー半島には、大英帝国の繁栄と支配がうかがわれる。ここではまず、ペナンが植民都市となるまでの歴史を簡単に振り返っておこう(4)。

図2　1893年のジョージタウン地図
(出典：『檳榔嶼華人史図録』陳剣虹, Penang: Areca Books, 2007年)

　ペナンは、シンガポール、マラッカとともに、大英帝国直轄の海峡植民地を構成する。ペナンが植民地となるのは一七八六年のことで、イギリス東インド会社社員だったフランシス・ライトの提案によって、現地のスルタンから割譲させた。十八世紀後半、東インド会社は、本国・インド・中国の三角貿易の増大とともに、東西の海をつなぐ交通の要衝であるマラッカ海峡付近に拠点を必要とした。軍事的目的とともに、商船がモンスーンの風待ち、薪水の補給、船舶の修理、取り引きをする寄港地を確保するためである。

マラッカ海峡に面したマレー半島の港町と言えば、古都マラッカがある。[5] 十四世紀末以降この地には、マラッカ王国が栄えた。しかし大航海時代になると、アジアの交易ネットワークへの参入を図るポルトガルが、一五一一年にこの要衝を占領し、マラッカの全盛期が訪れる。[6] 一六四一年に新興国オランダによって奪取されるなど、マラッカは各勢力にとって垂涎の的だったが、[7] やがて船舶の大型化と土砂堆積によって港の機能が損なわれ、没落していった。

十八世紀、大英帝国はインドを侵略し、中国との貿易に進出して、その眼をマラッカ海峡へと向けた。[8] マラッカも一七九五年にはイギリス領となるが、その前にイギリスが領有するのが、マレー半島西海岸の沖に浮ぶ小島、ペナンである。[9]

ペナンは、マレー語では「プラウ・ピナン」(Pulau Pinang)、華語名は「檳城」(「ペナン島」は「檳榔嶼」)で、淡路島の半分程度の大きさの小島である。ここに海軍基地や港湾・商業施設が整備され、マレー半島進出の足掛かりとなった。一八一九年には半島南端の小島シンガポールが領有され、三〇年代には華僑人口でもペナンを抜いて最大の殷賑の地となるものの、交通の要衝、貿易地としてのペナンの地位が衰えたわけではない。中心都市はジョージタウン。現在の人口は約七十万人である。

海峡植民地の人口構成は複雑である。マラッカを例にとってみよう。鶴見良行『マラッカ物語』によれば、「都市の住人はすべて外来者」で、「マラッカ人という原住民はいなかった」。[10] 各地から集まった民族集団が分立割拠していたところに、十六世紀以降、ポルトガルやオランダといった西欧の勢力が加わる。十九世紀になるとイギリスが進出し、大規模な錫鉱床の発見以降、中国人の手によって開発が進められ、労働力として中国人移民が続々と流入した。また、イギリス主導でゴム栽培が始められ、インドから大量に移民を導入した。[11] これら新規の移民に対し、二十世紀になると在来の民族集団が「一つのマラヤ集団へと成長し[12]」た。こうして現在の、マレ

図３　ペナンの金融街、ビーチ・ストリート（20世紀初頭か）
（出典：前掲『檳榔嶼華人史図録』）

ー系、中国系、インド系（主に南部のタミル人）によって構成される、都市マラッカ、ひいてはマレー半島の、多民族が構成する都市や国家の原型が形作られた。

一九一〇年代から二〇年代にかけてのペナンの人口を確認しておこう。一九年発行の『南洋渡航須知』[13]によると、一七年の時点で、シンガポール約三十七万人、ペナン約三十万人、マラッカ約十五万人である。民族ごとの人口では華人が最多で、圧倒的に華人社会であるシンガポールほどではないにせよ、今日でもペナンの華人人口はマレー人を上回る。

二十世紀初頭の段階で、ペナン自体には商業上重要な産物も鉱物もない。ペナンが栄えるのは、インドシナからマレー半島へと縦断する鉄道との接続地、半島に産するゴムの輸出港、そして欧州航路の寄港地としてである[14]。当時ヨーロッパへのルートは、アジアの海を行く欧州航路、アメリカを経由する太平洋航路、シベリア鉄道の三種類があり、そのうち欧州航路を選ぶ者は、たいていこのペナンに寄港し、短い滞在を経験した。一九二七年刊行の『英領馬来事情』によれば、出入港する商船の総隻数と総トン数は、シンガポールの半分に満たない[15]。しかし、欧州航路の大型汽船は多くがペナンに停泊し、日本郵船、大阪商船会社いずれも代理店を置いていた[16]。シンガポールからわずか一昼夜の距離にすぎないペナンに寄港する理由は、石炭の積載にあった。

ただし、寄港は大半がほんの数時間で、上陸しない船客も多かった。たとえば夏目漱石は、一九〇〇年九月二十七日朝、渡欧の途次ペナンに着いたが、「午前九時ノ出帆故上陸スルヲ得ズ[17]」と日記に

図４　路面電車の走る繁華街、チュリア通り（20世紀初頭か）
（出典：前掲『檳榔嶼華人史図録』）

記している。一泊するケースは稀であり、滞在はわずか数時間で、表面的な観察にとどまらざるをえない。また、ペナンには日本人会があったものの、残された記録は少なく、長期滞在した旅行者も稀である。ペナンを詳細に観察した日本人の記録といえば、戦中に報道員として滞在した寺崎浩『マライの静脈』（春陽堂書店、一九四三年）が、数少ない例として挙げられるのではないだろうか。

　イギリス統治下のペナンは、当然イギリス人によって描かれた。大英帝国の海峡植民地での欧米人の姿は、サリーナ・ヘイズ・ホイト『ペナン 都市の歴史』[18]によって、ある程度うかがうことができる。観光や滞在のためにペナンを訪れた欧米人たちのなかには、大英帝国女性旅行家の代表格イザベラ・バードの姿もある。

　一九二〇年代のペナンを描いた作品としてまず挙げるべきは、ジョージ・ビラインキンの『ペナンよ幸あれ 熱帯の植民地における悲喜劇の物語 ヨーロッパ人、中国人、マレー人、インド人の間で』(George Bilainkin, *Hail, Penang!*, Sampson Low, Marston & CO., LTD., 1932) である。ビラインキンは新聞の編集者、また通信員としてペナンに赴任し、欧米人を中心に、各種の職業や階層、華人・マレー・タミル人といったコミュニティを観察した。当時のペナン社会を知るための絶好の読み物である。

　欧米人のペナン滞在記で必ず登場するのが、E&O (Eastern and Oriental Hotel) とペナン・ヒルである。宿泊を伴う滞在をした日本人もそうで、鶴見祐輔は一九一六年にペナンで、現在も営業を続けるE&Oに滞在した。鶴見はこのホテルを、「彼南《ピナン》に於ける一流のホテルで、波打際に臨んだ涼しげな建物である。（略）外は砂地で椰子の木が亭々と生茂り、又下には鞺々たる濤声を聞いて、印度洋の翠浪が万顆の玉と砕けて居る。風がそよ〳〵と終日吹き通して居るので、何とも云へず心地がよい[19]」と描写する。

Ｅ＆Ｏは短期滞在者にとって欠かせない施設だったが、ペナン・ヒルは長期滞在者、特に暑さに慣れない欧米人にとって、最大の行楽地、かつ保養地だった。大英帝国が拠点とした港湾都市には、港の背後に急峻な山を控えた土地が多い。ペナン・ヒルをもつペナンしかり、ビクトリア・ピークをもつ香港しかりで、イギリスの影響力が大きかった幕末に開港した神戸も、背後に六甲山をもっており、これに加えていいかもしれない。欧米人はこれらの山に、熱帯気候もしくは夏の酷暑から逃れる避暑地としての役割を求め、別荘を構え、ケーブルカーを整備した。

高所のおかげで、熱帯にありながら快適な環境を維持できるペナン・ヒルからの眺めは、いわば大英帝国が植民地を見下ろす視点とも言える。和辻が目にしたイギリス人や華人の豪壮な別荘は、中国人やインド人の労働者を使役して半島を開発してきた原動力の所在を明らかにしている。マレーの「発展」は、空間的な移動を経てきた欧米人と中国人がもたらしたことを、和辻はペナン・ヒルで発見したのである。

ただし、和辻がペナンに上陸した一九二〇年代は、大英帝国の繁栄が、第一次世界大戦によって陰りを見せ始めた頃にあたる。パクス・ブリタニカは終焉を迎えつつあった[20]。和辻の発見は、季節の変化がなく停滞した南洋に対する、刺激の源泉としての空間的移動と、強く結び付けられる。ペナン・ヒルからの俯瞰を経験することで、西洋人と同じく空間を移動してきた、「豊富に流れ出でつゝ変化に於て静かに持久する感情[21]」をそなえる日本人が、欧米人や華人に代わって南洋に刺激と開発をもたらす将来を予見するのである。

2　名所と街並みと──多民族都市ジョージタウン

和辻がペナンで訪問した教え子の社宅は、「文化住宅式の三間ぐらいなものだが、それにもっと小さい召使部屋三間が一棟となって続いている。そこに自動車の運転手（インド人）とコック（シナ人）とも一人下男（マレー人）とが住んでい[22]」たという。この、インド人、華人、マレー人は、現在マレーシアを構成する主要三民族である。ペナンを訪れる日本人は、多民族が固有の文化を守りながら混住する都市の、華やかな魅力に引き付けられるだろう。

かつてはビーチリゾートのイメージが強かったが、現在ペナンで見どころは、二〇〇八年に世界遺産として登録されたジョージタウンの街並みである。観光客の多くは、次のような順でこの街を巡るだろう。出発点は、ペナンの東北角、フランシス・ライトが上陸して砦を築いたコーンウォリス要塞跡。ここから大通りを西南へと進む。まず右手に、一八一八年に建てられたセント・ジョージ教会が見え、次に同じく右手に、一〇年代に華人が創建した観音寺（広福宮）がある。今度は左手に、八三年創建のヒンドゥー教のマハ・マリアマン寺院。そして右手に、一九〇一年に創建されたイスラム教のカピタン・クリン・モスクが見える。周囲には、イギリスコロニアル建築群やリトル・インディア、チュリア通りのチャイナタウンなどの百年前の美しい街並みが広がる[23]。

しかし、寄港中ペナンに上陸した日本人の記述に、これらの遺跡や寺院が出てくることは少ない。一九三八年十月十五日、ペナンに寄港した野上弥生子は、「波止場前の広場から、土人町らしいほこりつぽいごたごたした通にはひると、町並はシンガポールよりは、もつと安手に、もつと色彩的で、それは建物のみでなく人間にまで及んでゐまし[24]た」と述べるだけで、すぐに青々と田園の広がる郊外の名所へと向かう。

当時も現在も、郊外の名所は驚くほど共通する。一八五〇年創建の福興宮、通称蛇寺。九八年創建の東南アジア最大の仏教寺院、極楽寺。九〇年に開発されたペナンの最高峰、標高八百三十三メートルのペナン・ヒル。水道施設であるウォーターフォール・ガーデン、通称瀧公園。近くにはペナン植物園もある。寄港者はあわただしく名所を見物して回るのであり、たとえば野上は、日本人会の人々から「ここで見るのは蛇寺と極楽寺ぐらい」(25)と言われ、わずか三時間のうちに両所を見物した。

もちろん、街並みの美しさに目を見張った日本人もいた。和辻は、「シンガポールと違って町が薄い色を持っている。（略）薄黄か薄青か何かしら色を塗らない建物はない。またシンガポールほど雨に洗われた感じもない。同じ熱帯で、しかもあまり遠くない所にある町が、こんなに感じが違うのかと驚くほどだった」(26)と記す。和辻は

図5　広福宮、通称観音寺（2010年、著者撮影）

図6　マハ・マリアマン寺院（2010年、著者撮影）

その理由を地質の相違に帰するが、両都市の印象の相違はおそらくそれだけではない。一九三六年三月六日午後四時に寄港した横光利一は、あまのじゃくぶりを発揮して、次のように語る。

この地は恐らく船客の何人も、眼中に入れてゐなかつた所であらう。しかし、私にとつては上海、香港、シンガポールと来た土地の中では、最も気に入つた所である。夕立の後であらう。空気は清澄で、街は閑雅、静寂、全市が一つの公園だ。樹木が繁茂し、建築物が優雅であり花の種類がシンガポールに劣らない。まことに雅致掬すべき街だ。名所とて殆どないがどこを見ても私には名所である。(27)

図7　カピタン・クリン・モスク（2010年、著者撮影）

図8　福興宮、通称蛇寺を訪れる西洋人客たち
（出典：前掲『檳榔嶼華人史図録』）

ジョージタウンの本格的な建設は十九世紀初頭に始まる。数度の火災を経験して、一八三二年以降は建築規則によって市街地は耐火建造となった。なかでも埠頭に近い通りに面する華人街屋は、十九世紀末以降の建物が中心である。戦後の賃貸規制法のおかげで、現在でも、約百年前の典型的な海峡植民地の姿を保持している。[28]かつて旅行者たちが眺めた景観をいまも見ることが可能なのである。クリーム色や水色のパステルカラーの建物が、海や空の青と調和がとれた色彩で浮かび上がる姿は非常に好もしい。

図9　マレー半島最大の仏教寺院、極楽寺の塔（1927年完成）（出典：前掲『檳榔嶼華人史図録』）

しかし、ペナン形成の歴史的背景をおのずから語るはずの街並みを見ても、そこからペナンの多元的な文化に注意を向けた記録は少ない。あるいは、各民族がいかにしてペナンに集まり、この多元的な文化が生まれたのか、その経緯や原因にまで思いを馳せることは稀で、和辻も同様である。

和辻が乗る自動車やケーブルカーの運転をしていたのはインド系だった。インド系の移民は、大英帝国がインドから東へと勢力を拡張する際に労働力として導入された。マレー半島の場合、主に南部のタミル人が、ゴム園の労働者となった。[29]和辻は『故国の妻へ』で、インド人が家族を引き連れて、欧州航路のデッキパッセンジャーとしてインド洋を往来する姿を描く。スコールにてんてこ舞いするインド人の家族を見て、「こんなふうにしても海をこえて遠いところを往来している家族があると思うと、何とも云えぬ感慨が胸に湧いた[30]」と記す。『風土』では、欧州航路で観察されたインド系移民の姿が、インド人の民族的性格として一般化されている。

モハメダンの征服のあとには更にヨーロッパ的人間の征服が続いた。しかも印度の人間は最近に至るまでその戦闘的征服的性格を学び取ることが出来なかつたのである。永い間の被征服の状態はむしろ感情の横溢を弱々しい感傷性に馴致したかに見える。南洋にまで進出してゐる勇敢な印度人さへも、多くは従順忠実の化身のやうであり、その声や表情には常に気弱さを印象するところの感傷性がある。南洋とセイロン島との間の甲板乗客としての印度人が印象するところもまさにそれである。（略）我々は圧抑の事実を全然目撃することなくしても、印度の人間そのものが被圧抑を表現してゐるのを感ずることができる。[31]

現在の視点からすると、和辻のインド人観は、植民地としてのインドが大英帝国という王冠の最も輝ける宝石であることに由来する、というほかない。[32] インド人の性質が本質的に「従順忠実」だというより、イギリス統治下にあるためにそう見なされるのだと反論することができる。そもそも和辻の論は、デッキパッセンジャーや「セイロン島の瞥見」だけに基づくにすぎない。第一次世界大戦後、インド人は民族自決の旗印のもとに立ち上がっている。『風土』刊行からインド独立まで、わずか十年余である。

また、イギリス領マラヤに導入されたインド人労働者は、中国人が千五百万人に対してわずか四十二万五千人で、しかも南インド、タミル地方からの移民である。そのうえ、山田満によれば、「南インド系のほとんどが、アウト・カーストまたは低カーストに属し、小作農であり、単純なルーティンワークに適し、低賃金を容易に受け入れ、管理もしやすかった[33]」という。彼らをもってインド全体を代表させることは到底困難だと思われるが、和辻は『風土』で、大英帝国の繁栄と、出稼ぎ労働者としてのインド系移民に対する観察、さらに古代インドに関する知識、これらを気候と結び付けて一般化した。これは大英帝国のインド統治を反映するにすぎず、帝国主義の現状が追認されていくのである。

3　海峡華人

このようなインド人の観察と対比できるのが、中国人に対する観察である。

図10　辜上達一族(ペナンの裕福な華人、辜氏一族〔1905年〕)
(出典:前掲『檳榔嶼華人史図録』)

先に見たように、ペナンは土着のマレー人や外来の華人、インド人、イギリス人などが混住する土地だが、人口や経済力の点で他を圧するのが、華人である[34]。教え子の社宅で中国人がコックをしていたとあるように、海外へ移住する中国人が調理の腕に覚えがあるのは、いわゆる「三把刀」(調理、裁縫、理容を指す)の伝統があるからだが、華人は零細な仕事に従事するだけではない。ペナン・ヒルに登った和辻は、「近くの山の上には立派な別荘がたくさん建っている。それは皆シナ人の持物だそうだ[35]」と記す。また『風土』では、「南洋の風土の単調さ」に耐えられるのはヨーロッパの人間ではなく「支那の人間」であり、「ヨーロッパの知力が開発した南洋の富源を今その手中に蔵《おさ》めつゝあるものは支那の商人[36]」だとした。

海峡植民地の華人は、富の蓄積でイギリス人に対抗できた。『南洋遊記』で鶴見祐輔は、ペナンへ向かう汽車の窓からゴム林と錫の採掘地を見て、「支那人の発展力」に感嘆する。「護謨《ゴム》事業と云はず、錫事業と云はず、有ゆる産業に於て優勝者たる

図11　張弼士の豪邸、通称ブルー・マンション（2010年、著者撮影）

地位を占め、今では馬来半島の財源を、一手に掌握して居るの観がある」(37)

イギリス領マレーの主要産業は、錫とゴムだった。大谷光瑞《こうずい》は一九一五年の見聞として、「世界の錫は、其七八割を此半島より供給せり、半島の錫に富めるを知るに足る。其起業者は多く支那人」(38)と記している。水島司によれば、マレー人によって細々と生産されていた錫は、十九世紀半ばに大規模鉱床が発見され、中国人による産業へと変化した。(39)マラッカなどに古くからいた海峡華人と呼ばれる企業家が、中国人労働者を用いておこなう経営である。唐松章によると、一一年の時点でイギリス領マラヤの錫生産額は世界の四割、三一年で三割六分で、そのうち華僑資本の割合は一〇年で八割、三〇年で四割近くである。(40)二〇年代半ばに欧州系企業が中国系を上回るが、和辻が訪れた二七年段階では、まだ華人の力は衰えてはいなかった。

一方、ゴム産業については、イギリス系企業によって開発が進められた。一九〇〇年頃から本格化したゴム栽培は、二一年の段階でイギリス領マラヤの全耕作面積の六割以上を占めるようになる。ゴム生産の四分の一を欧州系企業が所有する大規模ゴム農園が占めた。農園の労働者の大半は、インド人の年季労働者や移民である。(41)ただし、唐松章によれば、三一年の時点でゴム農園所有者と管理者層の四割強が華人だったという。華人の多くは中小規模農園主だったとはいえ、三六年時点で華人のゴム園の面積は全体の三割を占めた。(42)

ペナンは、これら錫やゴムで財を成した華人たちが居宅を構える土地だった。鶴見祐輔はペナンの町見物に出て、「所々、宏壮な印度寺院と、大樹巨木を環《めぐ》らした、瀟洒たる支那人の別荘とが目に着く(43)」と記す。野上弥生子は、極楽寺を見物した後、ペナンの富裕な華人たちの住宅地を通り抜けたときの印象を次のように記す。

> この塔の様式を見ても、またこの寺が南京寺とも呼ばれてゐることから考へても、このペナンに浸みこんでゐる支那人の富と勢力が十分想像されるのですが、波止場に帰る途中に通つた住宅区域は私たちにそれを証明してくれました。
>
> 広い舗装された道は、古木の深深とした並木の緑で覆はれてゐました。家はすべて欧風のがつしりした大きな構へで、青い芝の前庭を持ち、美しい花木と蔓の花で飾られてゐました。（略）
>
> これらの家家の主人なる支那人――華僑は、シンガポールを根城にするものより一層富豪が多いと云ふことでした。[44]

図12　キャセイ・マンション（2010年、著者撮影）

ジョージタウンの名所の一つに、「ブルー・マンション」がある。現在ホテルとして使われているこの建物は、一八八〇年、広東省出身の客家人、張弼士《ちょうひっし》によって建てられた。インディゴ・ブルーに塗られた鮮やかな外観、中洋折衷で繊細かつ絢爛たる内装、風水に則った独特のスタイルなど、一見に値する美しい名建築である。その向かいに立つ、現在ホテルとして使われている白亜のキャセイ・マンションも、華人のかつての豪華な生活をしのばせる。

華人は開発や商業だけでなく、文化活動もおこなった。華人の眼からペナンの山水人物を描いた作品としては、華南から学校教員として移住してきた鄺国祥《こうこくしょう》の『檳城散記』[45]があり、ペナンに根を下ろした華人の活動がよくわかる。華人は母国中国の政治にも関心を抱き、孫文

図13　ペナンの豪華なプラナカン・ハウス、外装（2010年、著者撮影）

などの革命家に資金を援助し、孫文はペナンにも滞在した。

野上は、ペナンの富裕な華人が英語教育を受けた人々である点にも言及し、「こんな家で生れ、ヨーロッパ風の教育で育ち、長じてはイギリスとか、ドイツとか、フランスとかの大学に学ぶ若い支那人」に強い好奇心を抱いたと語る。マレー半島の華人は、早く明代から渡来した。十九世紀以降に移入した労働者たちは、故郷に錦を飾ることを目標としたが、なかには現地に根を生やす者もあった。イスラム教こそ受け入れないものの、マレーの文化や言語を受け入れ、現地化し、さらに宗主国であるイギリスの文化をも受け入れる。こうした融合文化の体現者は「プラナカン」と呼ばれ、中国系の男性をババ、女性をニョニャと呼ぶ[46]。華人の豪邸にアンティークを収集したプラナカン・ハウスでは、その繊細かつ華やかな文化の粋を堪能できる。また、方北方（一九一八―二〇〇七）の華文小説『娘惹与峇峇』（檳城：北方書屋、一九五四年。日本語訳は『ニョニャとババ』〔奥津令子訳〔東南アジアブックス〕、井村文化事業社、一九八九年〕）では、中国系プラナカンの姿がうかがえる。

華人の勢力は和辻に強い印象を残した。帰国後、のちに『風土』に収める諸論を発表し始めるが、第三章「モンスーン的風土の特殊形態」の（一）「支那」は、一九二九年七月に「支那人の特性」（「思想」第八十六号、岩波書店）として発表された。三五年刊行の『風土』に「支那」と改題して収録される際には、追記があるだけで、変更はない。ところが四四年、『風土』新版刊行の際には全面的に書き改められた。

「支那人の特性」では、海峡華人の存在感は、中国人一般の特性にまで敷衍される。和辻は「支那人」の性格を、「頑固に支那人」である点に見る。「その執拗さ根強さ」において日本人は到底かなわず、「国家的に極めて脆弱である支那人が、経済的には支那の国に於てのみならず海峡植民地や南洋の諸島に於て勝利者となつてゐる」のも、この根強さによるものだと記す。ただし、その「無感動にして打算的な」性格ゆえに、「ロシア風の革命により支那に一つの共産主義的な「制度」が創造されようなどとは（略）不可能」と予測していた。

この「支那人の特性」は、前述したように、一九三五年刊行の『風土』に「支那」と改題して収録された。和辻はその末尾に、中国の事情は著しく変化した、「最も著しいのは南洋に於ける支那商人の勢力の減退」だと記している。そして四四年の『風土』新版刊行の際には、全体に書き改め、「支那人の特性」にあった、海峡植民地の華人に対する言及は消えてしまった。

図14　プラナカン・ハウス、内装（2010年、著者撮影）

和辻は新版の「序言」で、当時流行していた左翼思想への「駁論」が交じっていたために書き改めたとするが、それだけとも思えない。「支那人の特性」にしても、その改稿の「支那」にしても、中国人に対する侮蔑的な表現が多く、和辻礼讃の書である坂部恵『和辻哲郎』でさえ、「今日そのまま中国語に訳して新中国のひとびとの閲覧に供することは何としてもはばかられるであろうような見解が含まれている」[47]とするが、しかし少なくとも「支那人の特性」には、上海、香港、シンガポールが、「政治的権力や武力がどうであらうと、外国人の町は実質上支那人のものとなつて」いるのを瞥見して感じた、「支那人の底の知れぬ強さ」に対する畏怖があった。結論として和辻は、日本人の「繊細なきめの細かさ」と中国人の「空疎」という相違点を強調し、「支那人が勝つといふことは、人間性にとつては一つの退歩」としながら、「日本人がその団結を失つて個人の立場に於て支那人と対するならば、日本人は到底支那人の敵ではない」と、国家の保護を期待せず、強大な力には忍従しながら、実際的かつ打算的に行動する中国人への恐れを隠してはいなかった。

しかし、一九四四年の新版となると、華人の「執拗さ根強さ」に対する恐れは後退する。新版では、列強の圧迫を受けて植民地化されているにもかかわらず、「シナ人はこの経済力の圧迫に対してさほど痛痒を感じてない」と述べ、「シナ人の無感動性はついにシナの民衆を最大の不幸にまで追い込んで行つた」と論じる。

日本人がいかに深くシナ文化を吸収したにしても、日本人はついに前述のごときシナ的性格を帯びるには至らなかつた。しかしそれにもかかわらず日本の文化は、先秦より漢唐宋に至るまでのシナ文化の粋をおのれの内に生かしているのである。シナ人はこれを理解することによつてかえつて現代のシナに消失している過去の高貴な文化の偉大な力を再認し得るであらう。さうして現在行き詰つているシナ的性格の打開の道をそこに見いだすこともできるであらう。(48)

日中戦争開始からはや五年、泥沼の戦争とはいえ、日本は中国沿岸部の主要都市を抑え、中国政府は奥地まで退いた。中国は日本を見習って国家を作り直せという論調には、中国など日本の敵ではないという自信がほの見える。

しかし南洋の華人は、一九三七年の日中戦争勃発後、抗日戦争のために立ち上がっていた。菊池一隆によれば、華僑は「中国の民族資本家」として、抗日という目標のもとに団結し、特に南洋華僑は激しい抗日運動を展開した。四二年の日本軍による占領後も、抗日遊撃隊の活動は続く。(49) 和辻の言う「無感動」な中国人が、南洋で欧米人に比肩する「変化」や「刺激」の源泉となっただけでなく、辛亥革命を含む革命運動に経済的な支援を与え、本国でも刺激の源泉となった。さらに日中戦争が始まると、彼らは決然と立ち上がった。海峡華人を含む中国人の「執拗さ根強さ」が、中国の「高貴な文化の偉大な力」の継承者、アジアの盟主となった帝国日本が打ち出す「東亜新秩序」（一九三八年）や「大東亜共栄圏」（一九四〇年）に立ち向かったわけである。

観察と直感に基づいて組み立てられたはずの『風土』に、当初姿を見せていた南洋華人は、日本の国力増進とともに姿を消し、日本の現状が肯定されていく。和辻の風土による中国人の性格規定は、現状を投影する形で観察や直感をはたらかせる、時代の反映にすぎない。あれほど観察をはたらかせていたはずの和辻においても、見えていたはずのものが、現状を投影した考察を優先するがゆえに捨象されてしまうという現象が生じているのである。

おわりに

鶴見祐輔は『南洋遊記』の末尾で、「日本の南進は可否の問題ではなくして、最早必然的の事実である」と南進を鼓吹した。鶴見によれば、「南国の山河は享楽の国である。安逸の世界である。更に一歩を堕して放縦《ほうしょう》懶惰《らんだ》無気力無活動の天地である」。一方、日本人は「南方の安きを捨てゝ北方の難きに進んだ」民族である。吹雪のなかで心身を鍛え、「遂に今日の如き向上邁進の精神と、膨脹発展の気魄とを有する国民となつた」。国家の興隆が、「寒気凛烈たる北国」であることからもたらされたと思うと、「我日本の山川風土に対し、抑へ難い愛着心の湧き来るを覚えた」という。

鶴見による南洋と日本の対比は、よりレトリックを凝らせば、同じくモンスーン域に属しながら「受容的忍従的な関係に於て固定した」南洋（「モンスーン」）に対して、「大雨と大雪との二重の現象」「熱帯的寒帯的の二重性格」ゆえに、「変化」「活発」「敏感」を特徴とする日本は、「モンスーン域中最も特殊な風土」[50]だとする和辻の論と重なることがわかるだろう。それだけではない。鶴見は、「懶惰放縦なる半睡半眠の劣等人種に退化して居る」マレー人と対比して、「時を定めて或は本国に帰り、或は南洋の高地に退いて、寒冷の気に触れて身神の休養を計り、再び帰つて苦熱裡の奮闘を続けて居る」欧州人や、「堅忍不抜の国民」である中国人をたたえ、同じく北国の日本人も南洋に進出すべきだと語る。一方和辻の、「力の横溢の単調さ」を動かすのは、空間を移動してきた欧米人と中国人に次ぎ日本人である、という構図でも、両者は重なる。鶴見は、南洋や中国の「発達を助けて、先進国として彼等を扶掖《ふえき》誘導するの地位に立つことが、真正なる意味に於ける、日本の帝国主義(51)」だと語るが、和辻の論理もここに行き着く。

『風土』は、ヘーゲル『歴史哲学講義』などの西欧中心の時間的進展の哲学に対する、哲学的な対抗心から生まれたというだけではない。そこには、一等国となった日本の自負心が見え隠れするとともに、南洋に進出していく日本の現状や将来が背後に潜んでいる。『風土』を『故国の妻へ』や他の日本人の記録、さらに現地の歴史的状況と重ね合わせると、哲学的な衣装にくるまれた時代の思考の相貌が浮かび上がってくる。『風土』はまさに、時代の刻印が鮮明に押された書物なのである。

注

(1) 和辻哲郎『故国の妻へ』角川書店、一九六五年、二八ページ

(2) 和辻哲郎『風土——人間学的考察』岩波書店、一九三五年(新版:和辻哲郎『風土——人間学的考察』岩波書店、一九四四年)。引用は初版第二刷(一九三六年五月)を用いるが、「支那」と「モンスーン」の節については、初出の「支那人の特性」(「思想」第八十六号、岩波書店、一九二九年。一九四四年の新版で大きく書き改められた)と「モンスーン」(「思想」第百二号、岩波書店、一九三〇年)を用いる。

(3) 前掲『故国の妻へ』二九ページ

(4) マレー半島の歴史については、生田滋「マレーシア・シンガポール」(池端雪浦/生田滋『東南アジア現代史』第二巻〔世界現代史〕所収、山川出版社、一九七七年)、野村亨「イギリス領マラヤ」(池端雪浦/石沢良昭/後藤乾一/桜井由躬雄/山本達郎/石井米雄/加納啓良/斎藤照子/末広昭編『岩波講座東南アジア史第五巻——東南アジア世界の再編』所収、岩波書店、二〇〇一年)を、東西交易の歴史については、羽田正『東インド会社とアジアの海』

（〔興亡の世界史――what is human history?〕第十五巻〕、講談社、二〇〇七年）を参照。

（5）マラッカの歴史については、鶴見良行『マラッカ物語』（時事通信社、一九八一年）を参照。

（6）ポルトガルのアジア進出については、生田滋「インド洋貿易圏におけるポルトガルの活動とその影響」（生田滋／岡倉登志編『ヨーロッパ世界の拡張――東西交易から植民地支配へ』〔Sekaishiso seminar〕所収、世界思想社、二〇〇一年）を参照。

（7）オランダのアジア進出については、永積昭『オランダ東インド会社』（〔講談社学術文庫〕、講談社、二〇〇〇年）、加藤祐三／川北稔『アジアと欧米世界』（〔世界の歴史〕第二十五巻〕、中央公論社、一九九八年）を参照。

（8）イギリスのアジア進出については、ダニエル・R・ヘッドリク『帝国の手先――ヨーロッパ膨張と技術』（原田勝正／多田博一／老川慶喜訳、日本経済評論社、一九八九年）、浅田實『東インド会社――巨大商業資本の盛衰』（〔講談社現代新書〕、講談社、一九八九年）を参照。

（9）原不二夫「ペナン」（可児弘明／斯波義信／游仲勲編『華僑・華人事典』所収、弘文堂、二〇〇二年）を参照。ペナンの歴史については他に、篠崎香織「東南アジア史へのいざない」（小尾美千代／中野博文／久木尚志編『国際関係学の第一歩』所収、法律文化社、二〇一一年）、*Penang Past and Present 1786-1963: A Historical Account of the City of George Town since 1786. Penang*, City Council of George Town, 1966. を参照。

（10）前掲『マラッカ物語』一三〇ページ

（11）水島司「マラヤ――スズとゴム」（池端雪浦／石沢良昭／後藤乾一／桜井由躬雄／山本達郎／石井米雄／加納啓良／斎藤照子／末広昭編『岩波講座東南アジア史第六巻――植民地経済の繁栄と凋落』所収、岩波書店、二〇〇一年）を参照。

（12）前掲『マラッカ物語』一三一ページ

（13）越村長次編『南洋渡航須知』南洋協会台湾支部、一九一九年

（14）同書二九八ページ

（15）R・L・ヂャーマン編『英領馬来事情』台湾総督官房調査課訳（南支那及南洋調査）、台湾総督官房調査課、一九二七年。ただし引用は『単行図書資料 第十八巻――英領馬来事情（台湾総督官房調査課昭和二年刊）、英領馬来の経

済事情』（『二十世紀日本のアジア関係重要研究資料』第三巻）、龍溪書舎、二〇〇〇年）三四六―三四八ページに拠る。

(16) 前掲『南洋渡航須知』二九八ページ

(17) 引用は夏目漱石『漱石全集』第二十四巻（岩波書店、一九五七年）八ページに拠る。

(18) サリーナ・ヘイズ・ホイト『ペナン 都市の歴史』栗林久美子／山内奈美子訳（Images of Asia）、学芸出版社、一九九六年

(19) 鶴見祐輔『南洋遊記』大日本雄弁会、一九一七年、六三五―六三六ページ

(20) パクス・ブリタニカについては、川北稔『イギリス 繁栄のあとさき』（ダイヤモンド社、一九九五年）、中西輝政『大英帝国衰亡史』（PHP研究所、一九九七年）、ジャン・モリス『パックス・ブリタニカ――大英帝国最盛期の群像』（上・下、椋田直子訳、講談社、二〇〇六年〔原著は一九六八年刊〕）を参照。

(21) 前掲『風土』二二六ページ

(22) 前掲『故国の妻へ』三二ページ

(23) 街歩きのガイドとしては、丹保美紀／イワサキチエ『マラッカ ペナン 世界遺産の街を歩く――大航海時代へのノスタルジアに誘われて』（〔地球の歩き方 books 地球の歩き方 gem stone〕、ダイヤモンド・ビッグ社、二〇〇九年）がカラフルで美しく、詳細なものには Khoo Su Nin, *Streets of George Town, Penang: An Illustrated Guide to Penang's City, Streets & Historic Attractions, The Fourth Edition*, Areca Books, 2007がある。

(24) 野上弥生子『欧米の旅』全二冊、岩波書店、一九四二―四三年。引用は『野上弥生子全集 第十六巻』（岩波書店、一九八〇年）五三ページに拠る。

(25) 同書五三ページ

(26) 前掲『故国の妻へ』二八、二九ページ

(27) 横光利一『欧洲紀行』創元社、一九三七年。引用は保昌正夫ほか編集・校訂『横光利一全集』第十三巻（河出書房新社、一九八二年）二九九ページに拠る。

(28) ペナンの都市建設については、泉田英雄「海峡華人の第二の故郷 ペナン」（加藤祐三編『アジアの都市と建築――

29 exotic asian cities』所収、鹿島出版会、一九八六年）、山下清海「伝統的な景観を残す港都ペナン」（『東南アジアのチャイナタウン』古今書院、一九八七年）、泉田英雄『海域アジアの華人街——移民と植民による都市形成』（学芸出版社、二〇〇六年）を参照した。

（29）マレー半島のインド人移民については、山田満『多民族国家マレーシアの国民統合——インド人の周辺化問題』（大学教育出版、二〇〇六年）を参照。

（30）前掲『故国の妻へ』三三ページ

（31）引用は前掲「モンスーン」に拠る。

（32）イギリスのインド統治については、中里成章「英領インドの形成」（佐藤正哲／中里成章／水島司『ムガル帝国から英領インドへ』〔「世界の歴史」第十四巻〕所収、中央公論社、一九九八年）、吉岡昭彦『インドとイギリス』（〔岩波新書〕、岩波書店、一九七五年）を参照。

（33）前掲『多民族国家マレーシアの国民統合』一三一—一五ページ

（34）東南アジアへの華僑・華人の進出・社会については、唐松章『マレーシア・シンガポール華人史概説』（鳳書房、一九九九年）、田中恭子『国家と移民——東南アジア華人世界の変容』（〔南山大学学術叢書〕、名古屋大学出版会、二〇〇二年）を参照。広く華僑・華人については、可児弘明／游仲勲編『華僑 華人——ボーダレスの世紀へ』（東方書店、一九九五年）、山下清海編著『華人社会がわかる本——中国から世界へ広がるネットワークの歴史、社会、文化』（明石書店、二〇〇五年）を参照。

（35）前掲『故郷の妻へ』三〇ページ

（36）引用は前掲「モンスーン」に拠る。

（37）前掲『南洋遊記』六三三、六三四ページ

（38）大谷光瑞『放浪漫記』民友社、一九一六年、一二三ページ

（39）前掲「マラヤ」を参照。

（40）前掲『マレーシア・シンガポール華人史概説』五九—六〇ページ

（41）前掲「マラヤ」を参照。

(42) 前掲『マレーシア・シンガポール華人史概説』五〇―五四ページ
(43) 前掲『南洋遊記』六三六―六三七ページ
(44) 前掲『野上弥生子全集 第十六巻』五六―五七ページ
(45) 鄺国祥『檳城散記』シンガポール:星洲世界書局有限公司、一九五八年
(46) 中国系プラナカンの文化については、イワサキチエ/丹保美紀『マレー半島――美しきプラナカンの世界』(〔私のとっておき=Treasures of mine!〕、産業編集センター、二〇〇七年)を参照。
(47) 坂部恵『和辻哲郎』(二十世紀思想家文庫)、岩波書店、一九八六年。引用は坂部恵『和辻哲郎――異文化共生の形』(〔岩波現代文庫〕、岩波書店、二〇〇〇年)一一四ページに拠る。
(48) 前掲『風土』(新版)二二一ページ(第二十刷、一九五五年)
(49) 菊池一隆『中国抗日軍事史――一九三七―一九四五』(有志舎、二〇〇九年)の第六章「世界華僑による抗日支援ネットワーク」三〇六ページ
(50) 前掲『風土』二二四ページ
(51) 前掲『南洋遊記』六五三ページ

第4章 インドの代名詞コロンボ――デッキパセンジャーとハシーム商会

橋本順光

はじめに――魔の海に挟まれたコロンボ

シンガポールを出ると船は魔の海である。次の寄港地コロンボ（現スリランカ）まで、マラッカ海峡のないだ海とベンガル湾のモンスーンで荒れる海を渡らなければならない。そしてコロンボを出ると、あとはアデンの港まで暑く単調な航海が続く。もともとインド洋の激しい風と嵐でかつては難破が多かったことから魔の海と呼ばれたといわれるが、欧州航路の場合、退屈や気鬱から魔が差したように船客が海に飛び込んでしまう自殺、あるいは閉鎖空間での生活が続くために船員や船客の間で衝突が増えると噂されたところからそう呼び習わされていた。一九〇九年、病気のため加茂丸で帰国した二葉亭四迷がついに船中で事切れたのがベンガル湾でのことであり、三四年には、テニス選手の佐藤次郎がヨーロッパ遠征からの帰路、マラッカ海峡を行く箱根丸から飛び込んで自殺している。このあたりから尾ひれがついたのだろう。わずか二年ほど前の同じ箱根丸の出来事ということもあって、横光利一は日録『欧洲紀行』で、「佐藤次郎の話がサロンを賑わ」せたことを記している。船長からそのときの苦労を聞いた横光は、夜中に一人で佐藤次郎の飛び込んだ場所へ立ち、「今にも足もとが海中へ辷りそうだ。眼まいがする。これかと思う」と、「後一日の間の海峡を魔の海と云って飛び込む者が一番多い[1]」ことを実感する。コロンボを出た後も、四方に陸が見えないまま、鏡のように滑らかな海を進んでいると海面に吸い込まれそうになるとは、多くの船客が一様に記すところであった。漱石の『夢十夜』（一九〇八年）の第七夜に、どこに行くのか見当がつかない巨大な船に乗っていた「私」が、倦怠のあまり海に飛び込んでしまうという出色の短篇があるが、いちはやく魔の海の航行を現代の寓話に仕立てた手腕は特筆していいだろう。

そんな魔の海に挟まれるために、船中での仮装大会や運動会など、よどんだ空気を入れ替えるような行事は、たいていコロンボ寄港の前後に企画された。一等船客だろうと移民だろうとそれは同じだった。ブラジルへの移民船を舞台にした石川達三の『蒼氓』でも、「船中大運動会」が開かれるのはコロンボに着く前であり、「ながい退屈につかれていた移民たちは、何日も前からこの日を待っていた(2)」とある。南米航路は太平洋経由ではなく、インド洋と大西洋を経て、南米の東岸を結ぶのが通常だったので、移民たちはコロンボを出ると、船によっては南アフリカのケープタウンまで陸地を踏むことがなかった。荒れるインド洋と長い紅海のはざまにあるコロンボは、単調に堕す船旅の息抜きとして思い切り羽を伸ばせる港だった。事実、およそ二十世紀の半ばまで、コロンボは実に多くの人々でにぎわっていて、イギリスが中継港として開発したシンガポール同様、「東洋のチャリング・クロス」とロンドン有数の中継駅になぞらえられたほどだった。せいぜい一日、あるいは半日程度の滞在であっても、久しぶりに満喫する陸地のため、そこでの体験は退屈な航海に挟まれるために光り輝くことになる。

上陸してすぐの波止場にある日本語が達者な宝石商ハシーム商会を冷やかし、同じような土産物屋が用意する車に乗って市内を見学する。漱石同様、「名物ノ「ライス」カレ」の辛さやうまさに驚かされながら、もし丸一日余裕があれば少し足を延ばしてペラデニヤ植物園や高地のキャンディまで仏歯寺を見学して戻ってくる。そんな日帰りの旅がインド体験として記憶されることになったのである。当時のスリランカはイギリス領インドの一部だったので、むろん間違いではない。ただ世界一周の漫遊や洋行でインドを見てきたというのは、実のところコロンボを訪問しただけという例がほとんどだった。『風土――人間学的考察』（岩波書店、一九三五年）でインド論を書いた和辻もその一人だが、それはほかの洋行客やブラジル移民にしても大同小異だった。ではどのようなインドの事物が見いだされ、そこからどのようなインド像が育まれたのか、ここではその鍵となったデッキパセンジャーとハシーム商会を取り上げることにしよう。

1　船中のインド——蛇使いとデッキパセンジャー

たしかに欧州航路で訪問する英領インドはコロンボだけだが、寄港地の上海やシンガポールでいわゆるインド人を目にすることは珍しくなかった。イギリス領の寄港地で多く警官として駐在していたシーク兵は、実はインド亜大陸では少数派なのだが、そのターバンと髭をたくわえた姿が日本におけるインド人のステレオタイプとなったのは、旅行客がよく中国や南洋で見かけたからである。さらに街中や船中で目にするインドの蛇使いなどの大道芸人たちがその印象を補強した（図1）。たとえば画家の近藤浩一路が『異国膝栗毛』（「現代ユウモア全集」第九巻」、現代ユウモア全集刊行会、一九二八年）でスケッチとともに記したように、彼らはシンガポールからコロンボまでの間を旅回りしていて、独特の風貌とあいまって航路の名物となっていた。溝口白羊の『東宮御渡欧記』をみると、皇太子時代の昭和天皇も洋行の途中でコロンボに寄港した折、鹿島艦の甲板で「印度人所演の熱帯産コブラ蛇使い並に印度魔術」を見物し、その「不器用極まるブロークンの日本語」[3]に破顔一笑した写真が残っている。

図1　岡本一平が『紙上世界漫画漫遊』（実業之日本社、1924年）で描くコロンボの蛇使い。岡本は荒れるインド洋の波で船の甲板が覆われる絵も描いていて、それがフランスのジャポニスム版画アンリ＝ギュスターヴ・ジョンの「波」（1894年）を応用しているように、この絵も西欧絵画のオリエンタリズムを巧みに織り込んでいる

この「印度魔術」の定番は、種を撒いて布をかけたかと思うと、すぐに芽を出

し、何度か布を覆っては取り去る行為を繰り返すうちにマンゴーの実がなるという、いわゆるマンゴー・ツリー・マジックだった。これは英米の観光客にもおなじみで、たとえば一九二〇年からスピリチュアリズムについて講演旅行中のコナン・ドイルも、コロンボのガール・フェイス・ホテルで見かけたことを記している(4)。大道芸ではは仕掛けを隠せることもあって彼らはよくターバン様の布を頭に巻いていたので、それがシーク教徒と重なり、ターバンに髭をたくわえたインドの魔術師といった怪人のステレオタイプが日本でできあがったのではないか。実際、牧逸馬こと長谷川海太郎は、谷譲次名義で漫遊記『踊る地平線』(中央公論社、一九二九年)を残しているが、同時にコロンボで見た「白髪赫顔」の老人の姿から、乱歩の「人間椅子」(一九二五年)を思わせる「ヤトラカン・サミ博士の椅子」(一九二九年)というグロテスクな短篇も書き残している。日本のカレーライスが、インドから直接ではなく、イギリス化したものがイギリス経由で移入されたように、日本のインド人ステレオタイプもまた、イギリスが作り出した統治と交通システムに多分に影響されていた。コロンボやシンガポールでインド人が作るカレーが名物となり、それが辛いほど、つまり日本のカレーライスと異なっているほど本場の味と喜ばれて特記され、ひいてはターバンとカレーとが結び付けられたのも、英領インドゆえのことなのである。

大道芸人たちはヨーロッパの東洋航路船でもよくみられたが、日本郵船の欧州航路特有の存在こそが、インド人デッキパセンジャーだった。主にコロンボからシンガポールの間を出稼ぎで移動するインド人労働者たちとその家族だが、甲板乗客という意味どおり、彼らは甲板でテントを張り、自炊して過ごした。桜井鷗村は、東郷大山についてのタミール語の本を携えた甲板船客と讃岐丸のうえで親しく言葉を交わし、「欧洲船に乗ろうものなら、人種的感情の強い西洋人からして奴隷扱いにされるのだが、日本船なら、船長はじめ人種の差別を立てず、親切に御客様扱いをしてくれる(5)」ため、あえて日本船を選ぶのだと『欧洲見物』で記している。実は収入ゆえに半ば黙認していただけだったのだが、いずれにしても一等室や二等室の甲板から距離を置いて眺められる彼らの姿は、いわばインドの庶民とその情緒を味わえる格好の機会となった。とりわけ手を巧みに使って「カレーライス」を食べる姿は、多くの洋行客にとって初めて目にする光景で、多くの記録に登場している。

たしかに一等船客にとって、横光が『欧洲紀行』で述べたように「マルセイユまでの船中生活ほど、この世の楽土はまたとない[6]」と言えるかもしれない。ただ、ありあまる時間と豪華な食事にあって甲板を行き来する多くは単身の一等船客は、デッキパセンジャーの家族を複雑な思いで眺めることにもなった。典型的な例が和辻だろう。彼はペナンから乗り込んできた甲板乗客を見ているうちに、子供を慈しむ母の姿を窓から眺めていると、故郷の照夫人と子供たちが連想されて「涙がこぼれそうな気持になった」と夫人に書き送っている（一九二七年三月九日）。「何とも云えぬ感慨」がわいたというのも、貧しいながらも家族で移動する甲板乗客と、哲学研究のため一人で洋行する一等船客という対比ゆえのことだろう。コロンボで下りるまでの約五日間、固い甲板の上で寝起きし、激しいスコールに耐えながら過ごす懸命な彼らの姿は、一等船室という物質的には恵まれた「保養所」にいるだけに、家族と離れた欠落を痛感させたにちがいない。ただ和辻は、『風土』では私信と逆に、デッキパセンジャーに対して否定的な態度をとっている。たしかに家族団欒の姿は「見る人をして涙を催さしめるほどに感傷的」ではあるのだが、その「声や表情には気弱さ」があり、長く征服されたところからくる「受容的忍従的な特性」ゆえに、見る者の「戦闘的征服的な性格を刺激」し、「インドを訪れる旅行者が、その独立のための戦いを衝動的に欲する[7]」事態を引き起こすというのである。

これは和辻が窓から眺めるだけで、彼らに話しかけることがなかったことが多分に起因しているだろう。たとえば、ほぼ同時期の一九二五年、アメリカからヨーロッパを経由して伏見丸で帰国した生物学者の太田順治は、「甲板乗客」には「相当教育のあるもの」がいて、「英語が巧で、つとめて我我を歓迎する[8]」と特記し、知的な出稼ぎで南洋が変わっていくことを予見している。実際、彼らは「受容的忍従的」と言える存在ではなかった。一九一四年の段階で、シンガポールのシーク教徒だったグルディット・シンは、日本郵船の駒形丸をチャーターして多くの同胞をデッキパセンジャーとして運び、イギリス帝国の臣民として英領カナダに入国しようとして送還されるという、有名な駒形丸事件を引き起こし、イギリス政府に矛盾を突き付けていた。

いうまでもなく船は階層社会の最たる存在だが、民族問題はその秩序の危うさをあらわにし、亀裂をもたらす。

桜井鷗村がインドのデッキパセンジャーと談笑した讃岐丸は、後にカルカッタ航路で運航され、大学中退後の葉山嘉樹が水夫見習いとして働く船となる。同時期の一九一五年、讃岐丸に乗ってカルカッタから神戸へ身元を隠して来日したのが、革命家R・B・ボースこと中村屋のボースだが、どうやら両者はすれ違ったままだったようだ。一方、デッキパセンジャーに注目して、彼らをイギリスの植民地支配に苦しむインドの民衆として描き、日本の労働者による支援と共闘が期待されているという物語を書いたのが、作家の江馬修だった。江馬は、日本郵船の榛名丸と諏訪丸で洋行し、きらびやかなパリに魅せられながらも、大英帝国によって奴隷化された寄港地の人々の姿に衝撃を受けた。その「甲板乗客」で江馬は、デッキパセンジャーの「堪らない臭気と不潔」を嫌う外国船ではおよそ奴隷のような待遇しか望めないので、「好んで人種的に近い日本の船に乗りたがる」[9]と、『欧洲見物』そのままの説明を繰り返している。ただ、日本郵船のほうも板の間を貸すだけで食事もいらないので、「やかましく云えば、この事実は船舶法違反」になりかねないのだが、収益になるので黙認しているのだと付言してもいる。

和辻同様、江馬も乗客の母子の姿を特記し、なかでも鮮やかなサリーと装飾品に身を包む女性の姿には「古いギリシア文化の伝統」が感じられると記した。大原美術館のコレクション収集のため、たびたび渡欧した児島虎次郎に「デッキ・パッセンジャー」(一九二一年)という油彩画があるが、洋行客がよくスケッチした座って煮炊きする姿ではなく、観る者をすっくと立って見つめるその誇り高い姿からは、児島もまた江馬と同じような美しさを印象づけられただろう(図2)。一方、江馬は、イギリスに同調するインド人男性も嫌悪感たっぷりに描いている。コロンボでも見ることになる「去勢されたように神経質で弱々しい、そして反抗心とはおよそ縁のない」青年、甲板船客とは距離を置き、イギリスの立場に同調して彼らを出し抜こうとする三等船室の男である。対比されるのは、ボンベイでストライキをおこなって解雇された鉄道工夫の青年である。その青年は、日露戦争での勝利とその武力を賞賛し、「日本はアジア民族のチャンピオンになって、欧羅巴人を片っぱしから叩き伏せて、印度の独立を助けに来てくれる」と信じたが、イギリスと同盟を結ぶことでそれが困難になり、失望したと語る。しかし、「僕」から日本の労働者がイギリスを憎んでいると聞いて二人は意気投合し、「僕」も「印度の大衆の心臓部」に触れたような興奮を味わうところで、物語は唐突に閉じられてしまう。

　うがった見方をすれば、江馬の「甲板乗客」でのインド人もまた、「受容的忍従的な特性」ゆえに「戦闘的征服的な性格を刺激」し、「その独立のための戦いを衝動的に欲する」インド旅行者の例を反復していると言えるかもしれない。その点で対比できるのは、日本人や中国人のデッキパセンジャーである。たとえば一八九九年のアントワープで、初の国産欧州航路船だった常陸丸に置いていかれた洋画家の三宅克己は、約二週間後、備後丸の三等船客で帰朝している。その際に三宅は、シンガポールから大挙して乗り込んできた「娘子軍」こと日本人娼婦の一団が「甲板で昼寝する風俗が余りに珍しかったので、鉛筆画のスケッチ」を試みた。すると彼女たちから強い抗議を受け、「そのスケッチを女達の目前で破り捨てて、謝罪と云うことで」[10]ようやく許しを得たことを自伝『思い出づるまま』で回顧している。同様に中国人の甲板乗客もまた上海、香港、シンガポール、さらにはペナンを盛んに往来していたはずなのだが、その姿は洋行客によって記されることはほとんどない。和辻は、西洋の租界である上海や香港では、むしろ中国人のほうが「事実上の勝利者」として感じられると『風土』に記したが、中国の甲板乗客について、いわんや彼らとの交流を書き記したものはほとんどない。前述の太田順治は、ヨーロッパから帰りに初めて東洋を目にしたからだろうか、シンガポールで甲板の住人がインド人から中国人に入れ替わることに注目している。ただいみじくも太田は、香港まで同船した「彼等相互の親しみは到底印度人に及ばない。そして私共の方から話しかけて見ようとするには、あまり

図２　児島虎次郎「デッキ・パッセンジャー」（大原美術館、1921年）。甲板乗客は多くの画家に描かれたが、ほとんどが寝転ぶか食事する姿のスケッチにとどまり、こちらを見つめる立ち姿（もっともポーズは洋画風）の油彩画は珍しい。彼らがどのように洋行客を見ていたのか問う試みは皆無に等しかった

に恐ろしい顔附の人ばかりであった」[11]とも注記している。一九三〇年代にはいわゆる上海事変をはじめ、日中が激しく武力衝突し、戦争状態となる時代である。多かれ少なかれ自らの優位を前提にしたアジア主義的な共闘や共感の思いがこもった視線は、窓の向こうのインド人甲板乗客にこそ注がれても、中国人の甲板乗客には注がれないどころか、存在さえまともに描かれなかったのであった。

2 ハシーム商会——日本語と日本円が通用する宝石店

こうしたデッキパセンジャーが乗り降りするコロンボ港には、大道芸人よりももっと押しの強い客引きと物売りが押し寄せていた。スリランカの名産である宝石や土産物一般を買わないかと誘い、買わないならば市内観光はどうだと人力車や車を勧めるインドの男たちである。無聊な旅の間にスケッチできたデッキパセンジャーとは異なり、あわただしいコロンボ上陸の喧噪を描いた絵は皆無に近いが、当時、オーストリア領だったポーランドから一八八五年に日本を訪れた画家のユリアン・ファワトが、多分に日本での経験も入り交じってのことだろう、船のデッキに座る女性船客へ指輪や日本の団扇を売りつけようとするコロンボの風景を水彩画で描いている[12](図3)。それから約十五年後、コロンボに着いた漱石が「黒奴夥多船中ニ入込来リ口々ニ客ヲ引ク頗ル煩ワシ」と不快そうに日記で記しているのは、まさにこうした光景がほぼ変わらず繰り広げられたことを物語っているだろう。ただ漱石はその際に「日本ノ旧遊者ノ名刺又ハ推挙状様ノモノヲ出シテ案内セント云ウ者二三人」がいて、案内されるがままに寺へ行きカレーライスを食べるのだが、ずいぶんな案内料と馬車代を請求されたとして、「不知案内ノ旅客ナレバ言ガママニ銭ヲ与エ、且推挙状迄書テヤルハ馬鹿ゲタルノミナラズ且後来日本ヨリ遊覧ノ人ニ対シテ甚ダ気ノ毒ノ至リ」とさらに憤慨するのである[13]。

これまでの日本人客の名刺や彼らが残した日本語の推薦状を見せて、言葉巧みに勧誘を繰り広げ、さらに顧客と名刺の数を増やしていった業者の代表格こそ、ハシーム商会である。A・K・ハシームが一八九二年に創業し、港に上陸するやすぐ目につくように「エー・ケー・ハシーム」という日本語の看板まで出していたことからもわかるように、日本人客を専門にしていた宝石店兼旅行代理店である。毎日のように到着する日本人客を相手にしているうちに、一族や店員は日本語を覚え、とりわけ息子のM・J・ハシームの日本語は達者で、コロンボを訪れた洋行客をしばしば驚かせた。おそらくM・J・ハシームが書いたのだろう、宝石の案内と古都キャンディまでの自動車によるツアーをカタカナで記した案内がいまも遺族のもとに残されている（図4）。

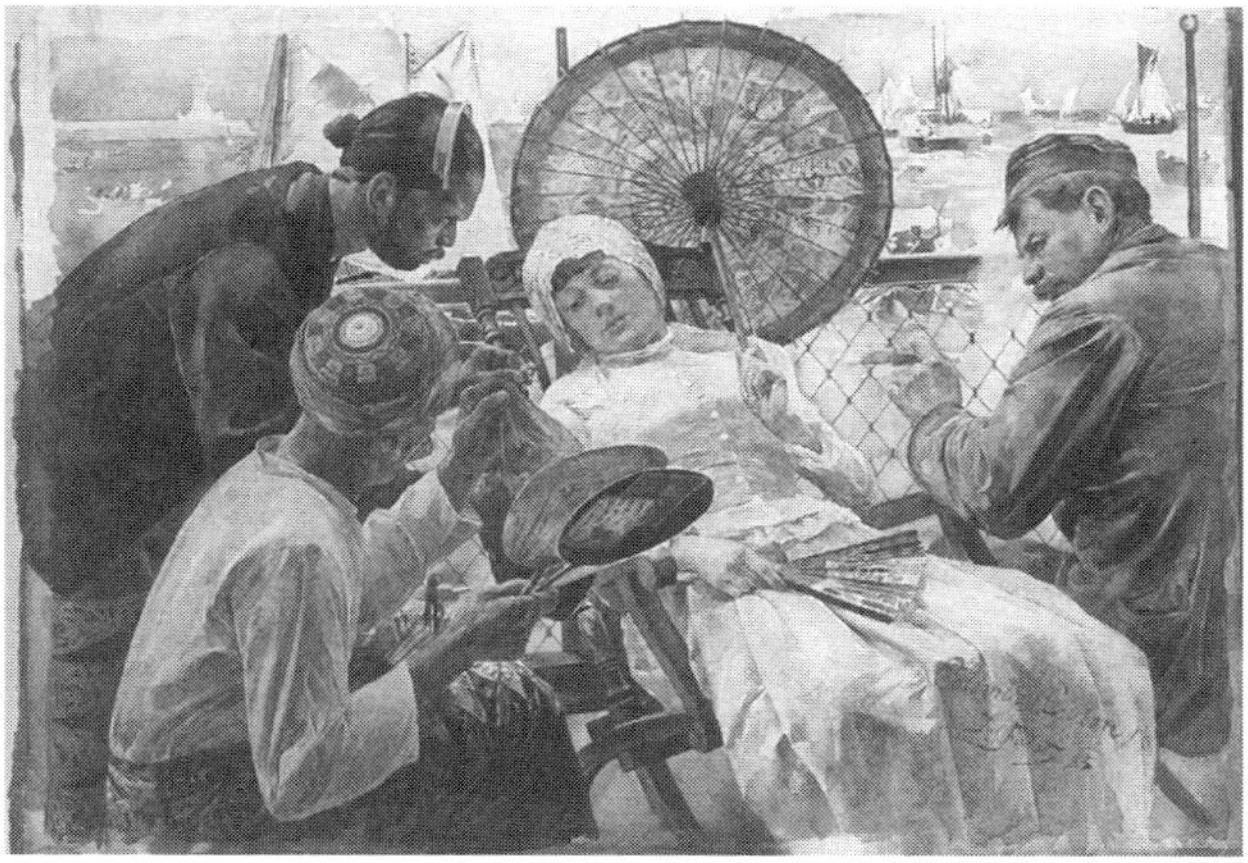

図3　ユリアン・ファワトの水彩画「コロンボでの船の甲板で」（ワルシャワ国立美術館、1885年）。ハシーム商会の創業前ではあるが、漱石から晶子まで彼らが不快そうに記す光景はこのようなものだったのだろう。この絵は画家の生誕を祝い、祖国ポーランドで切手としても発売された

もちろんコロンボには土産物屋兼代理店はほかにもあった。日本人が経営するミカド商会や東郷商会、ポート・サイードの南部商会も兄弟の一人が当地に店を出していたが、洋行の記録に登場するのは圧倒的にハシーム商会である。[14] 日本郵船からの信頼も厚く、ちょうど野上弥生子が『欧米の旅』（岩波書店、一九四二—四三年）で記すように、コロンボに着く前から無線でキャンディまでの車を予約することができた。もちろん、ちょうど今日のガイド付きツアーがそうであるように、その間に宝石店での売り込みが挟み込まれるのである。船内での客引きも依然として続いていた。生物学者の谷津直秀は、一九三〇年代のこととして、「日本語のできる店員が船に乗り込んで、お客を店に連れて行き」、日本人の名刺を多く見せながら、宝石やキャンディ行きを勧めるハシーム商会について『生物紀行』で回

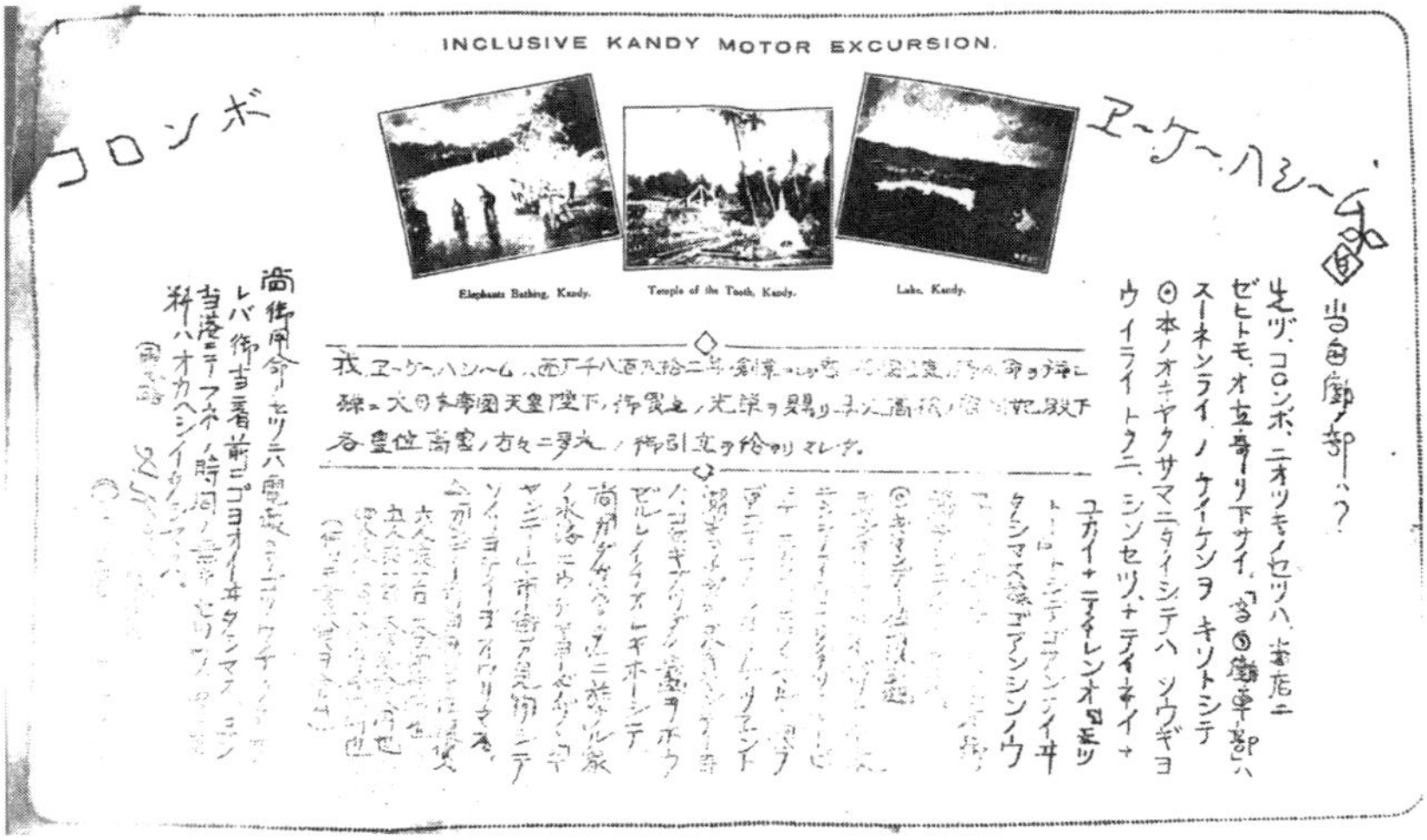

図4　おそらくM・J・ハシームが書いたと思われる観光パンフレット（遺族蔵）。1920年代前後かと思われるが、すでに寄港前に船から車を予約できたことがわかる

顧している。名刺には「比較的正直なるが如し[15]」といった言葉もあり、店員が思うほど推薦になっていないところに苦笑したという。漱石は、推薦めいたことを書くと、不案内がさらに不案内を呼び込むことになって愚の骨頂と憤っているが、そう簡単に乗せられない日本人客もなかにはいたのである。

野上弥生子は、ハシームの店で明治以来の「名士の名刺をトランプのように並べ」られたことを記しているが、この商法に最初に言及した一人が、軍人の松岡静雄である。その『滞欧日記』によれば、一九〇九年の段階で名刺の数はすでに二千にも上り、松岡が海軍士官と知るや、当時、中将だった斎藤実などの名刺を見せて、推薦の言葉をせがまれたという。松岡は、「比較的正直なり」といった「千篇一律」の文句ではつまらないと考え、名刺の裏に「照るひかる玉はかたれどぬばたまの此くろをとこ罪はなきなり[16]」と書き付けたのだった。翌一〇年には三宅克己が、前回の「娘子軍」の一件で懲りて、今回の洋行では安芸丸の二等船室に乗ってコロンボにやってくる。うるさいながらも、宝石商の根気のよさに感心していて、「殊にハセームと云うのは、信用ある商人だと云う日本旅客の証明した名刺を、数枚持って居て、一々これを示して商売する」として、「何々宮殿下が幾百円御買い上げになったとか、又何々大使が比較的正直者なりなど記載した名刺もあった[17]」と『欧州絵行脚』で記している。このときの大使の名は不明だが、谷津が『生物紀行』で記したのはこのときからの名刺なのだろう。ちなみに三宅は寺院見物に夢中になるあまり、乗船時間が迫ってしまうのだが、人力車の車夫は、そこにつけこんで、少しでも賃金を得ようとなかなか走らない。そこで三宅が見つけたのが先のハシームで、彼が「僅かに知る日本語の片語混りで応対」してくれたおかげで無事に船に戻れたという。あいにく記録は見つけられていないが、三宅は感謝の言葉を添えて名刺を残したのではないか。こういう実績と親日ぶりがあってのことだろう、皇太子時代の昭和天皇も宝石を買い上げている。ハシーム商会も一九二四年の「殿下結婚」の際には象牙の象を送り、珍田捨己からの感謝状は広告でも掲載され、店にも掲げられていたという[18]（図５）。

図５　1928年３月21日にM・J・ハシーム（後列右から２人目）と撮影された李王垠と方子夫妻（遺族蔵）。篠田治策『欧州御巡遊随行日記』（大阪屋号書店、1928年）にも買い上げという記述がある。こうした写真のなかには岸信介元首相のものもある（1957年５月30日付）。岸は東南アジアからの外遊後、宝石取得の違法性を疑われたが、猫目石はここで購入したと噂されている

ハシーム商会での書き込み付きの名刺の集積は、ちょうど歌枕で歌が詠まれ、観光地に落書が刻まれることと重ねられるかもしれない。実際に歌を残すはめになった歌人が、夫の寛を追いかけてシベリア鉄道で渡欧し、別れて後に、一九一二年に一人で平野丸に乗って帰国した与謝野晶子である。『巴里より』で記すように、船内にいた晶子は、大使に軍人、学者から実業家まで数知れない名刺を見せながら、宝石を勧める行商にうんざりさせられることになった。晶子もまた名刺と推薦の言葉を求められ、「この人は何をあきなう恋人の紅き涙としろき涙と[19]」を書き付けて退散したという。なるほど『青年小泉信三の日記――明治四十四年―大正三年　東京―ロンドン―ベルリン』（慶應義塾大学

出版会、二〇〇一年）を見ると、入れ違いに熱田丸でコロンボに到着した経済学者の小泉は、さっそく晶子の名刺と歌を船内で見せられ、その商魂のたくましさに苦笑している。晶子も小泉もそれとは記していないが、名刺の集積から考えて、まずハシーム商会のことと考えて間違いないだろう。

歌だけでなく小説にもハシーム商会は描かれている。田山花袋は洋行こそしなかったが、欧州航路を題材にした数少ない小説の一つ『海の上』を発表した。二等客室で乗り合わせた男女が、寄港地を巡りながら次第に心引かれていくのだが、そこでハシーム商会が登場するのである。しかし、「日本人の名刺が沢山並べてあったのは、変な気がした」とあるだけで、二人は距離を縮められないままマルセーユで再会を約束して別れ、小説は閉じられる。再会の誓いに男はマルセーユを歩き回って宝石店を探し、女にダイヤの指輪を贈るのだが、あいにくハシーム商会は伏線として利用されることがない。花袋は複数の資料を利用したと思われるが、ひょっとして交友があった三宅克己の体験をどこかで参考にしたのではないか。三宅が自伝『思い出づるまま』で語るところでは、イギリス人の夫が待つロンドンへ帰るという二等船客の夫人が、思わせぶりな態度を道中の三宅に示し、てっきり恋仲になったと周囲から誤解されたこともあって、ずいぶん振り回されたと記しているからである。[20]

ブラジルへの移民もコロンボに立ち寄った際、ハシーム商会に立ち寄るのが常だったらしく、その姿は石川達三の『蒼氓』にも描かれている。一九三〇年、石川は大阪商船のらぷらた丸で移民の監督官としてコロンボに寄港し、「桜井〔忠温：引用者注〕肉弾大佐の「贈ハシーム君」」といった短冊から「某宮殿下の御写真」まであるこの店は、「欧州へ行った知名士は皆寄っているから面白い[21]」と『最近南米往来記』で記していて、多分にそのときの見聞を小説に転用したのだろう。石川はまた、宝石を買う際には日本円でも、日本に帰ってからの送金でも問題ないと聞いてハシームの「日本贔屓」ぶりに驚いている。これも多くの記録に共通するところだが、三二年の洋行の際に耳にした彼らの言葉を再現する小堀杏奴の『回想』を引くならば、「日本人正直だから私信用する」わけであり、「私の顔の色黒い所、日本人と違います。併し心は同じ事、日本人の気持よおくよおく解ります[22]」とのことだった。こうした親日ぶりは、デッキパセンジャー同様に、ハシームの表象にもある種の変化をもたらすことになった。

おわりに――「日本とインドと仲良くせねばならぬ」

魔の海での長い航海に挟まれたコロンボへの寄港は、短いながらも強烈な印象を洋行客に与えた。シンガポールやペナンとの間を往来する大道芸人やデッキパセンジャーたちは、前者はターバン姿の怪人として、後者は苦難に耐え忍ぶ亡国の民として、長くインド人のステレオタイプとなり、コロンボはインドの代名詞となった。コロンボでは観光と買い物で忙しいためか、現地の一般の人々に注目した記述は少なく、船で見た人々がインド人として描かれる傾向にあった。特に一九二一年には日英同盟の廃止が決定されたこともあり、アジア主義が高まる二〇年代から三〇年代にあっては、共感と共闘の念を込めた視線がデッキパセンジャーたちとコロンボに注がれたのである。日本語と日本円が使え、後払いもいとわないハシーム商会は、親日的なインドを体現する存在だった。多くの船客たちは商会が用意する古都キャンディへの往復ツアーを利用し、船が出るまでの間、達者な日本語で勧められながら、しばしば店の宝石を買い求めた。日本郵船の欧州航路が、イギリス覇権の基地だった東洋航路を逆転させたものであり、日本人洋行客はなんらかの形で寄港地と航路の領土化を強固にしていたことを考えれば、ハシーム商会はそうした日本の洋行客と移民たちの足によって踏み固められた前哨地とさえ言えるかもしれない。

しかし、シンガポールの要塞化を進めていたイギリスは、インドの反英運動を刺激しそうな日本人客はあらかじめ監視していた。きっかけは、和辻がドイツで親しく付き合った鹿子木員信である。一九一九年、鹿子木は独立運動を煽動した容疑でカルカッタから強制送還されていて、この事件は、日本がボースのような革命家の亡命を受け入れただけでなく、ついにインドにまで介入してきたとしてイギリス政府に衝撃を与えたのであった。コロンボへ上陸する前に船内では入国審査がおこなわれるのだが、そのときに事前に確認した船客リストをもとに、要注意人物は上陸を禁止されたのである。アジア主義の政治家で知られた永井柳太郎がその一例で、永井はインド政庁の役人から、上陸の場合は逮捕すると通達されたという。インド人革命家をかくまった過去が問題視されたためだろうと永井は推測しているが、ヴェルサイユ講和会議の帰りで、ちょうど鹿子木事件の直後だったので、イギリス政府はことさらに神経をとがらせていたのだろう。実際、鹿子木事件以降、インドの大陸を旅する日本人に対して親日的な態度や反英的な言辞をあえて示し、危険人物として通報することで点を稼ごうとする密偵がいる、としばしば噂されたのであった[23]。

それゆえ一九三〇年代になると、ハシーム商会はあたかもアジア主義的な反英組織であるかのように描かれることにもなる。三四年の夏、東郷平八郎の死去に伴い、父に代わって献花する目的でM・J・ハシームが来日したことも拍車をかけただろう。敬愛する日本を一度は見てみたいという一心で来日したとは、いくつかのインタビュー取材記事が記すところだが、目的は観光だけではなかったのではないか。三二年二月にハシーム商会は、後払いすると約束しながら不履行の客について名前と住所を日本政府に送り、返還の督促を代行するよう依頼していたので、関連する負債の後始末という側面もあったとも考えられるからである[24]。むろん、こうした督促が話題になることはなく、たとえばブラジルの紅茶王だった岡本寅蔵によって、ハシーム商会は英雄的な存在として記憶されることになった。三四年、ブラジルに移民した岡本は、茶の栽培を画策するのだが、イギリスのリプトンが門外不出とするアッサム種がどうしても手に入らなかった。そこで岡本は一時帰国の途次によったコロンボで、苦心の末に「ハシム商会の社員」の手助けによって種を入手し、ブラジルのレジストロへ持ち帰り財をなしたというのである。産業スパイさながらの侵入劇は、角田房子『ブラジルの日系人』(一九六七年)が詳細に取材し、北杜夫も『輝ける碧き空の下で』(一九八六年)第二部第四章でほぼそのまま踏襲しているとおりだ。北杜夫は、五八年に漁業調査船・照洋丸の船医としてハシーム商会を訪れていて、日本語が通じる宝石屋兼雑貨屋として『どくとるマンボウ航海記』(一九六〇年)にも書いているのだが、父斎藤茂吉も訪れた同じ老舗である奇縁にさして関心がなかったようで、それ以上のことは何も記していない。

そもそもコロンボは近代の仏教復興運動発祥の地だった。親日なりアジア主義に言及する洋行客は多かったものの、彼らはキャンディで仏舎利を納めるいわゆる仏歯寺に失望するだけで、こうした背景に言及することは少なかった。日本郵船の欧州航路の名物船長として知られた今武平（作家の今東光と今日出海の父）は、一九一〇年代頃から南インドのアディヤールに本部のある神智学協会に感化され、多方面に多大な影響を及ぼすことになるのだが、こうしたインドから発せられた視線や言動について十分に向き合った洋行客はほとんどなかったといっていいだろう。[25]国定小学国語読本の「欧洲航路」で「日本とインドと仲良くせねばならぬ」[26]という題目が繰り返されるのにも似て、ハシームなりデッキパセンジャーなり、彼らから話を聞くことはほとんどなかったと思われる。それはまた親日なり反英なり都合のいいインド人像が見いだされたことの裏返しでもあったのだろう。そんな会話を記録した数少ない例外が石川達三であるのは、石川が洋行ではなく移民の監察官としてコロンボに立ち寄り、土と血の結び付きを前提にした国民国家のゆらぎを意識せざるをえなかったことと無縁ではあるまい。反英運動とインド革命を訴え、ガンジーを崇拝するという青年とコロンボの街角で皮肉にも英語で会話したことと、ガンジーは評価しながらも革命の失敗を冷ややかに達者な日本語で予見したハシームの店員とを石川は対比する。それによれば、店員は政治の独立よりも経済の安定した基盤こそが優先されるべきものであるので、「私は商売をして、経済の方で実権を握るがいいと思います」と述べたというのである。

遺族によれば、A・K・ハシームはインドネシア近辺にルーツのある移民だったらしく、石川とも相通じる存在だったと言えるかもしれない。デッキパセンジャー同様、ハシームたちはイギリスや日本をどのように眺めていたのか。戦後もコロンボの名物となったハシーム商会は、一九八三年、内戦による火事によって創業九十一年で幕を閉じ、多くの資料はそのときに失われてしまった。欧米の船客による記録がほとんどない以上、もはや詳細を知る術は、皮肉にも日本側の資料しかなくなったわけである。

注

(1) 横光利一『欧洲紀行』(一九三七年)、『横光利一全集』第十三巻、河出書房新社、一九八二年、二九九ページ
(2) 石川達三『蒼氓』一九三九年、一九九ページ
(3) 溝口白羊『東宮御渡欧記 乾の巻』日本評論社、一九二一年、一七三ページ
(4) Conan Doyle, *The Wanderings of a Spiritualist*, George H. Doran, 1921, p. 51. マンゴー・マジックは古くから中国に記録があるが、欧州航路によって強固にされたインド=魔術については、一柳廣孝監修『怪異を魅せる』(「怪異の時空」第二巻)、青弓社、二〇一六年)所収の拙稿「インディアン・ロープ・マジック幻想——幸田露伴から手塚治虫まで」を参照のこと。なおドイルがいうガール・フェイス・ホテルは日本人洋行客もしばしば訪れていて、与謝野寛が『巴里より』(与謝野寛/与謝野晶子、金尾文淵堂、一九一四年)で「予等の午餐を取れるコロムボのシイ・ギイ・ホテル」(Sea View Hotel の意だろう)と掲載する風景は、現在も操業中の建物のなかにそのまま残っている。なお、同ホテル入り口にある歴代訪問名士の石版には昭和天皇の名も見られる。
(5) 桜井鷗村『欧洲見物』丁未出版社、一九〇九年、五六九ページ
(6) 前掲『欧洲紀行』二九四ページ
(7) 『和辻哲郎全集』第八巻、岩波書店、一九六二年、四二ページ
(8) 太田順治『欧米素描』培風館、一九二六年、二五〇ページ
(9) 江馬修「甲板乗客」『阿片戦争』(「日本プロレタリア作家叢書」第六篇)、戦旗社、一九三〇年、五ページ
(10) 三宅克己『思い出づるまま』光大社、一九三八年、一六三ページ
(11) 前掲『欧米素描』二五〇ページ。インドと中国のいわばクーリー=苦力を描くことで、そこから導き出される民族性が観察者の視点によって容易に反転することは、ジョゼフ・コンラッドの小説『タイフーン』(一九〇二年)をみても明らかだろう。コンラッドは、台風の威力になすがままの中国人労働者にまさに和辻がいう「受容的忍従的な特性」を示唆し、和辻は、インドのモンスーンから同じ特性をインド人に読み込んでいる。クーリーの語源がもとはインドにあり、それが苦力と漢字表記されることで、あたかも中国古来の存在であるかのように流布していった過程と

も重ねられるだろう。

(12) 詳細は、Anna Król, *A Journey to Japan: Japanese Art Inspirations in the Work of Julian Fałat* (Kraków:Muzeum Sztuki i Techniki Japońskiej Manggha, 2009) を参照のこと。ファワトは日本の浮世絵も収集し、花鳥画を模写しているほか、広重を思わせる構図や雪景色を水彩画で残しているが、日本での足跡はまだ十分に調査されていない。

(13) 夏目金之助『漱石全集』第十九巻、岩波書店、一九一二〇ページ。このときに漱石は甲板でコブラを操る蛇使いも目にしている。

(14) 憶測の域を出ないものの、これら日本の商会はなんらかの形で娼家の案内に関与していたのかもしれない。斎藤茂吉の私的な日記を見ると、往路にミカド商会を利用し、一九二四年の復路はハシームで「宝石ノ安物」を買い、みかどニハ行カナカッタ」とあるが、その後「今晩ハ誰モ女ヲ買ワナカッタ。買ウ余裕モナカッタ」と続く。『斎藤茂吉全集』第二十九巻(岩波書店、一九七三年)三一ページを参照。同じくコロンボ観光やキャンディ行きをミカド商会に依頼した画家の八木彩霞も『彩筆を揮て欧亜を縦横に』(文化書房、一九三〇年)で「印度人売笑婦」を見にいったときのことを書いている。ほかにも「波のうえ」(『西ひがし』中央公論社、一九七四年)、一九七三年)によれば、コロンボで「印度人の芸者を買いに、水夫長を誘って上陸」したという金子光晴は、「四人の留学生」(『ねむれ巴里』中央公論社、一九七三年)で船の食料の「仕入れのN兄弟三人の一人」が出す店で猥談に興じた思い出を語っている。こうした連想を避けるため他の商会の言及が忌避され、(将来の)妻や娘のために宝石をうるさく勧められたというハシーム商会の言及がことさらに登場するのかもしれない。南部兄弟の詳細は、本書の第5章「スエズの商人・南部憲一」(山中由里子)を参照。南部兄弟は、シンガポールのラッフルズ・ホテルなど東南アジアに高級ホテルを経営したアルメニア出身のサーキー兄弟と比較できるだろう。

(15) 谷津直秀『生物紀行』三省堂、一九四三年、六六ページ

(16) 松岡静雄、中村義彦編『滞欧日記』(「近代日本史料選書」第八巻)、山川出版社、一九八二年、四六ページ。なお兄の柳田国男ものちにハシームを訪れているが、あいにく松岡に言及はない。

(17) 三宅克己『欧州絵行脚』画報社、一九一一年、三九ページ

(18) 宮内庁『昭和天皇実録』第三(東京書籍、二〇一五年)四三五ページに、帰路の一九二一年八月十日、「ハシーム

より宝石付指輪数点お買い上げ」とある。

（19）前掲『巴里より』四一三ページ

（20）花袋の『海の上』は、一九一五年に第一次世界大戦のあおりを受けて八坂丸がポート・サイードで撃沈され、スエズ運河ではなくケープタウン経由で地中海入りする日本郵船の諏訪丸を舞台にしている。結論を先送りする男女と迂回する船を重ねる試みはそれなりに成功していて、こうした欧州航路小説が洋行作家たちに継承されなかったことは惜しまれる。なお三宅が記した女性は、おそらく日本美術のコレクター兼ディーラーのトマス・B・ブロウ（Thomas B. Blow）夫人かと思われる。

（21）石川達三『最近南米往来記』昭文閣書房、一九三一年、五二―五三ページ

（22）小堀杏奴『回想』東峰書房、一九四二年、三七ページ

（23）大日本皇道奉賛会編『永井柳太郎氏興亜雄弁集』竜吟社、一九四四年、一五三ページ。詳しくは『「世紀転換期の日英における移動と衝突――諜報と教育を中心に」報告・論文集』（卓越した大学院拠点形成支援補助金「コンクリフトの人文学国際研究教育拠点」、二〇一三年）所収の拙稿「鹿子木員信のインド追放とその影響」を参照。

（24）JACAR（アジア歴史資料センター）Ref.B08061805300「桐生織物同業組合対「エー、ケー、ハシーム」」、商取引事故関係雑件／亜細亜、南洋ノ部第四巻（外務省外交史料館）。一九二九年に夫妻で欧州旅行に出かけた中条葭江は、ハシーム商会の後払いに驚きながら、二三年の関東大震災でずいぶん損失を出したという話を店員から聞いている。建築家の夫が遺稿を自費出版した中条葭江『葭の影』（中条精一郎、一九三五年）一五九ページを参照。葭江は、船中で「印度の革命家」であるビルマの僧侶ウー・オッタマと香港まで同船し、その達者な日本語で投獄生活について聞いているほか、娘の百合子（のちの作家宮本百合子）ともマルセーユで落ち合っている。このときの経験を対立する母との困惑の再会として小説にしたのが宮本百合子の『道標』（一九四八年）で、それによれば家族が乗った船は香取丸だったという。

（25）神智学は心霊学やオカルティズムの元祖としてよく知られるが、二十世紀前半、その東洋趣味ゆえ特にインドではナショナリズムの一大ネットワークを形成し、音の色を見て色の音を聞くオーラのような共感覚の言説は、芸術運動にも多大な刺激をもたらした。今武平も、作家の川端康成、作曲家の諸井三郎、画家の恩地孝四郎などに、直接間接

にこれを媒介していて、その足跡については別稿を用意しなければならないだろう。

(26) 文部省「欧洲航路」『小学国語読本 巻十一』日本書籍、一九三八年、一四三ページ

[謝辞] 本章執筆にあたって、A・K・ハシームのご遺族である Riyaz Hasheem、Asif Fuard の両氏、コロンボでお二人への橋渡しをしてくださった井本直歩子氏、志村哲氏、日本郵船歴史博物館の海老名熱実学芸員に多大なご協力を賜った。心から感謝したい。

第5章
スエズの商人・南部憲一

山中由里子

はじめに

戦間期のエジプト、ポート・サイードを通過する日本船舶の用達を務め、ほとんどの日本人旅行者のエジプト滞在の世話をした一人の日本人がいた。南部憲一である。南部は、一八九五年（明治二十八年）三月二十九日に北海道の夕張で生まれた。十六歳で横浜に行き、しばらく滞在した後、単身ポート・サイードに渡った。イタリア人が経営する店で働いた後に独立し、兄弟を呼び寄せて南部兄弟商会を興した。欧州航路華やかなりし時代に、スエズ運河を通過する船舶に対する納入業と、ポート・サイードやスエズで船を下りて観光をする日本人旅行者案内業にたずさわり、身代を築いた。

図１　南部憲一

　戦前の日本と中東の交易の発展に尽くしただけでなく、当時の日本人のエジプト観光の礎――通訳・交通手段・宿泊施設の手配から、記念写真の撮影・配達まで――を築き、中東に対する心象地図の形成に大きく貢献したという意味で非常に重要な人物である。にもかかわらず、中東研究者の間でもこれまでほとんど注目されることはなかったようである。日本人のスエズ運河体験についても、和辻哲郎の中東観についても、すでに杉田英明が『日本人の中東発見』(「中東イスラム世界」第二巻〕、東京大学出版会、一九九五年)で十分に考察している。しかし、日本郵船関連の資料や日本人の旅行記にしばしば登場する南部商会(Nambu Brothers)に関しては、熊田忠雄の『すごいぞ日本人!――続・海を渡ったご先祖様たち』(新潮社、二〇〇九年)に取り上げられているだけで、研究は全くない。

現時点ではエジプト現地の史料まで調査は及んでいないが、船舶関係資料や内外の外交資料、日本人の旅行記、そして南部家への聞き取り調査からわかってきた南部憲一という人物の素描をここに試みる。(1) ヨーロッパとアジアの接点だったポート・サイードでの彼の活躍を通して、様々な領域での当時の世界的規模の流動の様子が浮かび上がってくる。

1 戦間期のスエズ運河

まずは、戦間期のエジプトとスエズ運河の歴史的背景と日本との関わりに簡単に触れておこう。スエズ運河会社(La Compagnie Universelle du Canal de Suez)は一八五八年に創設され、五九年に運河工事が開始されている。その十年後の六九年十一月十七日にスエズ運河は開通し、岩倉使節団はその頃にこの運河を通過し欧州に渡航した。

エジプトは一八八二年にイギリスの保護下に入り、一九一四年に完全保護国となっている。二二年にイギリスはエジプトの保護権を放棄して条件付独立を認めたが、エジプトの主権回復後もスエズ運河地帯の駐兵権はイギリスに残った。そのため、第二次世界大戦でエジプトはイギリスの軍事基地となり、枢軸国の艦船のスエズ運河通行は拒まれた。

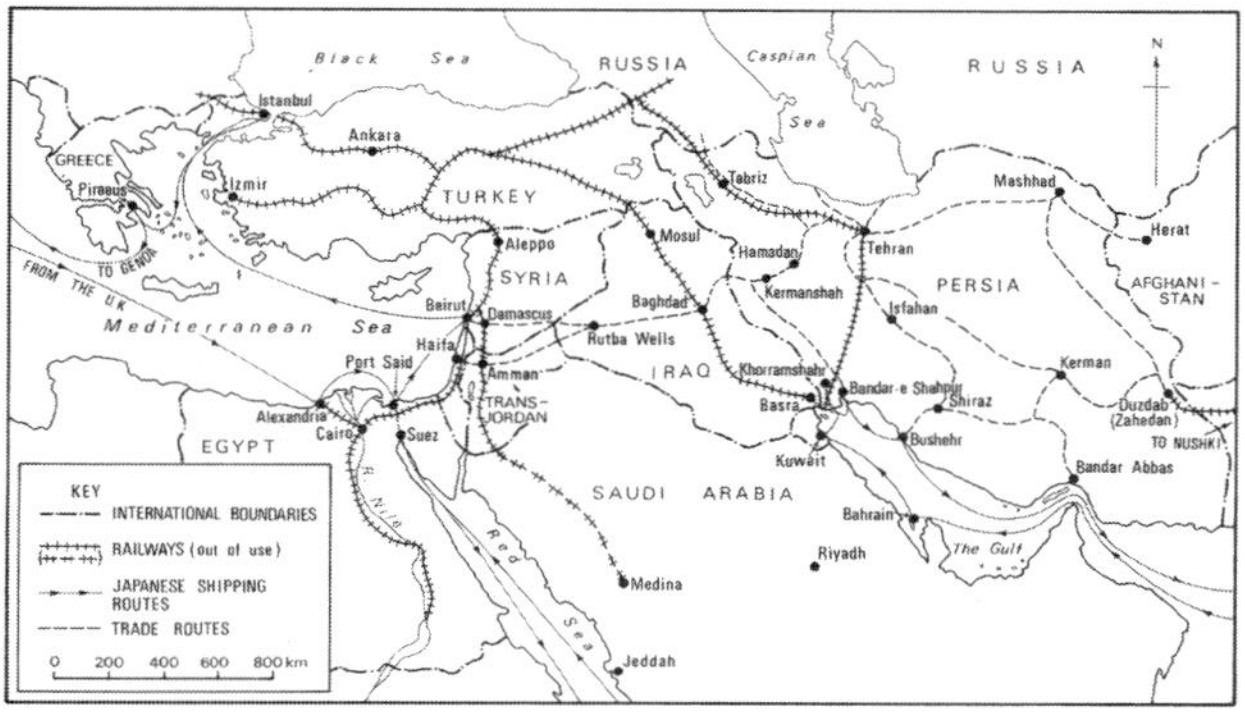

図2　第2次世界大戦前の中東における商業ルート
(出典: Shimizu Hiroshi, *Anglo-Japanese Trade Rivalry in the Middle East in the Inter-war Period*, Ithaca, 1986, p.22.)

このように、欧州とアジアを往来する軍艦や商船の通過点だったスエズ運河が、地政学的に非常に「熱い」地点だったことはあらためて指摘するまでもないが、スエズ運河をめぐる列強諸国と中東の複雑な相関関係に、日本もまた、からめとられていた。日露戦争以降、日本からヨーロッパへの輸出（特に絹）が伸び、一九一三年までにはスエズ運河を通過する船のサイズで、日本船がドイツ船を抜いて、最も大きくなっていたという[2]。

また、第一次世界大戦中、日本海軍は連合国からの要請を受けて、世界各地の植民地からヨーロッパへ向かう輸送船団の護衛を受け持っていて、日本の軍艦がスエズを通って地中海まで航行していた。

さらに一九二〇年代から三〇年代には、世界恐慌で日本の安価な綿（イギリス産の二分の一から三分の一の値段）の需要が高まり、日本の綿反物の中東市場への進出が急速に拡大する。大部分の商品がアデンやポート・サイード、アレクサンドリアで中東各国向けに委託されていった。三井物産などの商社が中東に進出してくる時代である。しかし、三〇年代後半から不当廉売として、日本の綿反物には関税などの対抗策がとられるようになった。

第一次世界大戦後、日本が中東市場に積極的に乗り出していった時代には、中東各地に日本の外交機関が設立されていった。ポート・サイード日本領事館の設立が一九一九年（初代領事は益子齋造）、在イスタンブール大使館が二五年、在アレクサンドリア総領事館が二六年、在テヘラン公使館が二九年、在カイロ公使館が三六年、在ベイルート領事館が三七年、そして在バグダード公使館が三九年である。

南部兄弟がポート・サイードで過ごした一九一二年から第二次世界大戦勃発までの時期は、このように日本が中東に急激に進出した時代である。

2　南部憲一の生涯

筆者が知るかぎり、南部憲一に関する伝記は存在しない。この人物に直接関わる史料としては、彼の成功物語を伝える「国民新聞」の一九二九年（昭和四年）の新聞記事、(3)南部が亡くなる前年に大阪貿易協会発行の「貿易人」に載ったインタビュー記事、(4)大阪商船の元船長森勝衛の回想録、(5)戦前の中東に長く滞在した元外交官の田村秀治の回想録、(6)当時のエジプト駐在外交官による通信記録、(7)さらに後述する旅行記のなかの散発的な記述などが存在する。さらには、二〇一〇年初めに南部氏のご親族とも連絡がとれ、聞き取り調査をした。それらを通してわかったことを以下にまとめる。

南部はおそらく十六歳のときに北海道夕張から横浜に出た。イタリア系移民が経営する貿易商フィオラヴァンテ商会横浜支店でしばらく働いた後、同商会のポート・サイード本店店員として月給二十七円、五年契約で採用される。(8)一九一二年（明治四十五年）三月、十七歳の折に日本郵船の加賀丸の三等船客としてポート・サイードに向かい、五月から働き始めた。当時のヨーロッパ人旅行者がよく使っていたベデカーのエジプトガイド本には、Rue de Commerce で日本や中国の品を売る商店として Fioravanti's が紹介されている。(9)エジプトの港町で日本のみやげ物を買うというのも不思議に思えるが、ヨーロッパから来る旅行者にとって、ポート・サイードは「東洋」への入り口、「オリエンタル」なモノとの出合いの場だったのだろう。

南部の父・建根《たつね》の言をもとにした「国民新聞」の記事によると、イタリア人経営者フィオラヴァンテ（横浜のフィオラヴァンテの母）は、使用人に対して厳しい女主人だったらしい。他の日本人従業員が音を上げるなかで、南部はその誠実な働きぶりが認められ、フィオラヴァンテの三女レアと結婚し（のちに一女をもうける）、資金を得て船舶への納入業の店を出して独立する。「貿易人」の南部本人のインタビュー記事によると、すでに一九一四年（大正三年）には独立したとあり、南部がまだ十九歳の頃である。独立当初は外国人に親しみやすいFujiyama & Co. という名前で店を出していたようだが、南部家に残る税務署宛ての手紙には、一六年に兄・辰造（四歳年上）と弟・慶三（四歳年下）を呼び寄せ、南部兄弟商会を設立したとある。

彼の独立は、第一次世界大戦の勃発で、連合軍の要請を受けて地中海に向かう日本海軍軍艦の往来が激しくなったことと無関係ではあるまい。前述の「国民新聞」によると、この大戦で南部は、三百万円近い財を成したという。一九一四年（大正三年）の東京駅の総工費が二百八十万円だったというから、いまで言えば、億万長者の青年実業家になったわけである。第一次世界大戦後の二〇年には、海軍への貢献に対して、勲八等瑞宝章を与えられている（図3）。

図3　勲八等瑞宝章（南部家蔵）

一九二〇年代の南部憲一は飛ぶ鳥を落とす勢いで、船舶納入事業を拡大し、欧州航路の途中にあるシンガポールとコロンボにも支店を開いた。前者は二一年に開設し、後者は二四年に開設し、兄・辰造に任せ、弟の慶三に経営を委ねた。年代不詳の南部商会の名刺によると（図4）、ポート・サイードの本店はスルタン・フセイン通りにあったようである。ここは運河に面した目抜き通りで、イギリスの大手旅行会社トーマス・クックや電気通信会社イースタン・テレグラフの建物などが並んでいた（図5・6）。

事業家として最も脂が乗っていた一九二三年（大正十二年）、二十八歳のとき、南部はポート・サイード市会議員に立候補した。三月四日と五日におこなわれた選挙で当選するが、その後エジプト内務省によって、日本人であるため資格なしとされた。長年地元に貢献してきたことを理由に大審院まで争ったが、敗れたそうである。イギリス議会資料によると、ポート・サイードに市議会ができたのは一一年で、混合市会（Mixed Municipal

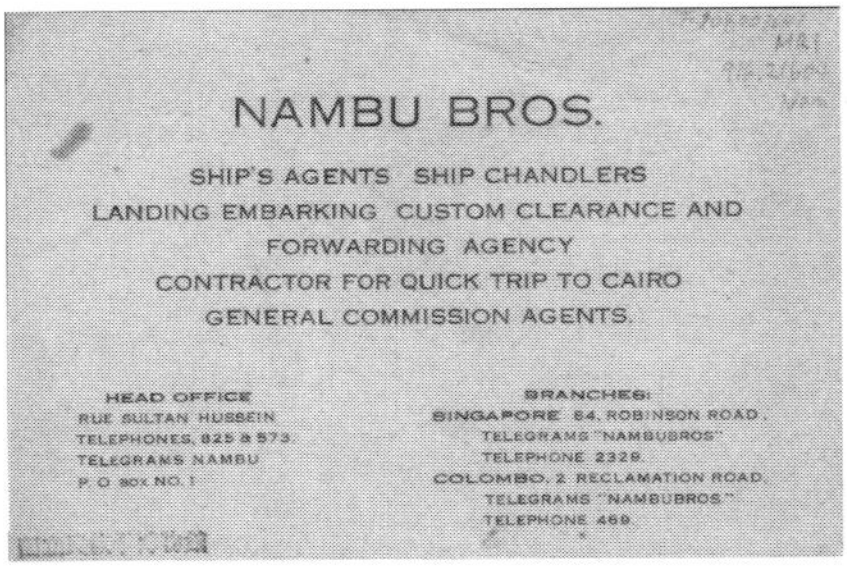

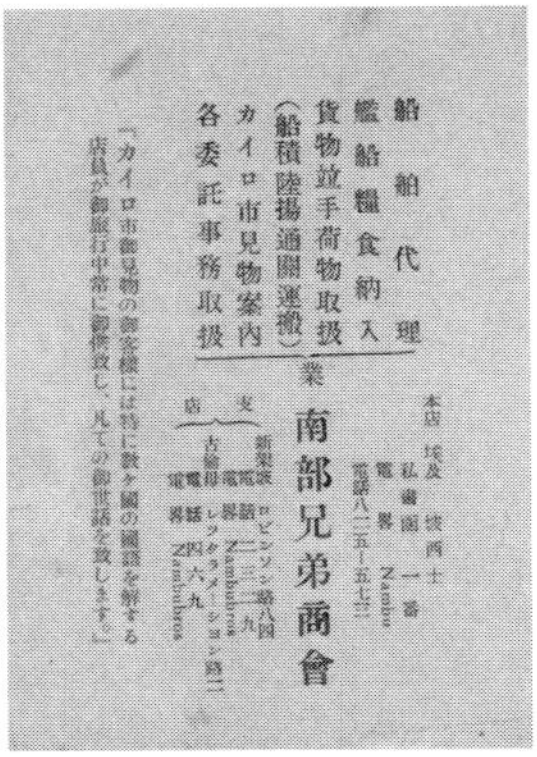

図４　南部商会名刺（表裏）

Commission）の議員のうち、四年ごとの選挙で選ばれる十一人中、五人はエジプト人、五人はヨーロッパ人、もう一人は船舶業者と旅行代理店業者のなかからエジプト人またはヨーロッパ人を選ぶことになっている。[10] 時の日本領事代理の黒木時太郎による外務大臣への通信（一九二三年六月七日）によると、一一年の選挙規定にある「土人」でも「欧州人」でもなかったため、欧州人枠で選出された南部は「資格なきものなり」とエジプト内務省が判断したという。[11] この報告書には黒木自身の見解として次のように記されている。

右は明文に「ヨーロッパ」人と土人とに区別しあり、日本人又は之に相当する文句なきを以て法理上当局の裁決に対し何等異議を申し出する余地なしと思考せらし候。然れども将来本邦人の当地方に発展するに当り重要なる関係を有する問題たる可きに付、本官は時機を見て議員中の権力者たる可き英仏議員をして自発的に此不条理なる市会構成法の改正を促さしむる希望に有之候。尤も事極めて「デリケート」たるを失はざるに依り、軽々本官の関係す可き性質のものにあらずと思考し、今後と雖も極めて冷静なる態度を持続する方針に有之候。〔句読点、カタカナのひらがな表記は引用者〕

ヨーロッパ人と同等の権利を日本人が得られない不条理に憤りを感じながらも、真っ向から抗議するのではなく、有力な英仏人自身に法を改正させようと画策するなど、外交官らしい慎重な態度をもって事に対処しようとしていることがわかる。

ちなみに、南部が当選したほぼ同時期に、ちょうどエジプト新憲法が公布されている（一九二三年四月十九日）。その第三条にはエジプト国籍保持者だけが公職につくことができ、外国人は法が定める例外の場合以外は公職につくことができないとある。[12] ポート・サイードの「混合市会」はこの例外法にあたるのだろうが、エジプトがイギリスから独立し、自国民による自治への移行期だったことは、南部の当選失格と無関係ではあるまい。

一九二五年（大正十四年）、南部三十歳のときには、八阪丸の引き揚げに携わったそうである。八阪丸は、一五年十二月にエジプト沖地中海でドイツ海軍Uボートによって撃沈された日本郵船の船である。このときには、潜水に携わり、のちに「潜水王」の名を馳せる片岡弓八の武勇伝のほうが有名になり、[13] 八阪丸とともに沈んでいたソブリン金貨十万ポンド（約二十三億円）発見の手柄は片岡のものとなって、サルベージ船や機材、金貨の安全な保管場所などを手配したであろう南部の貢献は忘れられてしまったようである。

日本郵船株式会社編『埃及見物』（日本郵船）は、この一九二五年に刊行されている。通訳兼ガイドの確保、日本人向けの宿泊施設の開拓など、日本人旅行者が安心してエジプト観光を楽しむための様々な仕組みを、この頃までに南部がある程度整え、日本郵船に情報を与えていたのだろう。一九二九年（昭和四年）四月十三日には日本郵船中東航路が開設される。南部三十四歳のときである。

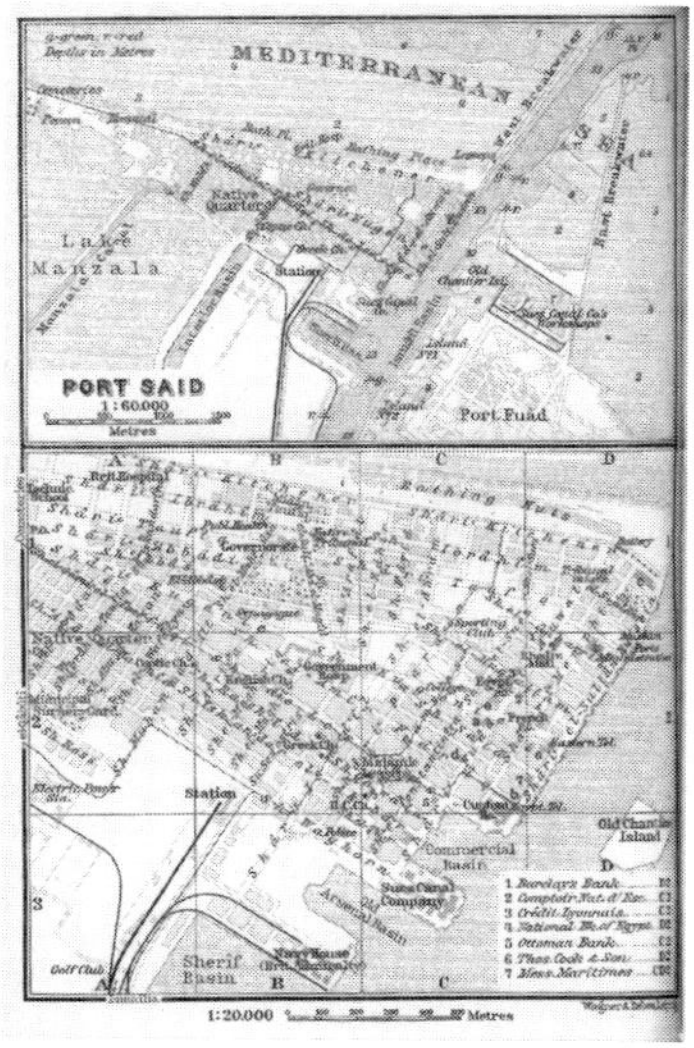

図5　ポート・サイード地図
（出典：Karl Baedeker, *Ägypten und der Sûdân: Handbuch für Reisende*, Karl Baedeker, 1928.）

ここまでは順風満帆の出世物語だが、一九三〇年代に入り、三十代後半の南部の周囲には変化が起こり始める。三二年（昭和七年）には南部のイタリア人妻が闘病後、亡くなった。翌年、大阪商船の森勝衛船長の紹介で日本人女性と再婚するが、

図6　スルタン・フセイン通りが写った1920年代頃のはがき。並木の左側が運河、通りの奥に見えるのがスエズ運河会社の建物

その女性も間もなくポート・サイードで病死し、その妹と再婚した。[14]そして、日中戦争が始まった三七年の十二月二十六日には、ポート・サイード店を弟の慶三に任せて憲一は帰国の途についた。

この頃には、ドイツ、イタリアでファシスト体制が確立し、ポート・サイードは諸国の様々な思惑が交差する、まさにホットスポットとなっていた。たとえば、イタリアがエチオピアを侵略した第二次エチオピア戦争の勃発を受け、エチオピア皇帝ハイレ・セラシエ一世とその家族は、一九三五年五月にポート・サイード経由でエルサレムに向かい、その後イギリスに亡命した。その前年の三四年（昭和九年）六月九日には南部慶三が、エチオピアの隣国ソマリランドのジブチに寄港した際に、エチオピア皇帝から勲章（シュヴァリエ・エトワール）を受領していて、その記録が内閣の叙勲裁可書として残っている。[15]当時コロンボにいたはずの慶三は、何らかの理由でポート・サイードに向かっている途中（あるいは同地からの帰路）でエチオピア皇帝と接触があったようだが、どのような状況での受勲なのか詳細は不明である。

ポート・サイードは、ナチズムから逃れるユダヤ難民の通過地点でもあった。ドイツのユダヤ人哲学者カール・レーヴィットは、日本郵船の諏訪丸に乗って一九三六年（昭和十一年）十月十一日にヨーロッパを離れて神戸に向かい、四一年まで東北大学で教鞭をとっている。このときの旅行記が出版されていて、ヨーロッパを追われたヨーロッパ人による日本船体験の記録として大変興味深いが、ここでは詳しく触れない。[16]

一九三七年頃の南部商会について、元外交官田村秀治は次のように述べている。「ポートサイドの領事館でありますが、日支事変がおきると同時に、前述の南部商会を通じ、運河を通過し極東へ向かう船の積荷を探っていた。これは援蔣《えんしょう》物資、特に武器を知ろうとする一種のスパイ活動だった」。中華民国総統・蔣介石の対日抗戦を支援するアメリカ・イギリス・ソ連は、香港、ベトナム、ソ連、ビルマを経由して軍事援助をおこなっていたとされる。日本政府の警戒網は、その輸送経路をさらにさかのぼって、ポート・サイードにまで張り巡らされていて、しかも情報収集に民間人が協力させられていたという、当時の緊迫した状況がうかがえる。

図7　地中海側から見たスエズ運河入り口

第二次世界大戦勃発とともに、日本人は中東各地から引き揚げていった。ベイルート領事館、バグダード公使館、在カイロ公使館、在アレクサンドリア総領事館、在ポート・サイード領事館は、一九四一年に一斉に閉鎖されている。スエズ運河の通航も四一年から五一年まで日本船に対して閉じられた。敵対国となったエジプトでは、日本人は引き揚げる際に財産を没収され、南部商会もこのときにポート・サイード店をたたむことになった。ポート・サイードにいた慶三は、シンガポールに向かう。親族の話によると、一人につきスーツケース二つだけ持ち出すことが許されたという。

同年、憲一は海軍の要請でサイゴンに南部商会支店を開き、シンガポールにいた弟・孝之介とともに経営した。海軍のために物資の調達をしていたようである。敗戦とともに、サイゴンの資産も没収され、兄弟は日本に引き揚げて、戦後は日本郵船に籍を置いていたらしい。憲一は一九五九年（昭和三十四年）に六十四歳で亡くなった。弟の慶三は五二年に亡くなっている。

では次に、ポート・サイードを通過した日本人の旅行記からうかがい知ることができる南部憲一の人柄や仕事ぶりをもう少し詳しく見てみよう。(17)

3　旅行記に登場する南部

徳冨蘆花は、妻・愛子とともにパレスチナ巡礼に赴くため、一九一九年（大正八年）三月十三日にポート・サイードでエジプトに上陸している。独立して間もない、二十四歳の頃の南部は、夫妻のカイロ滞在の手配や、その後のパレスチナ方面への旅の準備のために尽力している。蘆花の旅行記の記述からは、短い滞在にもかかわらず、徳冨夫妻と南部の家族の間に懇意な付き合いがあった様子がわかる。文中、蘆花は日本人の名前を省略形で記しているが、「南さん」が南部憲一のことであり、「慶君」は憲一の弟の慶三である。

大正八年三月十三日の午前十時過ぎ、私は二度目、妻は初めて埃及《エジプト》は坡西土《ポート・サイド》の港に上陸した。Motor boat の若い英士官に伴われて、旅券検閲所に出頭し、午後の汽車でカイロへ行く事がきまると、南《なん》さんが私共を引取って、一切を世話してくれるのであった。

南さんは、北海道の生れ、まだ三十前の若い男である。坡西土に、伊太利人の経営する Fioravanti と云う日本雑貨店がある。主婦の息子の一人は、年久しく横浜に住んで、Argentine の副領事など勤めて居た。南さんは、八年前此坡西土に来て、フィオラヴァンテに勤めて居る内、見込まれて、主婦の孫娘を妻にし、今は雑貨店の横に富士兄弟商会の看板を出して、日本の艦船用達をつとめて居る。

休戦になった今も、坡西土を出入りする日本船舶は、毎月六十隻を下らぬそうで、南さんは適齢前の実弟慶君と、伊太利人や土人を使って、真黒になって働いて居る。其頃までは、まだ坡西土に日本の領事もなかったので、凡そ日本人の事とし云えば、官辺の交渉から、無頼者の不始末のあと始末まで引受けて、南さんが無官の領事どころをやって居た。ぼるねお丸から下ろされた生荷物の私共夫妻は、直ぐさま南さんが引取って、何から何まで世話をやいて呉れる。Boat をやって、荷物を船から取り寄せてくれる。南さんの信用で、税関は無検査で通してくれる。其荷物の大部分は、商会の物置に預ってくれる。最近の埃及騒動で新たに出入あらための Permission office に同伴して、カイロ行きの許可を得る手続きはしてくれる。

車で停車場に伴うて、汽車にのせ、切符を買い、荷物を預け、果ては食堂の番号札まで取って来てくれる。日本を長々と引延ばしたぼるねお丸を埃及で下りると、此処にも日本がちゃんと出張って居て、長途に疲れた私共を何角といたわって、何の不自由もさせないのであった。

（略）

私共は先刻南さんの事務所で、海軍大主計の熊さんに会うた。[18] 其処には、亜歴山港に碇泊中の梅丸の船長さんも居た。[19] 熊さんは、戦争中地中海に働いて居た日本海軍の軍需品監督をして、三年ばかり坡西土に居たのであった。（略）夕六時、カイロ着。南さんが打電して置いたので、Shepheard's Hotel の緑の服を着た頭の白い案内者の英人が、迎えに来て居た。[20]

南部はこのように、日本人旅行者や船舶関係者の何から何まで面倒を見る、非常にきめ細やかなサービス精神の持ち主だったことがわかる。しかも現地の官庁、宿泊施設、交通機関の仕組みに通じていて、相当に顔が利いたようでもある。アラビア語、イタリア語、フランス語、英語が堪能だっただろう。同時にこの記述から、南部の事務所が日本の船舶関係者のたまり場であり、情報交換の場だったことも推測できる。

この後、徳富夫妻は、イギリスの委任統治領だったパレスチナへの通行許可を得るためにカイロのイギリス当局に赴く。同市滞在中に、蘆花は独立を求めるエジプト人による大規模なデモを目撃している。一九一九年三月から四月にかけて勃発したいわゆる「エジプト革命」の場に居合わせることになった蘆花は、臨場感あふれる記録を残しているが、ここでは詳しく触れない。

ようやくパレスチナ行きの手配をすませることができた徳富夫妻はポート・サイードに戻り、南部の助けを借りて出発の準備をする。

非常な混雑の中を、兎にも角にも自動車に乗って、Fioravanti に行く。南さん兄弟は、私共のカイロ逗留があまり長びくので、心配して、手紙を出そうとして居る処であった。

兎に角、明日の出立迄に時間がないので、もてなしのアイスクリイム珈琲に元気をつけ、南さんの事務所、罐詰類や素麺、干饂飩、そんなものの山と積まれた物置きに入って、夫妻大汗になって、パレスチナに持って行く物、残す物を択り分ける。慶君が扇風機をかけたり、ラムネを持って来てくれたりする。

南夫人の Leah さんが、挨拶に来る。今年十九のおとなしい伊太利婦人。

七時過ぎに、やっと荷物の整理が終える。大部分は、南さんに預けて置く。而して八時頃、慶君の案内で埠頭近くの Marina Palace Hotel に行く。南さんからの電話が往って居たので私共は表二階の一室に導かれる。それから、南さんの懇招黙止し難く、顔を洗うと直ぐ慶君に導かれて、私共は南さんの住居に往った。公園に面した四階。客間には南さん兄弟の阿父阿母の写真が掛って居る。阿父は、私と同年の五十二そうな。南さんは三番目である。Lさんと結婚は一昨年、未だ子供がない。Lさんは少し日本語を話す。南さん兄弟が、ぞんざいな言葉を使うと、〝おい、往かんか〟などとLさんが直ぐ其のまま真似るので、兄弟同士の話も自然丁寧な言葉を使うようになりました、と南さんは笑って居た。

小さな食堂で、私共は単純な、うまい夕食の馳走になった。氷箱で冷やされた食後の Orange は、殊に私共を喜ばした。（略）

客間に帰って、Lさんが稽古中の Piano を聞く。妻は南さん夫妻と Domino の遊びをした。慶君が Banana 水を馳走する。涼しい風が海から吹いて来る。

（略）私共は、色々内輪話を聞いた。さまざま南さん達に厄介をかける日本人の中には、鴉片の密輸入者などもあるそうな。

夜も十時をとくに過ぎたので、私共は南さん夫妻に謝し、慶君に送られて、Marina Hotel に帰る。騒動以来、八時には、一切店をしめさすそうで、私共が通って帰る坡西土の町は、気味悪く暗かった。唯有《と》る通りにかかると、黒い人影が、突と寄って来て、星あかりに私共をすかし見る。慶君が一言二言いうと、影は意を得たらしく、パッとマッチをすって、莨《たばこ》のみのみ立ち去った。密行などいうものであろう。[21]

南部一家のポート・サイードでの暮らしぶりが生き生きと描かれていて、異郷でけなげに努力して身を立てる若者に対する蘆花の敬意と優しい眼差しが感じられる。南部も、故郷の父親と同年齢という蘆花に、特別な親しみを覚えたのだろう。

この三年後の一九二二年（大正十一年）十月十四日には、天沼俊一が大阪商船アトラス丸でポート・サイードに寄港し、その後エジプト各地を旅行し、『埃及紀行』（岩波書店、一九二七年）を記している。そこにも次のような記述がある。

荷物は艀《はしけ》へ置き去りにして、同地唯一の日本商店南部商会より迎に来た土人に案内せられて、私共三人は其の商店へ行った。（略）

主人は南部憲一と呼び、徒手空拳渡埃してから十二年間奮闘努力、同地で成功した唯一の日本人ださうで、若い太ったおそろしく感じのいい人、小西船長に紹介して貰ふと、直に手荷物受取の一件で大に主人を煩はした。あとできくと埃及入国の殆んど総ての日本人は皆かくの如く南部氏の厄介になるのださうである。主人こそ迷惑千万であろうが、誰に対しても一列平等に気持ちよく世話をしてくれるのださうで、当代には珍しい人である。私は主人と税関へ行った。先刻艀の中へ残して来た荷物は全部検閲場の机の上にのせてあっ

た。ここで暫時主人と税関吏との問答を聴いていたが、暴夜語《アラビア》だから私には全然分らぬ。[22]〔ルビは引用者〕

高浜虚子の旅行記にも南部は登場する。虚子は欧州旅行の途上、一九三六年（昭和十一年）三月二十二日と五月十三日にポート・サイードを通過している。その何げない行動の記録からは、当時の日本人のエジプト観光の典型的な行程がよくわかる。欧州行きの船の乗客の多くは、船がスエズ運河を通過している時間を利用してカイ

NOTICE

MAP OF CAIRO

EXCURSIONS TO CAIRO

SPECIAL FACILITIES

OFFERED TO THE PASSENGERS OF

THE NIPPON YUSEN KAISHA

BY

Messrs. NAMBU BROTHERS

TOURISTS AGENCY

PORT SAID

IMPORTANT NOTICE

PASSPORTS

WHAT CAN BE SEEN IN CAIRO.

CAIRO AND ITS MONUMENTS

NAMBU BROTHERS TOURIST A

図８　日本郵船の船内で配られたカイロ観光パンフレット（表裏）

ロを観光し、ポート・サイードで再び乗船していた。南部は、この限られた時間に客が有効に観光できるように、まず運河の入り口のスエズに船が着いた時点で客を迎え、移動、宿泊、通訳や案内人の手配を整えてカイロに送り出し、カイロからポート・サイードに戻ってきた時点で「ツアー」の旅費を精算するシステムを確立していた。何通りかのツアー旅程を提案するパンフレット（図８）が船上で寄港前に配られ、参加希望者のリストは南部商会に電報で事前に知らされた。

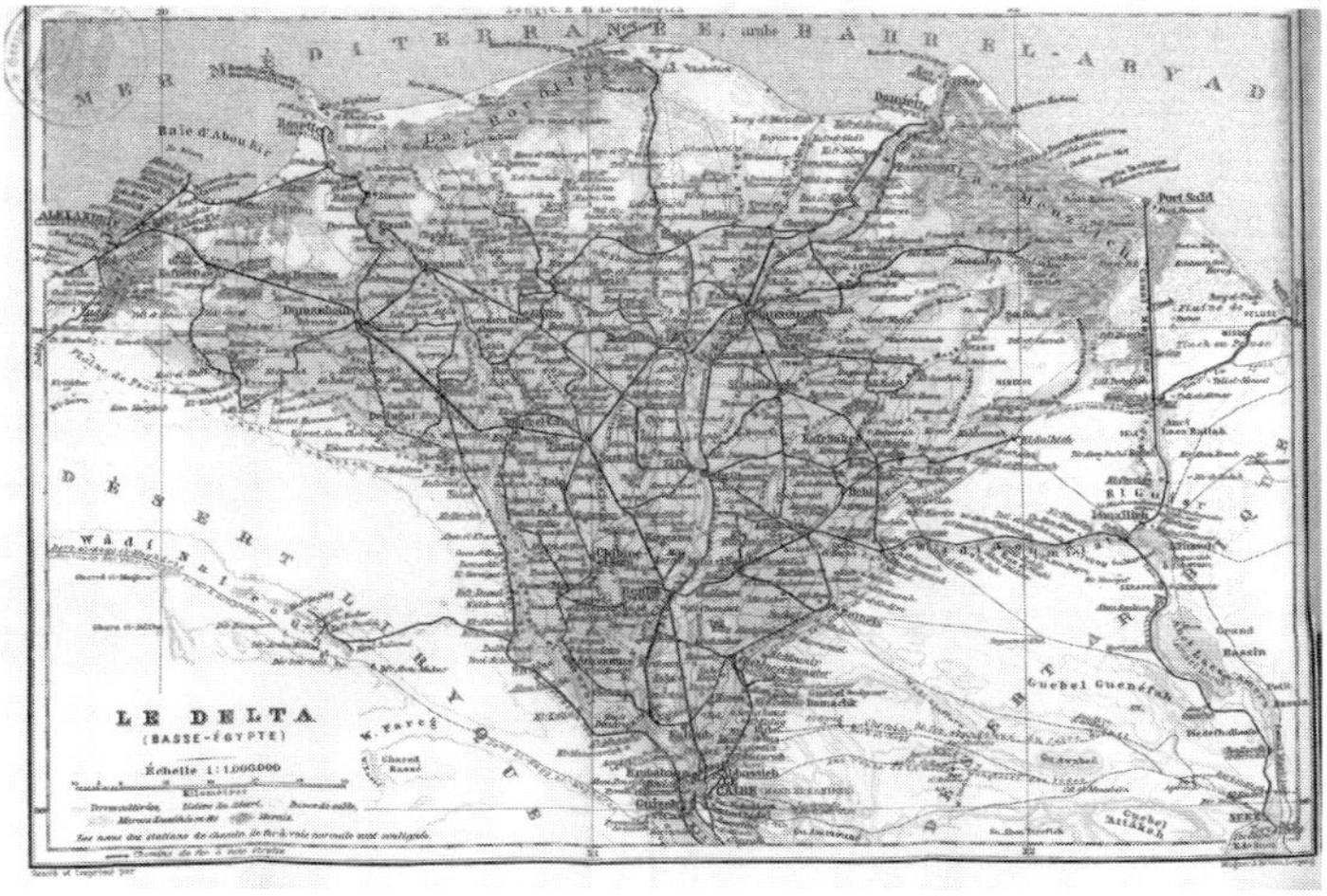

図9　エジプト鉄道ルートの地図
（出典：Baedeker *a.a.o.*）

　虚子の最初の記述は、ギザのピラミッドを見学した後にポート・サイードに寄ったときのものと思われる。

> 十時前にポートサイドに着いた。［上ノ畑］楠窓君が迎いに来て呉れて居た。相携えて南部の店に行き、そこで今日スフィンクスの前で撮った写真の出来て居るのを受けとったり、昨日今日の旅費の勘定をしたりして、それからランチに乗って船に帰ったのは十一時が近かった。(23)

　ツアーの途中で撮った写真を最後に販売するのは現在でも観光地でよくあるサービスだが、ピラミッドの前で撮った記念写真を、客がポート・サイードに戻ってくるまでに印画して、引き渡せるように準備しておくというのは、いかにも手際のいいお膳立てである。現地にはもちろんトー

図10　ピラミッド前での記念写真。前列中央が南部憲一

マス・クックのようなヨーロッパの旅行会社の支店もあり、南部商会はそれらの先例を参考にしたのだろうが、日本人旅行者はやはり、日本人が経営する商会のほうが信用できたのだろう。

虚子は、ヨーロッパからの帰路にポート・サイードに寄港した際にも南部商会に立ち寄っていて、そのときのことを次のように記している。


　四時頃楠窓君と再び下船、南部商会に行き飛行郵便物を托した。

　南部君の話に、エチオピアの皇帝は、仏領ソマリランドの港から逃れ出て、蘇士運河を通って亜剌比亜のパレスタインに蒙塵されたのであって、百個程の箱に詰めた財宝を携えて行かれた許りで、後は市民の掠奪に委されたとの事である。

　南部君は、今夜六時の汽車で蘇士に行き、明朝四時着の照国丸の乗客の、カイロ行きの世話をせなければならぬといって居た。

　それから土産だと云うて、私に古い玻瑠瓶をくれた。

（略）

　楠窓君が、昨日南部君から貰った玻瑠瓶に、左の由来書を付したものを届けて呉れた。

この玻瑠瓶の由来
地中海の東端に位するシリア（Syria）のホムス（Homs）にて発見せらる。香料入れに使用せられたものと云う。年代は今を去る耶蘇紀元前百九十年（本年より起算し二千百二十六年前）のものと推定せらる。玻瑠の風化せる古色甚だ妙なり。ホムスはパレスチン山脈の連亘せる中に含まれたる一都邑《とゆう》にて、エルサレムより約二百五十哩位の距離なり。埃及ポートサイド南部商会主、南部憲一氏より虚子先生御通過の際、記念の為に贈呈せるものなり。先生の御依託により之の記事を作る。

ポートサイド出帆の日。箱根丸にて

上ノ畑楠窓誌。(24)

旅行斡旋業が軌道に乗って相当忙しそうな南部の様子が伝わってくるが、それでも虚子のような特別な客には、シリアで出土したという古代のガラス瓶を記念品として渡すといった心遣いを忘れない人物だったようである。

おわりに

このように南部憲一は、まだ日本の領事館さえなく、三井物産などの企業が進出してくる以前に、厳しい風土の異郷の地で使用人の立場から事業を興し、財を成した独立独行の男だった。ポート・サイードを通過するほとんどの日本人旅行客が何らかの形で世話になっていたはずだが、和辻哲郎はこの特異な日本人の存在には特に注意を払わなかったようである。和辻が渡航した一九二七年（昭和二年）頃には商会も成功し、南部は市会議員に当選するほど地元でも有力な人物になっていた。しかし、『風土――人間学的考察』（和辻哲郎、岩波書店、一九三五年）にも、『故国の妻へ』（和辻哲郎、角川書店、一九六五年）にも、南部への言及は見られない。エジプトの土にしっかりと根を張った一人の日本人の生き様は、巨視的な次元に思考が漂っていた和辻の目には留まらなかったのだろうか。

注

（１）調査にご協力いただいた南部家の皆様に感謝の意を表する。

（２）D. A. Farnie, *East and West of Suez: The Suez Canal in History 1854-1956*, Clarendon, 1969, pp.498-499.

（３）「スエズ運河の彼方に吐くや万丈の気焔、南部憲一君のことども」「国民新聞」一九二九年四月十三日付

（４）「市場開拓史（その七）エジプト」「貿易人」一九五八年三月号、大阪貿易協会、二〇―二四ページ

（５）森勝衛「船長の思い出 十三――馬来丸の欧州行」「海の世界」第四巻第三号、日本海事広報協会、一九五七年、四二―四三ページ

（６）「日本・中東イスラーム関係の再構築」研究会編『日本とアラブ――思い出の記（その一）（その二）（その三）』日本アラブ関係国際共同研究国内委員会事務局、二〇〇二年、五五―一二一ページ

（７）注（11）（12）（13）を参照。

（８）Salvatore Fioravanti Chimenz という人物が、二十世紀初め頃から横浜の山下町でエジプトタバコの輸入と日本商品の輸出業を営んでいた（*Japan Weekly Mail*, 1905.3.25, p.318.）。フィオラヴァンテ家はすでに十九世紀末には、エジプトタバコの生産者としてポート・サイードに本店を構えていたようである。一八九四年三月九日付のシンガポールの新聞 *The Straits Times* に、F. Fioravanti 製エジプトタバコの輸入業者が広告を出している。“The Straits Times”, 9 March 1894, p.2（http://newspapers.nl.sg/Digitised/Article/straitstimes18940309.2.36.3.aspx）［最終アクセス二〇一二年八月十七日］

（９）Karl Baedeker, *Egypt and the Sudan: Handbook for Travellers*, Karl Baedeker, 1908, p.173.

（10）“House of Commons, Parliamentary Papers,” Egypt. No.1（1911）. Reports His Majesty’s agent and consul-general on the finances, administration, and condition of Egypt and the Soudan in 1910. Paper number: [Cd. 5633], p.40.（http://gateway.proquest.com/openurl?url_ver=Z39.88-2004&res_dat=xri:hcpp&rft_dat=xri:hcpp:fulltext:1911-013689:46）［最終アクセス二〇一二年八月十七日］

（11）JACAR（アジア歴史資料センター）Ref.B03051013200、各国内政関係雑纂／埃国ノ部（B-1-6-3-109）（外務省外

交史料館）。南部の当選を取り消す内務大臣ヤフヤー・イブラヒームの告示文書（仏文）の写しも添付されている。

（12）*Journal officiel du Gouvernement Egyptien*, 1923.4.20. JACAR（アジア歴史資料センター）Ref.B03051013200、各国内政関係雑纂／埃国ノ部（B-1-6-3-109）（外務省外交史料館）

（13）片岡による六十八ページにわたる「八阪丸金貨引揚談」の講演原稿が防衛省防衛研究所に残っている。南部の協力については触れられていない。JACAR（アジア歴史資料センター）Ref.C08051332200、Ref.C08051332300、Ref.C08051332400、一九二五年（大正十四年）公文備考　巻七　官職止　帝国会議　軍港要港（防衛省防衛研究所）

（14）筆者が聞き取りをおこなったのはこの三人目の夫人の娘たちと、慶三の娘二人である。レア夫人との娘もともに帰国し、日本で暮らしたが、二〇〇九年に亡くなった。

（15）JACAR（アジア歴史資料センター）Ref.A10113155600、叙勲裁可書・昭和十年・叙勲巻八・外国勲章記章受領及佩用一（国立公文書館）

（16）Löwith, *Reisetagebuch*, p.21. 一九三六年十月十六日寄港。ピラミッドツアーは「時間的にきついし、高い」と言い、アメリカ人やイギリス人と一緒に Simon Arzt で買い物をし、船に戻った。

（17）ここでは、南部について比較的詳しい記述がある紀行文だけを取り上げる。その他の日本人のポート・サイード描写については、『世界紀行文学全集』第十六巻、ギリシャ・エジプト・アフリカ編（修道社、一九五一年）と『世界紀行文学全集』第十九巻、海洋編（修道社、一九六一年）を参照。

（18）一九一八年（大正七年）一月十二日から翌年五月二十六日まで、海軍大主計として地中海に出張していた熊生栄《くまおさかえ》のことではないかと推測できる。旧日本海軍の〇八年（明治四十一年）以降任官主計科士官のリスト（http://homepage2.nifty.com/nishidah/ppy58.htm#59r001）[最終アクセス二〇〇九年四月十六日]

（19）この時期、太洋海運所属の梅丸（五千七百トン）が欧州航路についていた。「欧州航路頻発」「満州日日新聞」一九一九年六月二十九日付（http://www.lib.kobe-u.ac.jp/das/jsp/ja/ContentViewM.jsp?METAID=00140992&TYPE=IMAGE_FILE&POS=1）[最終アクセス二〇一二年八月二十日]

（20）前掲『世界紀行文学全集』第十六巻、一六七―一六八ページ（初出：徳富健次郎／徳富愛『日本から日本へ　東の巻』金尾文淵堂、一九二一年）

（21）同書一八三ページ

（22）天沼俊一『埃及紀行』岩波書店、一九二七年、二ページ

（23）前掲『世界紀行文学全集』第十六巻、二三六ページ（初出：高浜虚子『渡仏日記』改造社、一九三六年）。楠窓は俳号で本名は上ノ畑純一。高浜虚子の門人であり、日本郵船箱根丸の機関長でもあったという人物。

（24）前掲『世界紀行文学全集』第十九巻、一五一―一五二ページ（初出：前掲『渡仏日記』）

参考文献

Valeska Huber, "Connecting colonial seas: the 'international colonisation' of Port Said and the Suez Canal during and after the First World War," *European Review of History*, 19 (1), 2012, pp.141-161.

黒木時太郎「スエズ運河の話」「国際知識」一九三一年三月号、日本国際協会、一〇五―一〇八ページ

Karl Löwith, Klaus Stichweh and Ulrich von Bülow eds., *Reisetagebuch 1936 und 1941. Von Rom nach Sendai. Von Japan nach Amerika*, Deutsche Schillergesellschaft, 2001.

関根謙司「スエズをめぐる日本の作家たち」「中東通報」一九七五年十一月・十二月号、中東調査会、二七―三五ページ

Sugihara Kaoru & J. A. Allen ed., *Japan in the Contemporary Middle East*, Routledge, 1993.

第6章 日本人のマルセイユ体験――幕末遣欧使節団から和辻哲郎まで

児島由理

はじめに

一八五四年に鎖国の歴史が幕を閉じて以来、日本人がヨーロッパへ渡航する機会は急増したが、飛行機の旅の普及以前、渡欧には大きく分けて三つのルートがあった。第一に横浜から香港やシンガポール、スエズなどを経由して入欧する欧州航路、第二に太平洋を渡ってアメリカに上陸し、陸路で西海岸から東海岸へ至り、そこから大西洋航路で入欧するルート、そして第三には一九一六年に完成したシベリア鉄道を経由するルートである。当然ながら、シベリア鉄道の開通前は、第一か第二のルートしか選択肢はない。また開通後も、シベリア鉄道のほうが大幅に少ない日数と少額の費用ですむようになったにもかかわらず、治安に対する不安やビザ取得の煩雑さなどの理由によって、欧州航路の利用者のほうが圧倒的に多かった(1)。第二のルートもアメリカを訪ねる予定がない者にはほとんど選択されず、第一のルート、すなわち欧州航路経由で渡欧する者が必然的に多数となった。

欧州航路で渡欧する場合、大半がマルセイユで下船し、陸路で目的地に向かっている。

つまり、初めてのヨーロッパ体験がマルセイユとなった日本人が多いのである。したがって、彼らがマルセイユの町から受けた印象について考察することには、近代日本人のヨーロッパ観を考えるうえで意義があると思わ

図1　現在のマルセイユ旧港、著者撮影（2007年）

れる。彼らが初めて見たヨーロッパの町マルセイユに対して抱いた驚き、感動、あるいは失望などをたどっていくと、そこから日本が西洋中心の世界のなかで占めていく地位の推移と重なる部分が見えてくるのではないだろうか。

筆者は拙稿「近代日本人の見たマルセイユ――「初めて踏む欧羅巴の土」に抱いた印象[2]」で、開国以降第二次世界大戦前までの日本人の旅行記に現れたマルセイユに関する記述を詳細に検討したが、本章ではその成果を当時のマルセイユの町の状況、ならびに日本とヨーロッパを結ぶ欧州航路の発展の歴史、またそれに伴う旅行産業の発展の歴史とも関連させながら、相対化して再構成することにしたい。

1　近代以降のマルセイユの発展

人口ではパリに次いでフランス第二の都市である地中海沿岸の港湾都市マルセイユは、紀元前六二〇年頃にフォカイア人によって建設されたフランス最古の都市でもある。以後、海上交通の要所として発展してきたこの町は、十九世紀に入りその地位を確固たるものにする。

フランスで鉄道が開通するのは一八三四年である。パリから各都市へ放射状に向かう路線が設置されたが、アヴィニョンからマルセイユまで延伸されたのは四八年だった。その後、鉄道は五六年にはトゥーロンに達し、続いてニース、ドラギニャンまで延び、南仏がフランス各地と結ばれることになる。

一方、十九世紀にはマルセイユ港の拡張工事も始まった。一八一五年に王政復古を実現したブルボン王朝が、内政批判をかわす意図もあって、北アフリカ侵略を開始したことに呼応するものである。一八三〇年、アルジェリアを支配下に置いたことで北アフリカとの取り引きが急速に増加し、マルセイユの重要性も増大した。五三年にジョリエット停泊区が完成、続いて五九年に完成したラザール停泊区には埠頭駅が隣接し、船客はここから列車でパリに直行できるようになった。

こうしたなかで一八六九年、フェルディナン・ド・レセップスによって着工されていたスエズ運河が完成した。従来、アジアとヨーロッパを海路で結ぶ最大の関門はスエズ地峡だった。地中海を航行する船はアレキサンドリア止まりで、そこから乗客や郵便物などは鉄道でスエズまで運ばれ、スエズで再度アジア方面への船に乗り継いでいたのだが、運河の完成によってヨーロッパ―アジア間を船で直行することが可能になり[3]、七〇年、マルセイユ―香港間の航路が開設された。マルセイユの町はさらなる発展を遂げることになる。

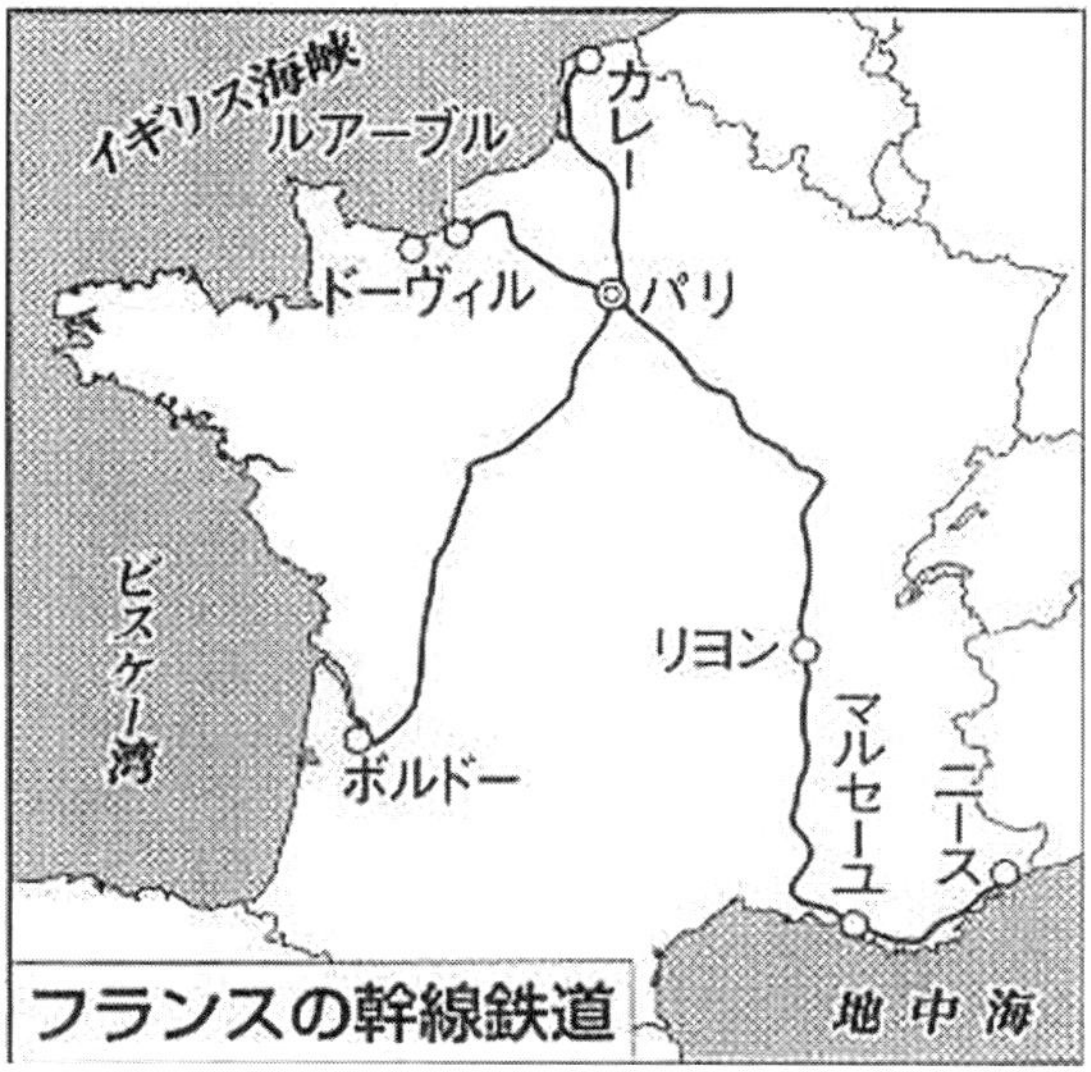

図2　フランスの鉄道路線網
（出典：小島英俊『文豪たちの大陸横断鉄道』〔新潮新書〕、新潮社、2008年、134ページ）

港町としての発展や北アフリカの植民地化によって、イタリアやスペインなどから、もしくは北アフリカからの移民が急増したのもこの時期である。一九〇二年に出版されたドイツのガイドブック『ベデカー』では、マルセイユの人口は四十九万千百六十

図３　『ベデカー』表紙
（出典：*Die Riviera, das südöstliche Frankreich, Korsika, die Kurorte in Südtirol, an den oberitalischen Seen und am Genfer See. Handbuch für Reisende von K. Bädeker*, Leipzig, 1902.）

一人、そのうちイタリア人は七万二千二百人であると紹介されている(4)。

この頃、ナポレオン三世によるマルセイユの街並みの大改造工事もおこなわれた。街のシンボル的存在であるノートル・ダム・ド・ラ・ガルド寺院はその起源を一二一四年にさかのぼることができるが、現在我々が目にしているものは、一八五三年から六四年に再開発の形で建てられた大聖堂である。その他、ロンシャン宮殿やファロ宮殿など、町にはナポレオン三世時代につくられた建築物が数多い。

また、デュマの名作『モンテ・クリスト伯』の舞台として有名なイフ島の要塞は、元来十六世紀に港湾防衛の前進基地として建設されたが、十七世紀には本来の使命は失われ、政治犯や思想犯を収容する牢獄と化していた。しかし一八四四年から四六年に『モンテ・クリスト伯』が発表されたことで、島はその存在を広く知られるようになり、九〇年に一般公開されるようになった。

このような動きは、十九世紀後半の南仏の観光地化と連動していると思われる。マルセイユは商業都市で、他のプロヴァンス地方やコート・ダジュールの各地と比べると観光地もしくは保養地としての魅力に乏しいとされるが、近隣の観光地の活性化と全く無関係だったとは思えない。十八世紀からイギリスの貴族を中心にニースが避寒地として人気を博すようになり、ヴィクトリア女王やベルギー国王、バイエルン国王、ロシア女帝、オーストリア大公といったヨーロッパの王家や貴族、さらにはアメリカの大実業家も冬をリヴィエラで過ごすようになり、ニースは世界の「冬の首都」と呼ばれるに至った。一八六〇年にニースがサヴォイア公国からフランスに帰属し、フランスの鉄道網に接続したこと、また六三年にモンテカルロにカジノができたことで、観光客は爆発的に増加した(5)。また、プロヴァンス地方はセザンヌやゴッホなどの画家や、作家、その他多くの著名人を魅了し、この地方を描いた絵画や小説などが多数生まれたことで、知名度が高まった。これらの地域とフランス各地を結ぶ鉄道網のなかで、マルセイユが中継都市として多くの人を引き寄せたことは想像に難くない。

さて、前述のように、マルセイユがアジアと直接航路で結ばれたのは一八七〇年だったが、マルセイユと横浜が直接結ばれるには、さらに若干の時間を要した。八七年（明治二十年）七月三日にマルセイユを発ったフランス郵船のジェムナー号が横浜に到着したのは、八月十四日である。香港までの航路が横浜まで延長されたことで、乗り換えなしで日本とヨーロッパが結ばれたのだ。西洋中心の世界交通網のなかに、日本も深く組み込まれるこ

図４　現在のノートル・ダム・ド・ラ・ガルド寺院、著者撮影（2007年）

図５　現在のイフ島、著者撮影（2007年）

図６　日本郵船の船内に置かれた『欧洲航路案内』（日本郵船）

とになったのである。

そして日本郵船の欧州航路が開設されたのは、日清戦争後の一八九六年（明治二十九年）のことだった。日本郵船は八五年の会社誕生以来、[6] 当初は国内航路が中心だったが、他社との競争や鉄道網発達による運賃収入減少などによって、海外への進出を余儀なくされていた。九三年、初の遠洋航路として神戸―ボンベイ間を結ぶボンベイ航路を開設し、日清戦争後の九六年、欧州航路（横浜―アントワープ間）、米国航路（神戸―シアトル間）、豪州航路（横浜―アデレード間）の三大航路を一挙に開設した。これによって、日本人が「自前」の船でヨーロッパに渡航することが可能になったのである。

2　幕末・明治前半の渡航者たち

近代日本で最初に欧州航路経由で渡欧したのは、一八六二年（文久二年）の竹内下野守保徳を正使とする遣欧使節団である。この段階では、イギリスの半島オリエンタル蒸気船会社によって長崎―上海間が定期航路（一八五九年開設）で結ばれているだけだったので、一行はイギリス艦オーディン号に乗船し、スエズまで慣れない船旅を送った。その後、スエズ運河開通前だったため、汽車でアレキサンドリアに出てイギリス艦ヒマラヤ号に乗り換え、マルセイユに到着した。このときの旅行記としては、福沢諭吉（一八三五―一九〇一）の『西航記』や市川清流（一八二四―?）の『尾蠅欧行漫録』などが知られている。

一八六四年（元治元年）、六五年（慶応元年）、六七年（慶応三年）の遣欧使節でもそれぞれ、旅の記録は残されているが、[7]共通する傾向として、客観的で計数的な記録が目立ち、西洋の社会・文明をつぶさに観察し学び取ろうという姿勢はうかがえるが、目的地であるヨーロッパに第一歩を刻んだことに対する感慨や、マルセイユの町に対する感想は記されていない。

ドナルド・キーンが、彼らはおそらく使命を果たすことで頭がいっぱいだったのだろうと推測しているとおり、[8]開国直後の日本人にとって、苦労してたどり着いたヨーロッパは、文物などを広く学ぶ手本としての存在であり、町の印象を日記に記すような余裕はなかったのだと思われる。

明治初期の渡航者として欠かせないのは成島柳北（一八三七―八四）である。一八七一年（明治四年）、浅草東本願寺の真宗東派学塾の塾長となった柳北は、スエズ運河開通後の七二年、東本願寺の現如上人のヨーロッパ旅

図７　久米邦武『米欧回覧実記』に描かれたマルセイユ。岩倉遣欧使節団は、アメリカ経由でヨーロッパに入り、1872年（明治5年）、マルセイユから出航して日本に帰国した
（出典：「1871―1873 附・帰航日程」、久米邦武編著『特命全権大使米欧回覧実記 現代語訳 第5巻――ヨーロッパ大陸編 下』所収、水澤周訳注、慶應義塾大学出版会、2005年、123ページ）

図８　久米邦武『米欧回覧実記』に描かれたマルセイユの旧港
（出典：前掲『米欧回覧実記』123ページ）

図９　成島柳北「航西日乗」、塩田良平編『成島柳北・服部撫松・栗本鋤雲集』（「明治文学全集」第4巻）所収、筑摩書房、1969年

行に随行することになった。フランス郵船ゴダヴェリー号で横浜を出港し、香港で同じくフランス郵船メコン号に乗り換えて（運河開通後なので、スエズで乗り換えることなく）渡欧した彼の旅行記「航西日乗」[9]は、七十七の漢詩を収録した、それ以前の旅行記には見られない文学性の高いもので、計数的な記述はほとんど消えている。欧米の宗教事情視察という使命だけではなく、旅そのものを楽しんでいるようである。マルセイユに到着した日の二つの漢詩は以下のようなものである。[10]

望馬耳塞港作

四旬経過怒濤間。報道今宵入海関。雲際遥看灯万点。満船無客不開顔。

〈読み下し文〉

馬耳塞《マルセイユ》港を望む作

四旬経過す、怒濤の間。
報道す、今宵海関に入ると。
雲際遥かに看る、灯万点。
満船、客の顔を開かざる無し。

夜歩街上口占

枕海楼台十万家。西来始是認豪華。気灯照路明於月。佳麗争馳幾輛車。

〈読み下し文〉

夜、街上を歩きて口占す
海に枕む楼台、十万家。
西来、始めて是れ豪華を認む。
気灯路を照らして、月よりも明らかなり。
佳麗争ひて馳す、幾輛の車。

入港する際の高揚する気分や、上陸後に街灯の明るさや馬車などの街並みに感銘を受けている様子が伝わってくる。翌日には公園で遊んだり、博物館を訪れて古代ギリシャ・ローマ時代の美術品を鑑賞したりした記述があり、好奇心たっぷりにヨーロッパ滞在を楽しんでいる様子がうかがえる。

森鷗外（一八六二―一九二二）は、軍医としてドイツ留学を命じられ、一八八四年（明治十七年）にフランス郵船メンザレー号で横浜を発ち、柳北同様香港で乗り換えてフランス郵船ヤンツー号でマルセイユへと向かった。ベルリン到着までの日記「航西日記」[11]には、「航西日乗」と同様、道中で作られた多数の漢詩が収録されている。マルセイユ到着時の漢詩には、以下のようなものがある。[12]

図10　ドイツ留学中の森鷗外（右端）、森鷗外記念館所蔵

氷肌金髪紺青瞳。巾幗翻看心更雄。不怕萍飄蓬転険。月明歌舞在舟中。

〈読み下し文〉

氷肌　金髪　紺青の瞳
巾幗　翻って看る　心　更に雄なるを
怕《おそ》れず　萍飄蓬転の険
月　明らかに　歌舞　舟中に在り

回首故山雲路遥。四旬舟裏歎無聊。今宵馬塞港頭雨。洗尽征人愁緒饒。

〈読み下し文〉

首を回らせば　故山　雲路　遥かにして

四旬　舟裏　無聊を歎く

今宵　馬塞《マルセイユ》港頭の雨

洗ひ尽くさん　征人の愁緒饒《おほ》きを

行人絡繹欲摩肩。照路瓦斯灯万千。驚見凄風冷雨夜。光華不減月明天。

〈読み下し文〉

行人　絡繹として　肩を摩せんと欲し

路を照らす　瓦斯《ガス》灯万千

驚き見る　凄風　冷雨の夜

光華　月明の天に減ぜざるを

後の二つは柳北からの影響が明らかだが、(13)鷗外は柳北よりも淡々とした簡潔な文体で、自分の感情をあまりあらわにしていない。それでも、ヨーロッパ到着までの日記が抑制された調子だったのに対して、マルセイユ到着時の漢詩には、ガス灯の光という西洋文明に心を動かされ、今後の留学生活への期待で心も明るくなっているような印象があるし、金髪碧眼の西洋の女性に遭遇して気分が浮き立っていると思われる華やかな詩もある。柳北に比べると港や町のなかの様子の観察・描写は少ないが、これから憧れのヨーロッパで国家の期待を背負いながら留学生活を送ることへの明るい展望や意気込みが感じられる。誕生したばかりの明治国家のエリートとしてヨーロッパで勉学に励む、その揚々たる決意の象徴こそ、マルセイユ上陸だったのである。

3 日本郵船の欧州航路開設以後

すでに述べたように、一八九六年（明治二十九年）以降、日本人が日本郵船で、乗り継ぎなしで渡欧することが可能になった。乗り継ぎながら渡欧していた幕末の使節団からわずか三十余年で、自国の船で渡欧できるようになったのである。この環境の変化は、日本人渡航者の意識に少なからず影響を与えたと思われる。

また、この時期には日清・日露戦争を経て近代化が進み、国民生活の水準も向上していたし、維新以来の政治家や実業家は、財を成し上流階級を形成するようになっていた。鷗外の世代が勉学に励んで選抜され、国費留学生としての使命感を背負ったのに対し、こうした上流階級の子弟は私費留学する場合が多く、自由気ままに、個人的関心に従って外国滞在生活を送った。(14)

さらに、使節団や商取引などの公務・業務上の渡欧でもなく、また留学でもない、目的もなく漠然と欧米の文化や社会を見て回る、外遊という形で渡欧する者も増えた。当初は一部の上流階級に限られていたが、この頃には一般人にも広がり、豪華な旅から極貧の放浪まで様々な外遊が見られるようになった。(15) また二十世紀初頭には、日本でも観光旅行（ツーリズム）が成立し、新聞社主催の海外旅行ツアーが企画されるなど、渡航の目的自体が多様化した時代でもあった。

この頃には、旅にまつわる世界的な傾向も変化しつつあった。一九二〇年頃から旅行者の社会階層に変化が生じ、南仏にやってくるのも、君主や貴族たちよりも金持ちの実業家や東洋の権力者、映画スターなどが多くなっていった。また、貴族階級の保養や教養旅行だけではなく、贅沢な旅行をできない階層の人たちも、田舎《いなか》の宿泊施設へ牧歌的な旅をおこなうようになっていった。(16) 日本人の旅に対するスタンスも、こうした世界的な傾向と無関係ではないと思われる。

一九一一年（明治四十四年）、与謝野寛（一八七三―一九三五）は「日本の空気から遊離して、気楽に、且つ真面目に、暫らくでも文明人の生活に親しむ」ため、日本郵船熱田丸で、船内生活をかなりリラックスして過ごしながら渡欧した。「巴里より」では、これまでマルセイユを訪れた者の旅行記とは対照的に、市中の様子が詳細に述べられている。[17] イフ島やノートル・ダム・ド・ラ・ガルド寺院に関する記述も登場し、以後の日本人の旅行記ではこれらの名所について言及しているものが少なくない。これは、日本にツーリズムが成立し、日本人が観光旅行という意識をもって渡欧するようになった時期と一致するし、またマルセイユで街並みが観光客を意識して整備されていった時期とも重なり合う。さらに、黒岩涙香（一八六二―一九二〇）による『モンテ・クリスト伯』の翻訳『巌窟王――史外史伝』（扶桑堂）が発表されたのが〇五年であり、日本でイフ島の存在が知られるようになった時期とも重なる。

寛は、歌と踊りで旅客から銭乞いをする地元の母子を見て「初めて仏蘭西へ来た気がした」と述べていて、美しい金髪女性を見て西洋を意識した鷗外の頃から時代が下り、西洋が憧れの対象だけでなくなっていることがうかがえる。また、柳北が感心したガス灯のような近代文明の所産よりも、一般的な庶民の生活ぶりのほうが、日本との差異を大きく感じさせるポイントになっている。この時期、日本から渡航して初めてヨーロッパに上陸する際に、高度な科学技術的側面は、日本との違いを痛感させる要素ではなくなっていたのだと思われる。また、従順で勤勉な学習者の視線をもたなくなってきたということもあるだろう。

寛は「マルセイユは港としては盛であるが、市街は甚だしく穢い。道路の悪い上に大通から少し横町へ入れば糞便が溝をなして居る」と市街の汚さにも目を向けていて、西洋文明を日本の学ぶべき手本であると手放しで考えているわけではないことがわかる。これは以後の渡航者たちの旅行記にもしばしば見られる記述である。

一九一三年（大正二年）、姪との不倫を清算するために渡仏した島崎藤村[18]（一八七二―一九四三）にとって、マルセイユは心機一転出直すつもりでやってきたことを思い出させてくれる町として、好印象を残したようである。

滞在中のパリで冬が終わり、マロニエの花が咲き始めた五月には「昨年マルセエユの港へ着いてあのプラタアンの並木の下を歩いた頃の記憶が、其時、復新しく私の胸に帰って来ました。何となく私は欧羅巴の地を見直すやうな心地が致しました」[19]と述べていて、決して楽しいことばかりではなかったフランス滞在のなかで、マルセイユ到着は明るい思い出として焼き付けられていることがうかがえる。それでも、街並みが整然としたものでなく、汚いという記述は何度か出てくる。「錆び黒ずんだ欧羅巴風の石の町」「貧しく薄汚い裏町の建物」「港町らしい雑沓した空気」[20]などの表現である。そして、ヨーロッパに来たことを強く実感したのは、並木の陰の小さな花屋の屋台で老女が花を売る光景だったという。その他、乞食や荷馬車、牛乳配達の小娘といった、フランスではごく日常的な場面であろう風景に、藤村は関心を抱いたようである。[21]

一九二〇年（大正九年）に渡欧した河東碧梧桐（一八七三—一九三七）は、「嬉しいような恐ろしいような、足が地につくようなつかないような、眼界の広いようなおしつまったような、冷熱、動静、ごっちゃな昂奮」を抱きながらマルセイユに上陸したが、市中に出て「蜂の巣の穴のような窓を持った建築の行列、それが一様に褪紅色を帯びた灰色に塗りこめられている」光景を見て、「殺風景」「西洋文明も末期」などと感じている。[22]自身で述べているように、舞い上がった気分で大げさな表現になっている可能性はあるにせよ、マルセイユの町を見下して、否定的な意味での驚きを覚えたことは確かなようである。そして、絵葉書を買ったときに店の女性が「妖艶な目つきで秋波らしい媚を送る」様子が印象に残ったようで、「文明の末期と衰亡と頽廃とは、爛熟した陶酔味を強いるのか、濁った空気に香水とリキュールでも放射しているのか」と述べている。西洋文明の「頽廃」ぶりを、店の女性の態度という日常的な些細な部分から最も強く感じているのは、既に見た与謝野や藤村などとも共通する傾向である。

一九二一年（大正十年）、斎藤茂吉（一八八二—一九五三）はドイツで精神医学を修めるため、日本郵船熱田丸で渡欧した。茂吉の留学は、鷗外の時代のそれとは違い、国家の使命を背負って欧米の学問を身につけて帰るといった性質のものではなかった。「アララギ」の歌人としての活動に没頭するあまり、医学上の業績が医者仲間と比べて劣っていた茂吉は、留学することで新しい医学を研究し、学位も取れるという気持ちをもっていて、[23] 留学の動機はかなり個人的なものだったと言える。十二月にマルセイユに到着した茂吉は、「朝さむきマルセーユにて白き霜錻力《ブリキ》のうへに見えつつあはれ」「山のうへのみ寺に来り見さくるや勝鬨あぐる時にし似たり」[24] と詠んでいる。前者の歌では、マルセイユの第一印象として「白き霜」が挙げられているが、上陸時の手帳には「寒サヒドク　白霜深シ　向ウノ山、冬ガレ、岩石多ク、日テル」[25] と記されていて、茂吉にとって「白き霜」が強烈な印象として残ったことがうかがえる。また、後者の歌の「山のうへのみ寺」すなわちノートル・ダム・ド・ラ・ガルド寺院を訪れた印象も、勝鬨をあげるときに似ているというもので、日本より進んだ文明に感激しているわけではなさそうである。

　また、船内で同室だった医師の神尾友修（一高・東京大学医学部で茂吉の同級生）と寄せ書きで、東大の同級生神保孝太郎に書き送った葉書[26]には、「兎に角フランス美人とも会ったし幸に無事だ。神尾と一しょで非常に忝い。これからも一体一しょだ。奥さんにもよろしく。奥さんぐらゐの美人がマルセーユにゐる。体格大でなくて都合よし、大に寒い」と記している。一方の神尾も、「途中胃がわるくて困りましたが、昨日上陸したら現金によくなって昨晩から腹がすいて困る位、殊に丈の小さい愛きょうのあるしかも親切な美人を見て、すっかり機嫌よくなりました」と記していて、少なくともこの文面からは今後の留学生活に向けての気概のようなものはあまり感じられない。

　一九二四年（大正十三年）、ドイツ文学者の登張竹風（一八七三―一九五五）は、日本郵船伏見丸で一年間のドイツ留学に出発したが、マルセイユに上陸したときの随想には、イフ島やノートル・ダム・ド・ラ・ガルド寺院についても、雑然とした街並みについても、一切記述がない。[27] 上陸後「市中見物」をしたと記してはいるものの、何を観光したかは述べられていない。印象深かったのは魚料理店での出来事だったらしく、給仕の客への勘定書の渡し方が粋であると感嘆している。また、カフェで前に座っていたフランス人女性に年齢を尋ねて機嫌を損ね、フランスでは女性に年齢を聞くことが失礼だと教えられたエピソードが披露されており、こうした何げない日常的な体験が、日本とは違う文化をもつ国にやってきたことを実感させる出来事だったことがうかがえる。

こうした記述から浮かび上がるのは、西洋を感じさせるものはすでに近代的な港やガス灯などの科学技術的側面ではなくなっていて、そこから学び取ろうという意志も希薄になっていることである。国際社会のなかでの地位が高まり、自国の船で海外へ出ていくことが可能になった時代の日本人の、意識の変化の表れと考えることができるだろう。

美術史家の澤木四方吉（一八八六―一九三〇）は、一九一二年（明治四十五年）にドイツを中心としたヨーロッパ留学に出発し、まずマルセイユに到着しているが、[28]「故国にいる時分に聞いた洋行談なるもので想像したもの」と反対な印象を受けたという。彼は、「流行の中心」「珍奇なこと」に関してはフランスが先駆けと聞いていて、「さぞ眼の暗むような刺戟に疲らされることと期待していた」が、正反対に「思いもかけなかった典雅的《クラシック》な印象」を受けたと述べている。そして「第一に意外であったのは、立ち続く建物が古く煤けていることと、雑沓の市場に群がる人々の風俗も、その背景にふさわしい落ちつきと調和のあったことであった」「自分は異郷の物珍しい風物に踊る心よりも、何となく住み馴れた町をゆくような心安さを覚えるのであった」という。

澤木らこの時期の渡航者たちはおそらく、彼ら以前に渡航した者、すなわち西洋文明を学ぶことを目的として渡航した者たちの旅行記を読み、日本よりも進んだ文物に感銘を受けたという記述を目にしていたはずだ。しかし、実際に渡航してみると、日本の産業の発達もあって、西洋文明はさほど驚きを覚えるものではなくなっていたということなのだろう。

一方、こうした人々に共通するのは、マルセイユに上陸し、一、二泊して簡単な市内観光をした後、パリやベルリンなど、自分の目的地に向かっている点である。前述のようにこの時期、コート・ダジュールやプロヴァンスはヨーロッパの人々にとって人気の旅行先となっていたが、日本人はそういった近隣地域には目もくれず、旅行記のなかで話題にさえしていない場合が多い。[29]それどころか、マルセイユ上陸後、そのままパリなどの目的地へ鉄道で直行したり、マルセイユ観光後、その日の夜行列車で旅立ったりしている者もいる[30]。幕末・維新期の渡航者にとって、のんびりとした保養地や美しい田園風景は学びの対象ではなく、滞在先にならなかったことは想像に難くないが、外遊や観光という形での渡航が増えた日露戦争以後でも、その傾向はあまり変わっていないようである。当時の新聞社主催の海外旅行ツアーも、欧米圏への旅行のコンセプトは世界を見ることとイコール文明を見ることというものであり[31]、たとえ学習を目的としない旅行であっても、遠いヨーロッパへ多額の費用をかけて渡航する以上、大都市の文明の中心に行って何かを吸収し、著名な名所を見学してこそ意義があると考えられていたのだろう。

また、旅の途上で見てきたアジア・アフリカ地域の大半は、ヨーロッパ諸国の植民地支配を受けていたが、マルセイユに上陸した時点でそのことを思い起こし、支配者側の国に来たことに言及している者はいないし、移民や外国人の多さについて述べている者もほとんどいない。マルセイユが移民の町であることはすでに第1節で述べたが、一九二〇年代にも移民はどんどん増え続け、マルセイユを県庁所在地とするブーシュ・デュ・ローヌ県は、三一年には外国人比率が一五パーセント以上となり、フランス国内で最もその比率が高い県の一つだった[32]。しかし、町のなかで目についたであろう外国人の多さへの言及は、驚くほど見当たらない。無条件の憧憬の対象ではなくなりつつあったとしても、西洋諸国を日本人が相対化して見ることができる段階にはまだ達していなかったということだろう。

4 和辻哲郎『故国の妻へ』と『風土』

一九二七年(昭和二年)、当時京都帝国大学助教授だった和辻哲郎(一八八九—一九六〇)は、文部省在外研究員を命じられ、ドイツ・ベルリンに留学した。二月に日本郵船の白山丸で神戸を出港してから翌年七月の帰国の船中までの一年五カ月間、彼は日本で待つ愛妻・照に宛てて頻繁に手紙を送り、そのなかで船中や留学先での見聞・観察や、その時々の自分の赤裸々な心情などを事細かにしたためている。これらの書簡は六五年(昭和四十年)、『故国の妻へ』(角川書店)として出版された。また、この旅のなかで頭に浮かんだ問題について、帰国後に思索を深めて完成させたのが、和辻の代表作ともなる『風土——人間学的考察』(岩波書店、一九三五年)であり、留学が和辻に与えた影響の大きさがうかがえる。

『故国の妻へ』の特徴は、自然の風景にきわめて強く注目している点にあり、各寄港地や寄港はせずに通過した際に船内から見た場所について、山や岩、土の色など、その土地の景観に注目する記述が際立って目立つ。そしてそれらを、日本の風景や、旅の途中で訪れてきた様々な町の風景と比較して差異を詳細に観察し、そのような違いが生じる理由を自分なりに跡付けようと試みている。和辻はマルセイユ上陸前、船から見たイタリアの山の景色が日本と全く異なることに強い印象を受け、「いかにもヨーロッパふうであることを感じさせられた」「異なった国土へ来たという印象を強く受けた(33)」とつづっているが、こうした点を大きく取り上げてヨーロッパへ来た実感としているのは、従来の渡航者たちにはあまり見られない視点である。この往路の船旅は、気候や地形、景観などを総称した「風土」から各地の文化を理解しようと試みた和辻の発想の原点だった。

上陸時の手紙には、マルセイユの町についての印象は書かれていない。この手紙はマルセイユの絵葉書九枚の裏面につづられていて、凱旋門やノートル・ダム・ド・ラ・ガルド寺院、イフ島など、絵葉書の表面の写真に和辻自身が補足説明を書き入れている(34)。たとえば、凱旋門の写真には「コノガイセンモンガ、パパノミタヨーロッパノビジュツノイチバンハジメノモノ」「〔凱旋門の壁面の黒ずんだ個所に線を引いて:引用者注〕ココイラハ黒クススケテイル」などと書き込んである。ノートル・ダム・ド・ラ・ガルド寺院の写真には「これがマルセーユで有名な『護りのノートルダム』という寺。ノートルダムはマリア様のこと。つまりマリア様を拝むお寺。この寺は山の上にあって、マルセーユでいちばん目につく。上にのぼると町が見渡せるし、海も見える」とある。これらから、和辻が市内を観光し、実際にノートル・ダム・ド・ラ・ガルド寺院に行ったことはわかるが、そこで何

図11　和辻哲郎の絵葉書。凱旋門の写真
（出典：和辻哲郎『故国の妻へ』角川書店、1965年、41ページ）

をどう感じたかまでは読み取れない。

その後ベルリンへ渡った和辻は、ドイツの大学の授業に出席して研究を進めることにすぐに疑問を感じ、冬になったらイタリアや南仏に行って、暖かい気候のもとで美術や彫刻を鑑賞して過ごそうと考え始める。ベルリンでの留学生活を「辛抱」し、そこから解放されたら南仏へ行きたいと考えていたことから、そのときには特に何も記さなかったとはいえ、和辻にとってマルセイユ上陸時の体験は決して不愉快なものではなかったことが理解できる。

十一月にベルリンを発った和辻は、ドイツ諸都市やパリを経て十二月二十一日、マルセイユに到着した。二度目の滞在で、町に対する見方もかなり変わった[35]。上陸時には、比較の対象は日本や渡航途中に見てきた町だけだったが、ドイツに長く滞在したことで、ヨーロッパ内での比較の視点が生まれたのである。ノートル・ダム・ド・ラ・ガルド寺院の建築自体はつまらないが、丘から見下ろす街並みはヨーロッパ中部の町と違った趣で面白く感じたし、雨の降り方も日本と似ていて、ヨーロッパ中部よりも南国らしいと記している。

また、マルセイユの港町らしさとして、外国人の多さに注目していることも特筆に値する。移民については言及しておらず、社会問題をどの程度認識していたかは定かでないが、ドイツの町々と比べて外国人が多いことは印象に残ったのだろう。

このような冷静な観察に関して、彼は次のように言う。「初めて船から上った時、いかに自分の気持もアガっていたかをしみじみと感じた。もちろん印象は初めの方が強いのだが、今度落ち着いて見ると、マルセーユのつまらなさと面白さとがハッキリ別れ《(ママ)》て眼に映ってくる」。最初の上陸時に感想をほとんど記さなかった理由の一つはこれだろう。上陸前のイタリアの山々をアジアの景観と詳細に比較し、相対的に見ていたものと思われる和辻でも、いざ上陸となると緊張したのである。ドイツでの生活やその後の各地観光を経て、和辻の感受性は次第に鋭敏になっていき、様々なものが目に入るようになったのだろう。

この旅で和辻は、マルセイユからイタリアに向かう途中でニースに立ち寄っていて、プロヴァンス地方一帯の歴史も踏まえたうえで、風景や町の雰囲気に長々と言及している。ニースのような保養地での滞在は留学中の休暇旅行ならではのもので、日本からの船旅の直後にマルセイユを訪れた人々とは事情が違うとはいえ、大都市の文明から何かを吸収することを重視する従来の渡航者たちの姿勢と大きな違いがうかがえる。「風土」に着目したからこそ、リヴィエラ地方の自然や景観も思考の対象になったのだろう。後年の著作『風土』は、世界の自然風土を「モンスーン的風土」「沙漠的風土」「牧場的風土」の三つの類型に分け、それぞれの土地の歴史や人々の精神性との因果関係を解き明かそうと試みた大著だが、ここで述べられているヨーロッパの「牧場的風土」の様々な事例の多くは、この旅行中の書簡で言及されている地中海沿岸のものである。

図12　和辻哲郎の絵葉書。ノートル・ダム・ド・ラ・ガルド寺院の写真

図13　和辻哲郎の絵葉書。イフ島の写真
（出典：前掲『故国の妻へ』47ページ）

おわりに

マルセイユや南仏の「風土」を日本と対比させながら捉えようとする和辻の筆調からは、西洋を上に見て進んだ文物を学び取

ろうとする意識はほとんどうかがえない。「風土」の一般的事実から普遍的な文化論を引き出そうとする思考は、短絡的になる危険を孕んではいるが、しかしその従来にないアプローチによって、幕末以来西洋の背中を見て走ってきた日本人が、ある程度西洋を相対化して見ることのできる地点にまでたどり着くことができたとは言えるだろう。

『風土』が刊行された翌一九三六年（昭和十一年）には、横光利一（一八九八―一九四七）がマルセイユ経由で渡欧し、その体験をもとに、主人公が日本を背負って西洋と対峙しようと苦悩する長篇小説『旅愁』を執筆するに至るが、これも『風土』のような著作が世に出た時期と無関係ではあるまい。渡邊一民は、横光の渡欧時の時代背景として、前年（一九三五年）に島崎藤村『夜明け前』第一部・第二部（〔「藤村文庫」第一―二篇〕、新潮社）、和辻哲郎『風土』、西田幾多郎『哲学論文集 第一』（岩波書店）が完成していることを指摘している。いずれも明治以来の日本と西洋という根源的な問題に取り組んだもので、そうした取り組みを通じてはじめて、西洋の文化を取り入れながらも西洋とは異なった日本独自のものが形成されたという。特に藤村と和辻はヨーロッパ滞在がその原点にあり、ヨーロッパでの生活によって日本を相対化し、また西洋を肌で知ることで西洋をも相対化しえたというのである。[36] 折しも時代は日本社会が全体主義体制に向かい始めたさなかであり、明治以来の西洋と日本に関わる問題も大きな転換を遂げていたのだった。

注

（1）小島英俊『文豪たちの大陸横断鉄道』（新潮新書）、新潮社、二〇〇八年、一二一―一二八ページ

（2）拙稿「近代日本人の見たマルセイユ――「初めて踏む欧羅巴の土」に抱いた印象」「実践女子短期大学紀要」第二十九号、実践女子短期大学、二〇〇八年

（3）ジュール・ヴェルヌの小説『八十日間世界一周』（一八七三年）では、一八七二年に船と鉄道を駆使して世界一周旅行を敢行した主人公フィリアス・フォッグがスエズに到着し、運河開通の重要性に言及する場面がある。Jules

Verne, *Le Tour du Monde en quatre-vingts jours*, Pocket, 1998, pp.48-49.

（4）*Die Riviera, das südöstliche Frankreich, Korsika, die Kurorte in Südtirol, an den oberitalischen Seen und am Genfer See. Handbuch für Reisende von K. Bädeker*, Leipzig, 1902, SS.183,185.

（5）Ralf Nestmeyer, *Südfrankreich*, Erlangen, 2003, S.50f、ヴィンフリート・レシュブルク『旅行の進化論』林龍代／林健生訳（青弓社ライブラリー）、青弓社、一九九九年、一七一、一七二ページ

（6）日本郵船が誕生するまでの軌跡については、前掲「近代日本人の見たマルセイユ」一三七―一五五ページ参照。

（7）一八六四年の使節では、田辺太一の『幕末外交談』（全二巻、坂田精一訳・校注〔「東洋文庫」第六十九巻・第七十二巻〕、平凡社、一九六六年）、岩松太郎「航海日記」（日本史籍協会編『遺外使節日記纂輯』第三巻〔日本史籍協会叢書〕所収、東京大学出版会、一九八七年）、六五年の使節では柴田剛中「仏英行（柴田剛中日載七・八より）」（沼田次郎／松沢弘陽校注『西洋見聞集』〔「日本思想大系」第六十六巻〕所収、岩波書店、一九七四年）、六七年の使節では杉浦譲「航海日記」（『杉浦譲全集』第二巻、杉浦譲全集刊行会、一九七八年）、渋沢栄一／杉浦譲『航西日記 巻之一、二』（耐寒同社、一八七一年）などが残っているが、いずれも簡潔で、私的な印象に関する記述はあまりない。

（8）ドナルド・キーン『百代の過客——日記にみる日本人 続』上、金関寿夫訳（朝日選書）、朝日新聞社、二〇〇三年、六七―六八ページ

（9）成島柳北「航西日乗」、塩田良平編『成島柳北・服部撫松・栗本鋤雲集』（「明治文学全集」第四巻）所収、筑摩書房、一九六九年

（10）前掲「航西日乗」一一三ページ。読み下し文に関しては、成島柳北／栗本鋤雲『幕末維新パリ見聞記——成島柳北「航西日乗」・栗本鋤雲「暁窓追録」』（井田進也校注〔岩波文庫〕、岩波書店、二〇〇九年）、四二―四三ページ

（11）森鷗外「航西日記 明治十七年八月―十月」『鷗外全集』第三十五巻、岩波書店、一九七五年

（12）前掲「航西日記」八二ページ。読み下し文に関しては、森鷗外『鷗外歴史文学集』第十二巻（岩波書店、二〇〇〇年）二三六―二三七、二四二―二四三ページ。

（13）鷗外の「航西日記」が、柳北の「航西日乗」と類似した個所が多いことは、上田正行「「航西日記」の性格」（金沢大学文学部編「金沢大学文学部論集 文学科篇」第九号、金沢大学文学部、一九八九年）など、しばしば指摘されて

いる。

(14) 大久保喬樹『洋行の時代——岩倉使節団から横光利一まで』(中公新書)、中央公論新社、二〇〇八年、一一一—一一二ページ

(15) 同書一四五ページ

(16) 前掲『旅行の進化論』一七二—一七三ページ

(17) 与謝野寛/与謝野晶子「巴里より」『鉄幹晶子全集』第十巻、勉誠出版、二〇〇三年、三—四ページ

(18) 藤村はフランス郵船エルネスト・シモン号でマルセイユまで旅を続けたが、コロンボからポート・サイードまで乗船した日本人が一人いたものの、マルセイユで下船した日本人は藤村一人だったという。日本郵船の欧州航路開通以後、多くの日本人は自国の船での旅を選択したことがうかがえる。島崎藤村「エトランゼエ」『藤村全集』第八巻、筑摩書房、一九六七年、二〇六ページ

(19) 島崎藤村「平和の巴里」『藤村全集』第六巻、筑摩書房、一九六七年、一八五ページ

(20) 前掲「エトランゼエ」一九八ページ、前掲「平和の巴里」二七六—二七七ページ

(21) 前掲「エトランゼエ」一九四—二〇四ページ、前掲「平和の巴里」二七六—二七七ページ

(22) 河東碧梧桐「異国風流」、川端康成/佐藤春夫/志賀直哉監修『世界紀行文学全集——フランス一』第一巻所収、修道社、一九七二年、二七二ページ

(23) 藤岡武雄『新訂版・年譜 斎藤茂吉伝』沖積舎、二〇〇三年、一八一ページ

(24) 斎藤茂吉「つゆじも」『斎藤茂吉全集』第一巻、岩波書店、一九七三年、四四五ページ

(25) 『斎藤茂吉全集』第二十七巻、岩波書店、一九七四年、二三一ページ

(26) 全集未収録の資料。藤岡武雄『ヨーロッパの斎藤茂吉』沖積舎、一九九四年、一五ページ。上陸時に記した手帳にも「のーとるだむ　女」「タクサンムスメ」などの記述があり、マルセイユの女性に興味を抱いていたことがうかがえる。前掲『斎藤茂吉全集』第二十七巻、二三一ページ

(27) 登張竹風「巴里春興」、前掲『世界紀行文学全集』第一巻所収、四〇〇—四〇一ページ

(28) 澤木四方吉『美術の都』(岩波文庫)、岩波書店、一九九八年、二〇一—二〇三ページ

(29) 本章で取り上げた人物のなかでは、マルセイユで上陸し市内を観光した後、ニースやモナコにまで足を延ばしているのは、河東碧梧桐だけである。
(30) たとえば登張竹風は、マルセイユに上陸したその日のうちに夜行列車でパリに向かっている。前掲「巴里春興」四〇〇―四〇一ページ
(31) 有山輝雄『海外観光旅行の誕生』(歴史文化ライブラリー)、吉川弘文館、二〇〇二年、九六―九七ページ
(32) 渡辺和行『エトランジェのフランス史――国民・移民・外国人』(Historia)、山川出版社、二〇〇七年、一三二ページ
(33) 和辻哲郎『故国の妻へ』角川書店、一九六五年、四四―四七ページ(全集の書簡集での該当個所は、安倍能成ほか編『和辻哲郎全集』第二十五巻、岩波書店、一九九二年、一九九、二〇〇ページ)。
(34) 前掲『故国の妻へ』四〇―四七ページ(前掲『和辻哲郎全集』第二十五巻、二〇一―二〇二ページ)
(35) 同書三三二―三三四ページ(前掲『和辻哲郎全集』第二十五巻、四〇三、四〇四ページ)。なお、このときの南仏・イタリア旅行中の書簡をもとに別途刊行されたのが『イタリア古寺巡礼』である。全集での該当個所は、『和辻哲郎全集』第八巻(岩波書店、一九六二年)二七三―二七五ページ。
(36) 渡邊一民「横光利一」、三浦信孝編『近代日本と仏蘭西――十人のフランス体験』所収、大修館書店、二〇〇四年、三五四―三五七ページ

第７章――和辻哲郎『風土』成立の時空と欧州航路――歴史的偶然と地理的必然との交差において

稲賀繁美

和辻哲郎（一八八九―一九六〇）の洋行（一九二七―二八年）は、代表作『風土――人間学的考察』（岩波書店、一九三五年）を生んだ。欧州航路による船旅はその成立にどのように関わっていたのだろうか。それを歴史的な時間軸と地理的な空間の広がりとの関数で検討することが本章のもくろみとなる。それは、マルティン・ハイデガー（一八八九―一九七六）の『存在と時間』（一九二七年）の和辻による読解がどのようにして「風土性」の概念と切り結んでいたかを、作品成立の時間性と空間の風土性との関わりで実存的に分析する営みともなる。いわば『風土』に至る和辻の思索そのものを、時間性（Zeitlichkeit）と空間性（Raumlichkeit）のうちに露呈（existere）させてみる試みである。実存の偶然性を契機として、気候生態系による必然をいわゆる自然環境決定論の軛から解放しようとする――そうした和辻の意図が、そのためにかえって抱え込むほかなかった拘束。その桎梏が「国民道徳」の「風土性」としてあぶり出されてくるはずである。

1　「洋行」の濫觴と変質

手順として、まず、和辻の「洋行」に六十年以上先行する、二つの引用から始めたい。一八六七年（慶応三

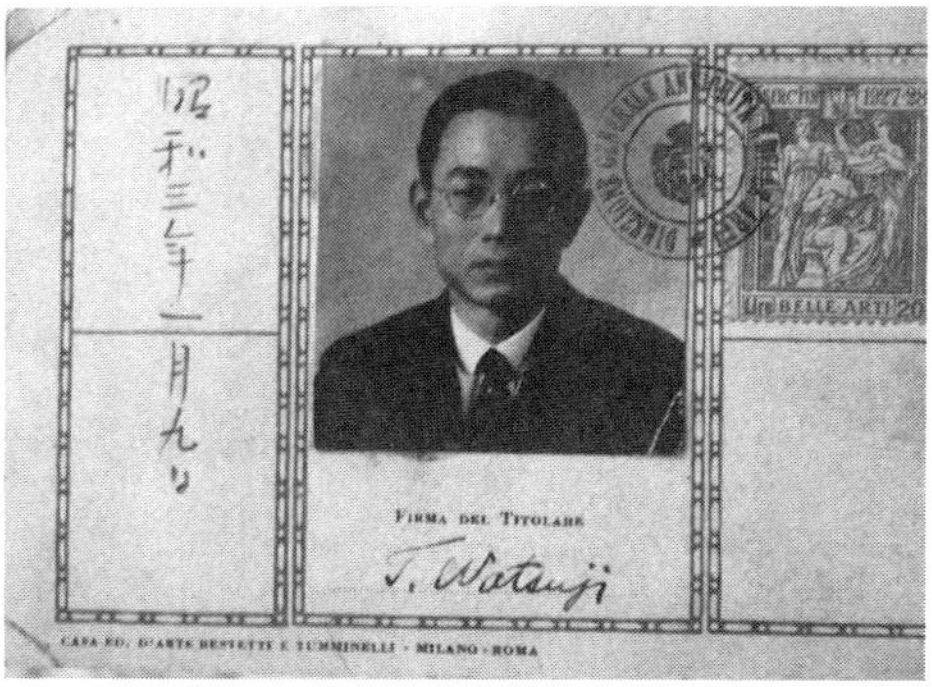

図1　和辻哲郎が所有したローマの美術館のパス

年）パリ万国博覧会開会式に、徳川幕府の名代として、当時十三歳の民部大輔・徳川昭武（一八五三―一九一〇）が列席する。渋沢栄一（一八四〇―一九三一）は一行の船旅に随行し「航西日記」を残した。幕府使節団は折から運河開削工事途上の蘇士《スエズ》地峡を通過している。「近来地中海の通路を開けしより新らたに設けし港なれば人家もいまだ扶疎にして総て諸港の如くならねど西紅海の行詰りにて欧人喜望峰を回らずして東洋に達する便路なれば此の峡を経ざるを得ず」(1)。ここから亜歴散大《アレキサンドリア》までは、西紅海と地中海とが陸地で隔てられている。「沙泥船脚を捏し碇泊不便なるにより蒸気器械もて瀬浚最中なり」。停泊地から「小汽船」に乗り換えて二里ほどの地点で上陸すると、スエズの波止場の左手にはイギリスの客舎があり、そこからはイギリス通商会社による汽車便が用意されていた。運河竣工は「三四年の目途にして成功の後は東西直行の濤路を開き西人東洋の声息を快通し商貨を運輸する其便利昔日に幾倍するを知らずといへり」。

これより五年ほど早く、同じ通路で地中海に入る経験をもったのが、一八六二年（文久二年）、遣欧使節に随行した福沢諭吉（一八三五―一九〇一）だった。諭吉は新嘉坡《シンガポール》で漂流者「音吉」と思わぬ再会を果たすが、彼から「長髪」すなわち太平天国の乱の余波についての詳報を得ている。香港、シンガポール、錫狼《セイロン》、亜丁《アデン》、「シュエズ」「カイロ」「アレキサンデリア」と経由するうちに、諭吉は地名を（不自由で発音不正確な）漢字表記からカタカナ表記へと変更していくが、六二年（文久二年）二月二十八日には、マルタ島に到達する。地中海中央、シチリア島と、アフリカ側のチュニジアとの間に位置する「マルタ」は、かつてフランスの所轄だったが、〇一年の戦争によってイギリスの版図に帰した。この事実を記すについで、諭吉はマルタ島の地理学的・地政学的状況を簡潔に数値列挙で示し、こう述べる。「此地英の所領となりしより以来、盛に砲台を築き陸軍を備へ海軍局を設けり。陸軍は英の本土より兵卒を送り、常備の四千あり。軍艦は此港に備る為に別に定員なしと雖も、地中海常備の軍艦常に出入して港内に停泊せるもの七、八隻より少なきことなし」。さらにその砲台の装備一式を、軍事機密に触れそうなまで事細かに列挙して、こう結論する。「「マルタ」は地中海に於て最も要害の地なるが故に、英国も亦守備を厳にし、敢て他邦より闚窺することなからしむ。英人云、マルタの官庫に貯へる糧食は四千の兵を養ひ七年を支ゆべしと」(2)

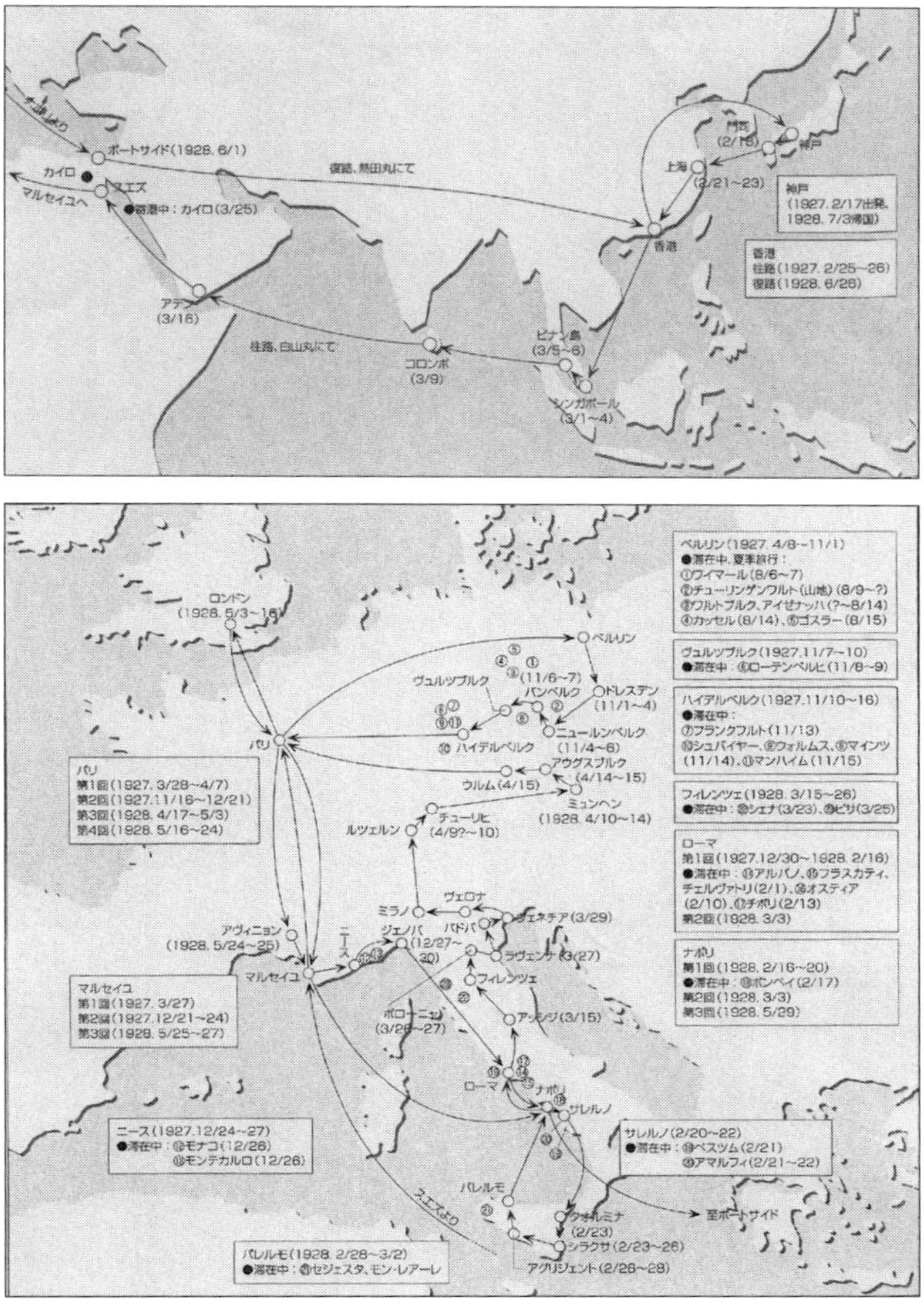

図2　和辻哲郎の行程表
(出典：姫路文学館編『二人のヨーロッパ——辻善之助と和辻哲郎』姫路文学館、2001年、33ページ)

スエズ運河開削工事を目の当たりにした渋沢栄一の観察は、運輸と貿易の利潤に目を向けている。これに対して福沢諭吉は、洋行の航路がことごとくイギリスによって支配され、軍事的な制海権がその運用を支えている現実に注目している。どちらも極東のどん詰まりの日本列島から西航した。西回りの欧州航路では、イギリスによる世界支配の周辺から中枢へと徐々に接近する道筋をたどることになる。旅程が進むにつれて、大英帝国の威光がいやましに増幅される。これは太平洋を渡って、北アメリカ西海岸に上陸した咸臨丸（福沢も下役で同行）や『米欧回覧実記』（博聞社、一八七八年）に結実する岩倉遣欧使節の場合とは、きわめて対照的な経験を約束した。実際、大英帝国の首都ロンドン経由で地中海を横切り、アラビア海、インド洋と東航すれば、その先のシンガポールなどは、すでに植民地の場末、末端の出先にすぎない。多くの日本人旅行者は、帰路、シンガポールに到着すると、これでようやくアジアに戻ってきたという安堵を抱くことが一般であった。[3]

一九〇〇年（明治三十三年）には、官命によって二年間のロンドン留学途上に西航する夏目漱石（一八六七―一九一六）が、八年にわたる欧米滞在から帰国途上の南方熊楠（一八六七―一九四一）と、互いにそうとは知らぬまま、インド洋上ですれ違っている。二人のロンドン体験を隔てる違いは、年齢差や、官費留学と私費放浪との対比に加えて、たどった経路の違いによっても、ある程度条件づけられていたとは言えないだろうか。一八八六年に満十八歳で北米に渡った熊楠は、フロリダ経由・キューバからの大西洋横断でロンドンに乗り込んだ。道中、チャリネー曲馬団に通訳がてら随行して西インド諸島見聞の経験をも積んだこの植物学者は、ロンドンでも気後れなく、意気軒昂にあたりはばからず行動した。確かに大英博物館で奇矯な振る舞いを見せて話題をまいた熊楠にも、いささか神経過敏な奇人の趣はある。とはいえ、その我が物顔ぶりは、神経衰弱が嵩じて、ロンドン滞在中、ほとんど下宿に引き籠りの生活を営んだ漱石とは好対照といってよい。文部省第一回給費留学生として三十四歳で英文学研究を命じられた未来の小説家は、到着翌日からボーア戦争戦勝式典に巻き込まれて動転し、ショーウィンドーの鏡に映った醜悪で貧弱な東洋人がほかならぬ自分と気づいては、意気沮喪する。こうした漱石の劣性コンプレックスは、過度の使命感や、世紀末ロンドンという目的地の重圧によるものとして説明されることが多かった。だが不適応症候が船旅の初期から発症していたことは、高浜虚子宛ての船中からの書簡にもうかがえる。「唐人と洋食と西洋の風呂と西洋の便所にて窮屈千万一向面白からず。早く茶漬と蕎麦が食度候」（香港発）。欧米の慣習への違和感、人間嫌いの疎外感が高進した背景にも、プロイセン号というドイツ船籍の旅客船で経験した西回り航路の刷り込みが作用していたのではなかっただろうか。

2 「洋行不要論」の先駆としての和辻哲郎

和辻哲郎の「洋行」は福沢の欧州航路体験から六十五年後、渋沢の「航西日誌」に遅れること六十年。さらに熊楠や漱石のロンドン体験からも四半世紀を閲した時期の「洋行」だった。日本郵船の白山丸（一九二三年就航、一万三百八十トン）による船旅であり、マルセイユに到着するまでの船上は日本の延長、寄港地での物見遊山も定番・お決まりのコースを踏襲している。(4) 一九二〇年代は第一次世界大戦の終了とともに、地中海やインド洋の航行が安全となり、裕福な階層の洋行が流行をみせた時代だった。(5) シンガポールやスエズ運河に寄港する日本人たちの紀行文からも、もはや渋沢栄一のような国家事業への関心、あるいは福沢諭吉のような大英帝国の軍事支配への注目は、表立って見られなくなる。(6) だが、日本では二三年（大正十二年）に関東大震災、二九年（昭和四年）には世界大恐慌が発生し、その間の不況の谷間には日本企業の海外進出とともに、南米移民の拡大も模索されていた。さらに世界恐慌に続く三〇年代半ば（昭和十年代）に入ると、世界情勢は急速に緊迫の度合いを深め、中国大陸への日本の侵出が国際的な軋轢を増すとともに、国内では、あらためて欧州航路の要所を押さえる大英帝国や、太平洋への影響力を強めるアメリカに対抗する国家主義的言説が耳目を引くようになっていく。

こうしてみると、和辻の洋行は、両大戦間のつかの間の平和が比較的のんびりとした外遊を許した最後の時期にあたっていたことが見えてくる。当時、和辻は京都帝国大学の助教授であり、すでに日本国内では『古寺巡

図３　白山丸
（出典：和辻哲郎『妻 和辻照への手紙』上〔講談社学術文庫〕、講談社、1977年、17ページ）

礼』（岩波書店、一九一九年）、『日本精神史研究』（岩波書店、一九二六年）ほかの著述活動によって社会的地位を築いていた。京都帝国大学の助教授に任命されるに伴い、和辻には義務としての外国留学が課せられた。だが、欧州留学に旅立った時点で、和辻は満年齢で三十七を迎えていた。森鷗外のように「処女のごとき」感性をもって滞在先に素直に適応するには、もはやあまりに遅きに失していた。四歳年上で親交があった木下杢太郎＝太田正雄（一八八五―一九四五）は、一九二二年（大正十一年）から翌年にかけて欧州に滞在していたが、ドイツ語・フランス語に達者だったその杢太郎でさえ、パリのサロンでは疎外感を禁じえなかった。いまやそのときの杢太郎と同じ三十七歳を迎えた和辻は、旅先で「神経衰弱」となった先輩や同僚たち誰彼の噂から、自分も「神経衰弱」にならないかと心配する。もとより妻子から離れる生活など本望ではなく、不本意ながら「しぶしぶ」の洋行だった。

留学先のベルリンに到着してほどなく、和辻は京都での上司である田辺元（一八八五―一九六二）宛てに、ベルリン大学での「講義には大分失望」（一九二七年〔昭和二年〕六月三日）と報告している。(7) 岩波茂雄（一八八一―一九四六）宛てにも、「よく解る講義は内容があまり簡単でつまらなくなるし、早口で解らない講義はまた解らない事で馬鹿ばかしくなる」と打ち明ける。「言葉が不自由」だが「解った限りでは感服でき」ず、聴講など二週間ほどで切り上げてしまったという。(8) わかる講義はくだらない、わからない講義は聴いても無意味、という反応は、あたら教養はあるのに聴き取りが不如意な場合に典型的だが、この意思疎通不全は、哲学的にはプラトンが対話篇『メノン』で述べた二律背反——知っているものはいまさら探すまでもなく、知っていなければ、それを探す必要があることもわからない、だから人は自分が知らなければならないものを探すことなどできない――という理屈となる。外国語での交際嫌いについては、漱石の「倫敦消息」にも「西洋へ来て無弁舌なる英語でもつて窮屈な交際をやるのは尤も嫌ひだ」(9)との述懐があったことが思い出される。

京都学派の航跡を丹念にたどった竹田篤司は、とかく人間味が希薄な哲学者たちの洋行記録のなかで、和辻の場合は例外的だと述べる。だが、政治学を専門とする苅部直も観察するように、和辻の場合、それだけにかえって「現地人」との接触の希薄さが顕著に目立つ(10)。すなわち和辻の留学に「著しい特徴は、和辻が現地の住人と交流らしい交流を全く持ってない点である」。実際、「七ヶ月のベルリン生活で日常的に会話をするドイツ人は、下宿の女主人と語学教師のみ」だった。和辻は、二年の予定を一年半で切り上げて帰国する了解が得られた段階で、前述の田辺元に対して旅先のフィレンツェから手紙を認《したた》め、「折角書いて頂いたハイデッガーへの紹介状を使わず」に終わったことを詫びている（一九二八年〔昭和三年〕三月二十六日）。対話による哲学という古代ギリシャの理念は、和辻にあっては、本場の西欧では、ついに実地に移されるには至らない。むしろ下宿での孤独な読書三昧のほうがはるかに能率が上がるというのが、和辻の対話原理拒絶の言い分であり、妻・照宛ての膨大な量の手紙による通信が、その滞在生活の内実を伝えている。

図4　アシシ聖キアラ寺の前に立つ和辻哲郎
（出典：和辻哲郎『妻 和辻照への手紙』下〔講談社学術文庫〕、講談社、1977年、162ページ）

3　「国民性研究」としての「人間学」

こうした和辻の行状を検討して、苅部直は「もっぱら留学仲間やヨーロッパ滞在中の日本人と語らい、食事をし、観光に出かける」和辻は、いわば「現地人の生活を外から眺める」距

図5　フィレンツェのウフィーツィ画廊の前で

離感を維持することに終始していて、その結果、欧州滞在によってかえって「日本人の「国民性」を発見することになるのも当然」だったと推論している。ここで帰国後の著作『風土——人間学的考察』が、「人間学」という新たな衣装をまとった新種の日本人「国民性」研究だったという事実がきわめて明瞭に浮かび上がる。

日本人の国民性に関する議論は、日露戦争後に流行を見る。先に触れた井上哲次郎には「教育勅語」の理念を敷衍・浸透させることを目的とした『国民道徳概論』（三省堂、一九一二年）が知られ、その最終章は「国民性批判」を含む。和辻が井上に反目した事情や、井上の授業で種本の図星を指して揶揄したといった逸話は、しばしば取り沙汰されてきた[11]。漱石とも同年輩で、東京帝国大学の国語国文学教室の教授を務めた芳賀矢一（一八六七—一九二七）には『国民性十論』（冨山房、一九〇八年）があり、こうした風潮に倣って、中国でも国民性に関する議論が盛んになる。その典型が戴季陶（一八九一—一九四九）の『日本論』（民智書局、一九二七年）だろう。戴の議論は一方で日本の軍国主義化への批判を含むが、と同時に日本の近代化に照らして中国の国民性への反省をも促している。戴の著作は板垣退助や秋山真之ほか、彼が日本滞在によって直接面識を得た人物を取り上げた読み物だが、和辻の場合もまた、外国経験が「国民性」への問いの契機となった。帰国直後の「国民性の考察」（一九二八—二九年）と題する講義ノートでは、「関心の中心」である「国民性」の問題には、日本を出発するときにはまだ意識していなかった、と和辻は述べている。「東亜細亜欧州の諸国土を見て廻つて日本に帰来した時、自分には日本の山川風土、風俗、人間の性格などが実に目面しく特異なものに感ぜられた[12]」。自国の国民性に関する反省は、他者観察のなかに胚胎する。戴季陶『日本論』は一九三四年（昭和九年）の安藤文郎訳・章華社版ほかで版を重ねるが、これが和辻哲郎の『風土』と同時代に読まれたことを、まずこの時点で確認しておきたい[13]。和辻は洋行を経て「国民道徳論」へと回帰した面がある。この問題には、本章の最後で、再び立ち戻ってくることになる。

4 先行世代・同世代

伊藤吉之助

ここで、戦前に欧州に留学した日本の哲学者のなかでの和辻の位置を確かめるために、いくつか補助線を引いてみたい。まず和辻に先行する世代として、伊藤吉之助（一八八五―一九六一）を取り上げよう。伊藤は井上哲次郎（一八五六―一九四四）門下だが、通称イノテツは帝国大学で日本人として最初の哲学教授となった人物として著名である。一八八四年（明治十七年）から九〇年まで七年に及ぶドイツ留学を果たし、才気煥発な如才なさが近年、再評価されつつある。[14] その井上について、ケーベル先生ことラファエル・フォン・ケーベル（一八四八―一九二三）は「悪い人間ではない、stupid なだけだ」との評をなしたと、安倍能成《よししげ》（一八八三―一九六六）は伝えている。[15] そのうえで安倍は伊藤の「学才」は評価しながらも、「後輩に対しては好悪を露骨に横暴に発揮しながら、井上氏に屈服して御用を務めた忍耐力を尊敬する気にはなれない」との手厳しい評価を辞さない。その伊藤は一九一九年（大正八年）に三十四歳でドイツ留学を果たし、まだ若いハイデガーを私教師として雇用している。今道友信によれば、ハイデガーの『存在と時間』（和辻は『有と時間』と訳す）の鍵言葉の一つである「世界内存在」（in- der-Welt-sein）は岡倉覚三『茶の本』（*The Book of Tea*）（一九〇六年）に見える being in the world という表現に由来し、これはそもそも荘周の「処世」の術語の間接的なドイツ語訳だという。岡倉のこの本のシュタインドルフによる独訳 *Das Buch von Tee*（一九一八年）をハイデガーに渡したのはほかならぬ伊藤吉之助、一九一九年のことだったという。[16] ここからハイデガーは「世界内存在の分析」を展開するわけだが、断りなくこの訳語を流用したハイデガーに対して、伊藤吉之助先生はひどくご立腹だったという逸話が残されている。そのハイデガーと同年齢だった和辻は、欧州留学から戻ると、「世の中」にいわば投げ出された存在としての人間の「間柄」Bezhiehung を焦点とする「人間」学の構築へと向かう。ハイデガーと和辻とには強い類縁性があるが、その並行性の背後には、伊藤吉之助の存在を想起すべきだろう。

九鬼周造

次に和辻の同世代として見落とせないのが、九鬼周造（一八八八―一九四一）である。九鬼隆一（一八五〇―一九三一）の息子である周造は、和辻より七年早く、一九二一年（大正十年）には渡欧し、新カント派で西南ドイツ学派の雄ハインリッヒ・リッケルト（一八六三―一九三六）に師事している。第一次世界大戦敗戦後のドイツの天文学的なインフレのさなか、伊藤にもまして金銭的にはなに不自由しなかったバロン九鬼は、ハイデルベルク大学で、なんと大御所教授リッケルトを私邸に呼んで講義を受けるという贅沢な経験をしたばかりか、リッケルトに飽き足らないとパリに移り、アンリ・ベルクソン（一八五九―一九四一）やレオン・ブランシュヴィック（一八六九―一九四四）らとも交流をもち、ポンティニーの哲学討論会にもアジアからただ一人参加し（記念写真のスナップに夫人とともに納まっている）、若き師範学校生徒のジャン＝ポール・サルトルを家庭教師に雇う。さらに再度ドイツはマールブルクに移り、ハイデガーと親交を結んでいる。[17] このようにすっかり欧州になじんだ様子の九鬼に、和辻は「十何年かぶり」にパリで二八年四月六日に再会しているが、そこで和辻はどのような感慨を抱いたのだろうか。

戦後になってハイデガーは、「或る日本人」（手塚富雄）との対話のなかで故・九鬼周造に言及している。そこでハイデガーは、九鬼が日本的なる「イキ」をあまりに見事にヨーロッパの言語で究明し尽くしてしまい、その結果、ハイデガーら欧州の哲学者には「日本の言葉の心が閉じられたままになっていた」こと、そしてそれがその後も継続していることに、言語上の「危険」を表明した。[18] その裏には、哲学はギリシャ語とドイツ語でしか営めないものだとするハイデガーの信念が隠されていたはずだ。『いきの構造』（岩波書店、一九三〇年）に続く『偶然性の問題』（岩波書店、一九三五年）は、ゴットフリート・ライプニッツの「可能世界」論をも踏まえている。だがこの学術的著作には、日本語で哲学を営むことの文体的・語彙論的困難も滲み出ている。[19]九鬼自身は、なぜ自分がいま、パリにはおらず、京都で大学の教授会などに出席していなければならないのかと自問し、居心地の悪さを感じ続けていた。いまある自分とは違った、別の「可能世界」に生きることを許されない境涯──その「偶然性」の悪戯について哲学的な考察をめぐらすほかなかった九鬼の生涯を、そこに透視することも許されるだろう。

京都帝国大学で和辻の同僚となるこの九鬼の『偶然性の問題』は、欧州での七年にわたる長期滞在の成果、欧州的思索の産物だった。これとはきわめて対照的なことに、同じ一九三五年に公刊された和辻の『風土』は、一年半という短期間の旅程、それももっぱら観光旅行のさなかに得た直観に肉付けをすることでなった、いわば促成栽培にして寄せ集めの性格が濃い著作である。和辻の『風土』は、はたしてハイデガーが九鬼の思索に対して抱いた「危険」に対処しえたのか、否か。この問いに答えるのは容易ではあるまいが、それに先立つ予備的作業として、和辻の洋行で同船となった、いま一人の美学者の事跡に簡単に触れておきたい。東京大学の美学教室助教授、大西克禮《おおにしよしのり》（一八八八──一九五九）である。

大西克禮

一年ほどのドイツ滞在からの帰国後、カントに関する博士論文を（日本に）提出した大西克禮は、それに続いて『幽玄とあはれ』（岩波書店、一九三九年）、『風雅論──さびの研究』（岩波書店、一九四〇年）、『万葉集の自然感情』（岩波書店、一九四三年）など、日本あるいは東洋美学に関する主著を矢継ぎ早に刊行している。それらの著作を通じて、大西は西洋美学と東洋美学の比較を構想する。大西によれば、西洋では芸術美的契機（Kunstaesthetische Moment）が支配的であるのに対して、東洋とりわけ日本では自然美的契機（Naturaesthetische Moment）が主要であり、「東洋殊に日本などでは、気象風土等の関係によつて所謂自然美即ち自然物を対象とするところの美的体験が、その範囲に於いても、その深度においても、早くから著しく発達した」とする。そのうえで普遍的な美的範疇として「美・崇高・フモール」の三つを指摘し、西洋ではそれらが「優美・悲劇性・滑稽」という様相を帯びるのに対して、東洋＝日本では「あわれ・幽玄・寂び」という様相を帯びる、との図式を提唱する。

これを論証するために、大西は多くの詩歌から典型をなす用例を抽出する。そこには西洋起源の普遍概念に寄り添いながらも（それなくしては、そもそも議論の対象として相手にされない）、西洋との差異、派生形態として東洋的美学を位置づけようとする努力が明白である（さもなければ、東洋美学は西洋美学に吸収されてしまい、存在価値そのものを喪失しかねまい）。換言すれば、西洋の学術体系や美的範疇にはあくまで服従しながら、その逸脱的派生にして、西洋的価値観には還元不能な特性を記述することで東洋美学を基礎づけようとする姿勢が顕著である。とりわけ幽玄、あわれ、わびなどの中世美学にあっては、「深み」（Tiefe）あるいは「幽暗性」（Dunkelheit）に日本的特性を見いだす論調が見られる。これは結果的には、西洋的術語の明晰さから逃れた要素に日本的特性を求めるという神秘主義、晦渋志向ともいえ、ハイデガーが唱えた隠蔽性あるいは存在忘却の議論との並行性も、ある程度は認めることができるだろう。

大西の著作には、日本的・美的特性を普遍的な土俵で説明しようとする志向が顕著である。だが大西は Tiefe Dunkelheit などのドイツ語を用いながら、これらの著作をドイツ語で世に問おうとはしない。その一方で、ひたすら日本の事例だけによって「東洋美学」を描こうとする傾向も否定できない。先行する世代の新渡戸稲造（一八六二―一九三三）が『武士道』（一九〇〇年）を、岡倉覚三（一八六三―一九一三）が『茶の本』（一九〇六年）を、ともに英語で世に問うたのに比べれば、和辻や大西が主著をもっぱら日本語で著述したことには、欧米への発信忌避と、いわば「本場」への「場末」の遠慮と、さらにそれとは裏腹な内弁慶な姿勢を指摘せざるをえまい。それはある意味では、外国航路に頼った洋行から、日本郵船による自前の洋行への変化に対応する、時代の違いのなせる業、必然の副作用でもあった。「東洋美学」研究の盛行は、洋行帰りの故郷再発見というだけではなく、哲学者の洋行がもはや賞味期限切れになり、意味を失おうとしていた時代相の反映でもあった。そして西洋美学に対して東洋美学を主張する際に大西が援用した「気象風土」といった表現には、同船の和辻との交友の痕跡が刻印され、それ自体当時の知的「気象風土」を傍証しているものかもしれない[20]。

5 『存在と時間』から『風土』へ――同時代性の刻印

ここまでの準備のうえで、和辻哲郎の欧州航路による「洋行」の「時間性」の検討に移りたい。『風土』の序言を信じるかぎり、和辻が「風土性の問題を考え始めたのは、一九二七年の初夏、ベルリンにおいてハイデッガーの『有と時間』を読んだ時である」。単純に言うならば「時間性がかく主体的存在構造として活かされたときに、なぜ同時に空間性が、同じく根源的な存在構造として、活かされて来ないのか、それが自分には問題であった」という。とはいえ、これは一九二七年（昭和二年）の文章ではない。あくまで序言が書かれた三五年八月の文章として読むべきだろう。ここでいささか興味深いのは、九鬼周造が「ハイデッガーの哲学」と題した文章（一九三三年三月）で、「ハイデッガーが公開性を有する配慮的時間または世界時間を非原本的なものと見ることは、共同相互存在の説にも拘わらず空間の実存的展望を封鎖するものではあるまいか[21]」と述べていることである。『風土』にあっては、ハイデガーの『存在と時間』の向こうを張った反措定といった壮大な野心は、序言に限られた修辞にとどまっていて、それが思索として『風土』全体を貫いているとまでは言い難い。九鬼が言う「空間の実存的展望」の必要性に対する和辻の自覚が高まっていったのは、むしろ『風土』を構成する各章を執筆していく過程でのことではなかったか。とはいえ、『風土』にそうした思索への前哨が盛られることになった契機としては、やはり欧州航路で到着したベルリンで、たまたまその時期に刊行された『存在と時間』を熟読した、という契機を抜きにするわけにはいくまい。この時間的符合という偶然性が、『風土』の性格を規定している。
と同時に、人間存在を「死への存在」(Sein zum Tode) と規定したハイデガーに対して、和辻が「生への存在」としての人間学を志向した裏にも、もう一つの時間的符合があっただろう。すなわちヴィルヘルム・ディルタイの遺著が全集第七巻『精神諸科学における歴史的世界の構成』(*Wilhelm Diltheys Gesammelte Schriften*, Bd. 7, 1927) として刊行されたのも、たまたま和辻の留学期間に重なる一九二七年の出来事だったからである[22]。ディルタイは人間活動が織り成す経験的現実の総体を、根源的な生 (Leben) の表現として捉えたが、こうしたディルタイ晩年の思想は、『存在と時間』を執筆していた段階のハイデガーにはまだ知られていなかった[23]。だがそれなら「歴史的世界の構成」は『風土』の「風土性」とどのように関わるのか。

ここで、和辻哲郎が帰国後の『倫理学――人間の学としての倫理学の意義及び方法』(岩波書店、一九三一年) に書き付けた次の個所が重要となる。すなわち、「有〔Sein〕の理解を介してのみ他人が出て来ると考えたところに〔ハイデガーの〕現有 (Dasein) 分析の著しい限界がある」との批判である。苅部直はこの「有」に (=道具的世界との交渉) と割り注を入れているが、これは苅部も断るとおり、あくまで和辻的な「人間学的」解釈だろう[24]。他方、大橋良介は、和辻は「有」を人間学の水準で捉えたために、ハイデガーの形而上学批判の射程を見落としたと指摘する。これは現在のハイデガー哲学研究から見て正当な指摘だろうが、しかしここで両者の議論は循環している。というのも和辻の誤認は、和辻の「人間学」の文脈にハイデガーを引き込むために必要な、意図的「誤読」だったはずだからだ。実際、大橋も正当に指摘するとおり、和辻にとってはDasein＝人間存在とは、人と人との「間」をこそ契機 (Moment) とする存在であり、その(「世間」〔das Man〕をも含む)「間」を和辻は「風土性」と定義するからである[25]。「生への存在」としての現存在は、ハイデガーが語源から力説するとおり、世界に存在 (ex-istere) すなわち、世界のうちに外 (ex-) 在 (istere) させられている。寒さを感じるとき「われわれ自身が寒さのうちに出ている」[26]。寒さという状況に我々はさらされて、露出 (ex-pose) されている。これが「間柄」の原初の姿であるとする哲学的な議論を、和辻は『風土』冒頭の「風土の基礎理論」で展開する。今日読み直してみても、いかにも未消化で取って付けたような印象を避け難い。だがこの個所は和辻がハイデガーと対峙した苦心の行文であり、哲学的にはきわめて重要だった。にもかかわらず、オーギュスタン・ベルクも指摘するように、この個所の意義は通俗的な読解からは見落とされ、とりわけ英語やドイツ語の訳では、和辻が日本語に移入するうえで払った配慮――「風土」と「風土性」の区別――は、ことごとく無視されてきたと言えるだろう。(27)

図６　土田麦僊「馬拉加（マラッカ）の船着き場」
（出典：国画創作協会同人『欧洲芸術巡礼紀行』十字館、1923年、25ページ）

ここに出現してくるのが「共同世界」（Mitwelt）であり、そこでの現存在のありようは、「共同現存在」（Mitdasein）分析の対象となる。そしてこの共同性が「我々」という主語の使用を要請する。「我々」は常に、すでにある関係性の束のなかに生まれてくる。わかりやすい例は言語であって、我々は決して個的な主体として言語を紡ぎ出していくわけではない。我々は我々の生誕に先行する言語という共同世界の内部に産み落とされ、そこにさらされることで発話し、己が現存在を成型していく。我々はあくまで事後的にそこにある自分を見いだす sich befinden であるわけだが、これをハイデガーは「情状性」（Befindlichkeit）と呼んだのだろう。普通「環境」とはドイツ語では Umwelt と呼ばれる。そこにはユクスキュルの環境世界論の影響も指摘されるが、和辻に言わせれば、こうした通常の「環境」理解こそが、道具（Zeug）のように「手近にみいだされる」存在（Zuhandensein）の理解を通して他人が出現すると思い込む、主―客観主義的誤謬の根源だ、ということにもなるだろう。(28) Mitwelt はこうした「環境」世界観の誤謬を訂正するための術語であり、それこそオーギュスタン・ベルクが milieu という直訳の訳語で呼ぶ「風土性」の場にほかならないだろう。[29]

6 「風土性」から「国民道徳論」へ

ここで「風土性」への着目が、「洋行」の欧州航路上のきわめて偶然性の高い一つの体験と時間論的＝世俗的 zeitlich に結び付いていたことに話を進めたい。すでに指摘されているとおり、洋行の途上、和辻は寄港地の上海（一九二七年二月二十一―二十二日）で、たまたま上海ゼネストを目撃する。その体験を直接反映するのが、帰国後の執筆となる「支那人の特性」（「思想」一九二九年七月号、岩波書店）であり、そこでの観察は『風土』第三章第一節「シナ」に組み込まれる。白山丸が上海に入港したのは、ちょうど蔣介石の北伐軍が市外に迫り、これに呼応して上海総工会労働者による「同盟罷工が断行」され、軍閥政府・国民党軍と衝突している最中だった。この出来事は直後の蔣介石による四・一二クーデター、共産党弾圧へと連動していく。これらの突発事のため、上海出航と香港への入港は、予定より一日の遅延を見ることになる。

軍隊の市街乱入と掠奪の危機に瀕した「物情騒然」のさなか、租界の在留外国人たちは本国政府の庇護を頼りにする。これに対して「国家権力による保護」を求めない「無政府の生活」を身上とする中国民衆は、「租界のような逃げ場がないのにもかかわらず、悠々と往来を歩き、物を売っている」[30]。その「著しい対照に心から驚き」ながら、和辻は上海を立ち去ったという。和辻の脳裏には、関東大震災の折の経験が去来したことだろう。震災下にあっても国家権力への信頼を保ち、共同体的互助精神を発揮する東京市民の対極に位置するのが、和辻が見た中国民衆の姿だった。「他人の運命には無頓着に各人勝手に物を売り、危険がせまるとわれ先に逃げ出す」中国の「国民性」、あるいはより正確に表現するならば「国民性の欠如」。「団結を失って個人の立場においてシナ人と対するならば、日本人は到底シナ人の敵ではない[31]」

こうして、中国人気質との対比で「日本精神」（一九三四年）の特質を性格づけようとする省察が誕生する。ここで看過しえないのは、日本と中国との「国民性」の対比が、ユダヤ人とギリシャ人との対比に重ね合わせにされていることだろう。事実、いま引用した個所の直前に、和辻はいささか安易にも、こう書き付けていた。「シナ人はユダヤ人よりもユダヤ的であり、それに反して日本人はギリシア人よりもギリシア的である」、と。前者は国家という紐帯への信頼とは無縁に商業活動を営む移動集団であり、後者は祖先祭祀を軸とする複数の地縁共同体を総覧することで成立する国家理念である。ここには国境を越えた営利活動に対する漠然とした畏怖と不安とが兆している。その裏返しとして、「自覚せる人倫的実体としての国家」への和辻の傾斜が予感されるが、それは「国民道徳論」（一九三二年〔昭和七年〕）へと発展を見せることになる。(32)

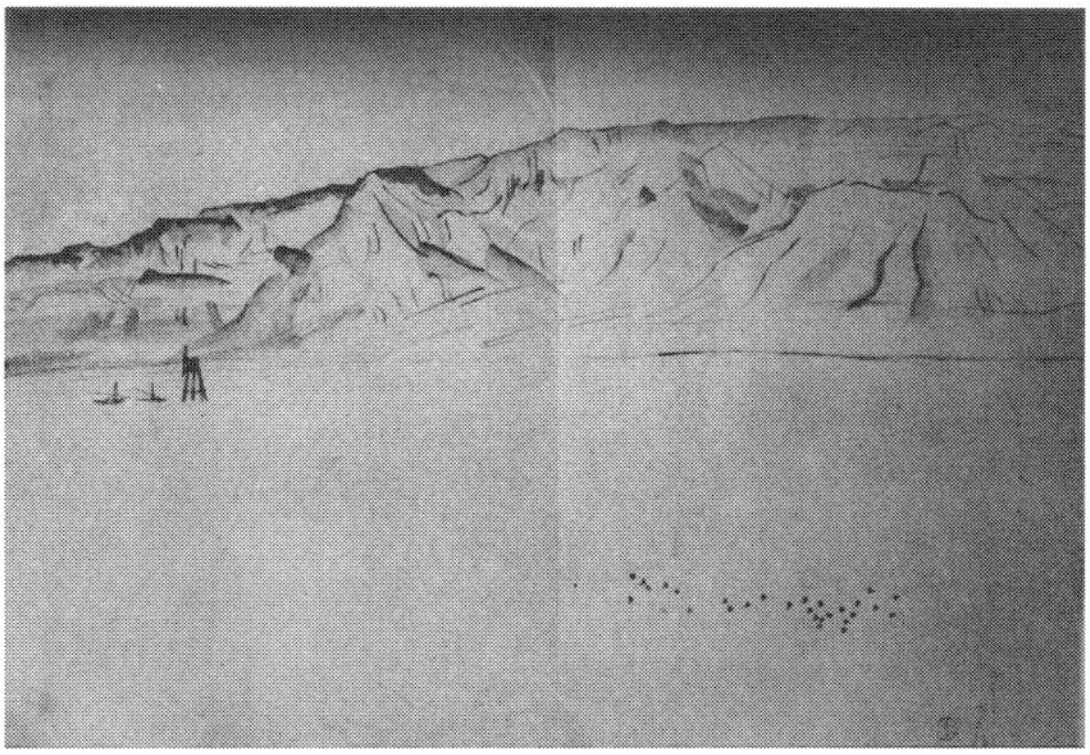

図７　土田麦僊「蘇士（スエズ）港頭」
（出典：前掲『欧洲芸術巡礼紀行』35ページ）

ここに露呈したユダヤ人＝シナ人というイメージは、上海体験と欧州滞在との見聞が当時のユダヤ民族に関する通念のうえに融合したものだろう。それに対して「国民的共同社会」として古代ギリシャの「ポリス」と日本とを類比するのは、フュステル・ド・クーランジュ（一八三〇—一八八九）の『古代都市』（一九〇一年）から得た着想だろう。つとに小泉八雲ことラフカディオ・ハーンは、ド・クーランジュが描く古代ギリシャと日本の宗教生活との類似に驚嘆していたが、ドイツの哲学的随筆家として人気があったヘルマン・カイザーリンク（一八八〇—一九四六）も、その人口に膾炙した『ある哲学者の旅日記』（*Das Reisetagebuch einder Philosophen*. 一九一九年）で、『古代都市』に照らし合わせて日本を描き出していた。和辻は敗戦後の『ポリス的人間の倫理学』（白日書院、一九四八年）で、

図８　黒田重太郎「小運河の一角」（出典：前掲『欧洲芸術巡礼紀行』152ページ）

田辺貞之助訳『古代都市』（仏蘭西古典文庫）、白水社、一九四八年）に基づいて、この説を敷衍する。女神アテーネーへの崇拝で結合するギリシャ古代都市国家の姿は、地方王権の祭祀が太陽女神アマテラスの祭祀へと統合されることで全国的王権が確立する――と見た和辻の古代日本国家観を、類比的に補強するものだった。敗戦後の和辻は、『国民統合の象徴』（勁草書房、一九四八年）ほかで、象徴天皇制を擁護する立場を鮮明にしていくことになる。

7　後続する世代との位相差

ここまで和辻の軌跡を『風土』の成立過程との関連で、いくつか確認してきた。ここで、和辻の年下の世代の同時代的な留学動向にも一瞥しておく必要があるだろう。京都大学で西田幾多郎門下と目される面々のなかでも、とりわけ傑出した才能を誇った三木清（一八九七―一九四五）は、岩波茂雄の財政的援助によって、つとに一九二三年五月から翌年八月にかけて、まずハイデルベルクに留学している。最初に出席したハインリヒ・リッケルトの講義は、日本ですでに読んでいた著作の繰り返しだったため、リッケルトから「非常に天分に優れた男」と評されたハイデガーがいるマールブルク大学に移り、ハイデガーの助手だったカール・レーヴィット（一八九七―一九七三）ほかとも親交をもった。二五年に帰国した三木は、翌年には『パスカルに於ける人間の研究』（岩波書店、一九二六年）を発表し、十二月に創刊された岩波文庫とも密接な関係をもち、ジャーナリズムで超人的といってよい健筆を振るい始める。こうした三木清の帰国後の活躍と相前後して、和辻は京都に移っている。[33]

ここでは、その三木と同年輩で親しい間柄にあった由良哲次（一八九七―一九七九）に注目したい。家庭の事情から留学が遅れ、和辻に続き一九二八年に、シベリア鉄道経由でハンブルク大学に留学した由良は、そこでエルンスト・カッシーラー（一八七四―一九四五）に師事し、三一年に帰国する。留学中、西田幾多郎の『叡知的世界』（全集第五巻、一九二八年初出）をドイツ語に翻訳したものの、肝心の西田本人から出版許可が与えられず、出版企画は挫折したと伝えられる。[34]ドイツで提出した博士論文は「精神科学と意志法則」であり、副論文では、大乗仏教唯識のアラヤ識とカントの意識一般との比較がなされたという。周知のとおり、和辻が日本で提出した博士論文『原始仏教の実践哲学』（岩波書店、一九二七年）は、中観派・唯識派のダルマ理解をエドムント・フッサールの現象学の本質直観や還元といった考えと重ね合わせて理解しようとしたものだった。これには、東京帝国大学の木村泰賢が流行に乗じた短絡と批判を加え、京都帝国大学の榊原三郎も和辻への博士号認定を拒否するなど、疑義や抵抗に迎えられたことが知られている。[35]そうした批判にもかかわらず、当時の日本の哲学者はインド哲学と西洋哲学の認識論とを統合しようと試みていた。和辻哲郎と由良哲次とには、この点で明らかな並行性が見いだされる。同様の志向の先行例としては、なお未成熟ながら華厳経を現象学によって解明しようとした土田杏村（一八九一―一九三四）の『文化学的研究 第一巻 象徴の哲学』（佐藤出版部、一九一九年）や『華厳哲学小論攷』（内外出版、一九二二年）などが想起されるだろう。

この由良哲次の博士論文学位記署名者には、カッシーラーとも親密な関係にあったエルヴィン・パノフスキーの名前が見られるという。[36]彼ら二人はともにユダヤ系だったため、アドルフ・ヒトラー政権の成立とともに、英米圏へと亡命を遂げることになる。帰国した由良は、この独文博士論文を下敷きとした日本語の著作『歴史哲学研究』（目黒書店、一九三七年）を旧友の三木清に献じている。だが、その由良はこの後、ナチス・ドイツの超国家主義思想との親和性を顕著にしていく。一九三六年に洋行を果たした横光利一（一八九八―一九四七）は、帰国後、国粋主義的傾向を強めるが、その未完の大作『旅愁』（改造社、一九四八年）の主人公・矢代は、由良哲次をモデルにしたという。その由良は、太平洋戦争期の著作『民族国家と世界観』（民族科学社、一九四三年）では、ユダヤ人の哲学には「民族」「歴史」が希薄であることを問題視する論調を辞さない。これは同時代の一般的傾向への同調とも見られるだろうが、前述のとおり、和辻のユダヤ人観にもこれと共通する部分がある。ともに由良は、皇學館大学の国語学者・山田孝雄《よしお》との親交を密にし、「皇道哲学」の神懸かりの傾向を帯びていく。

こうした潮流と、和辻の同時期の著作『尊皇思想とその伝統』（『日本倫理思想史』、岩波書店、一九四三年）との違いはどこにあったのだろうか。端的に言えば、山田孝雄が平田篤胤に本居宣長の正統な後継者を見たのに対し、和辻は、神道をキリスト教的な一神教に引き付けて理解しようとする篤胤の理解を退ける。すなわち、天御中《アマノミナカ》主神《ヌシノカミ》を主宰神と見て、死後の霊の行方を問う篤胤の「幽冥の道」に対して、和辻は、宣長の「神の道」は「明朗闊達」な「真昼の道」であると、対比させる。[37] 篤胤は、自らの神道宇宙論の理論化のためにはあえてキリスト教神学を援用することをも辞さないという高度の受容性、折衷性を示しながら、その結果として樹立した神道観では、著しく排他的で外界からの受容を拒絶するような神概念を確立する、という矛盾を犯している。和辻自身はここまで踏み込んだ指摘はしていない。とはいえ和辻は、外界から寛容に文化要素を摂取しながら時代的重層性を空間的に維持してきたところに日本文化の機能的特質を見る。こうした和辻の日本文化論構想に照らせば、平田篤胤の神道理解は神道の本質を歪める見解と映じただろう。この篤胤を絶対視する山田孝雄らの日本主義の論調が、和辻にとって学問的にも同意し難い謬見として批判すべき対象だったのは、当然というべきだろう。和辻はあくまでも、国家共同体の精神的紐帯をなす祭祀としての神道のうちに、「個々の特殊な民族」の一つたる日本民族の「現実性」の現れ、「地理的・風土的な人倫的精神」の姿を見る。そしてこのような和辻の神道解釈のうえにも、実は欧州航路体験、とりわけ旅行の初期に上海で目撃したゼネストの光景が、否定的媒介、ネガの影像として、意外にも執拗な影を落としていたはずである。

8　古代への憧憬

それでは、古代ギリシャと古代日本を類比する発想は、和辻の「洋行」とどのような関係をもっていたのか。きわめて興味深いことに、和辻は留学中もギリシャ観光はせず、現地観察を避けることで、かえってギリシャと日本の気候＝クリマの類似という誤解を温存していたように見える。和辻は安倍能成の現地での見聞にギリシャの気候に関する統計資料を添え、それを根拠にもっぱら古代ギリシャの事例によってエーゲ海文化圏の風土を考察する。妻への手紙を基点に練られたといっていい「牧場」と題する論文は、洋行航路でギリシャを通過した後に望見した、三月末の「シチリアの春」の印象を核とする。ギリシャの小規模都市国家とローマ帝国との違いは、これまたギリシャでの「水の制限」をローマが水道建設によって突破したとする「亀井高孝氏のギリシア旅行のあと」の仮説に基づいて展開される。これらの個所は、追って『風土』第二章第三節に組み込まれるが、そこで和辻は、欧州の「牧場的風土においては理性の光」に注目する一方、「モンスーン的風土においては感情的洗練」を取り上げて、両者を対比させながらも、それらが統合される理想を語る。[38] これと呼応するように、『風土』に統合されるこれらの文章と並行して執筆された和辻の「国民道徳論」は、G・W・F・ヘーゲルが語る「自覚せる人倫的実体としての国家」（die selbstbewusste sittliche Substanz）の実現を日本に希求し、そこに「ギリシアの国民的道徳の偉大な復興と発展」を投影する傾向を、色濃く宿していた。[39]

井上章一は、『法隆寺への精神史』で、和辻の時代に至る建築史研究の再発掘を通じて、和辻が『古寺巡礼』で見せる論調に疑問を突き付けた。法隆寺のエンタシスのかなたに古代ギリシャの神殿を透視し、百済観音の微笑に古代ギリシャの古拙の口元を重ね合わす和辻――。井上によれば、こうした和辻の論調は、執筆当時の「美術史学界の趨勢からみれば、流行おくれという観はいなめ」ず、加えてこの「古風なヘレニズム東漸説」は、学術的根拠も脆弱だった。とかく「時流便乗型と思われやすい和辻」が、実際にはそうではなかったことに、井上はある種の感慨を催している。と同時に井上は、和辻は『古寺巡礼』では古代ギリシャと古代日本との類似を強調したが、それは『風土』での認識とは断絶している、と主張する。井上はこうした和辻の「変節」を、建築史学界の論調の時代的変化と並行したものとして理解している。だがここには「時流便乗」では説明できなかったはずの和辻の議論を「時代精神の存在」の反映と見る無理が露呈してはいまいか。さらに和辻が『風土』でギリシャと日本との並行性を否定したという見解[40]は、むしろ井上の側の先入観の反映ではないだろうか。和辻の議論は、もとより学術的な厳密さや、先駆性を基準とした等高線のなかには収まり難い。むしろその文面の背後には、和辻のきわめて個人的な経験や時間的偶然が彼に許した、空間的な出合いが隠されている。とすれば、そちらを発掘するほうが、和辻の著作が描く「風土性」の理解にはより適しているのではあるまいか。和辻の斑鳩・法隆寺への愛着は、おそらくは和辻家の出身地、姫路の西に位置する太子町の古刹、斑鳩寺、あるいは幼少を過ごした加古川の鶴林寺の太子堂の思い出と、ひそかに通じているのだろう[41]。和辻において、古代への憧憬は、幼少への回帰と融合する。

9　細部観察の直観力

そのうえで、あらためて『古寺巡礼』の冒頭を思い出そう。それは横浜の三渓園、原富太郎が築いた広壮な庭園に、アジャンターの壁画の模写が持ち込まれ、それを鑑賞した折の話から始まる。一九一六年にはインドの詩人にしてアジア人としてはじめてノーベル賞を受賞したばかりのロビンドロナト・タゴールが来日した。そのタゴールからインドに招かれた荒井寛方は、原からの資金援助を得て、仲間とともにアジャンター遺跡で壁画の模写に従事した。その成果が一八年には日本に招来された。そもそも和辻の妻の照が富太郎の長女・春子と親友であり、そうした関係もあって和辻は三渓園に集う美術愛好家たちと交渉をもった。『古寺巡礼』冒頭に見える「T君」は田中一松、「F氏」は福井利吉郎だろうが、和辻はアジャンター壁画の模写を鑑賞した足で彼らと夜行に乗り、翌日の朝、すなわち五月六日、京都からは「Z君」すなわち原富太郎の長男・善三郎夫妻と奈良に向かう。数日後に法隆寺の金銅壁画を拝観した一行は、アジャンターの壁画との類似や相違について夢中に議論したものとおぼしい(42)。そこで和辻は、『風土』を先取りする私的先入観を衒いなく披瀝している。「気候や風土や人情において、あの広漠たる「インド」大陸と地中海の半島はまるで異なっているが、日本とギリシアとはかなり近接している」。「だからインドの肉感的な画も、この「日本の湿潤しめやかな」涙に濾過される時には、透明な美しさに変化する。そうしてそこにギリシア人の美意識がはるかなる兄弟を見出すのである」。以上の経緯を踏まえるならば、井上の主張とは違って、むしろ『古寺巡礼』のこうした和辻の先入観が通奏低音となって、やがて『風土』に再噴出したものと認めるべきだろう(43)。加えて「しめやかな心情」とは、欧州から帰国後の和辻が「国民道徳論」で、古代日本に想定した民主的共同体を彩る「国民性」を古代希臘《ヘラス》と引き比べながら形容するときの、お得意の用語となるだろう。

図９　美術研究所創設当時の矢代幸雄（1930年頃）

それからほぼ十年を経過した一九二八年三月二十六日。欧州滞在の最後を飾る贅沢といっていいイタリア旅行の旅先で、和辻は妻の照宛てに、フィレンツェのウフィッチ美術館訪問の折に購入したとおぼしき絵葉書に文を添えた。別に送る、と記した絵柄は、ボッティチェルリの『春』から取られたものだが、全体図ではなく、女神たちの足元に咲く草花の部分拡大写真だった。不注意な鑑賞者なら見落としてしまいかねない、こまかな細部だが、その線描には琳派の屏風にも似た味わいが見られることを観察した和辻は、こうした絵葉書は「たぶん矢代がすすめて作らせたのだろうと思うが(44)」と書き込んでいる。

タゴールの初来日の折、その通訳を拝命したのは、東京帝国大学を卒業したばかりの、矢代幸雄（一八九〇―一九七五）だった。一九二一年から二五年に至る時期を欧州で過ごした矢代は、二五年、英文著作『サンドロ・ボッティチェルリ』（高階秀爾他訳、吉川逸治／摩寿意善郎監修、岩波書店、一九七七年）の扉に献辞を記して、故国へと旅立った。作品の細部拡大写真を多数活用して筆跡を鑑定し、それによって斬新な比較同定を提唱したことは矢代の功績とされるが、その矢代がメディチ協会から発刊した三冊本の大著に挿入したのと同様の部分写真が、すでに和辻が訪問したウフィッチ美術館では絵葉書になっていた。その背景には、画家の個人的な筆法は無意識的な描線に露呈するとしたジョヴァンニ・モレルリの説や、個々人によって異なる耳の形態に注目して、顔写真から下手人の割り出しを試みた犯罪捜査学、さらには微細な兆候のうちに病理を探り当てようとする精神分析に至る潮流が収斂していた。由良哲次が師事した哲学者カッシーラーやパノフスキーがルネッサンス研究の牙城とした特異な美術図書館の創始者アビ・ヴァールブルクもまた、当時フィレンツェでは、矢代の師匠バーナード・ベレンソンと競合する関係にあって、こうした細部の兆候学に取り組んでいた奇想の美術史家だった[45]。

そのヴァールブルクお得意の警句は「神は細部に宿りたまう」というものであり、そこでは一見注目にも値しない細部から全体を演繹する直観力が重視された。おそらくは矢代の卓見に起源をもつ絵葉書を手にした和辻に、そこまでの自覚があったとは言えまいが、和辻もまた絵葉書という媒体を駆使し、その図像の比較から風土の特性を描き上げるという操作にいそしんでいる。そこには微細な細部から大胆な総論を演繹する傾向がうかがえる。和辻と同船で渡欧した哲学者の出隆（一八九一―一九八〇）は、「一事から直ぐさま普遍的な結論を出す、というよりも、この一般的な事実で特殊な結論を立証しようとする」和辻の「論理の素直さ（というか、直情的か、単純性か、単刀直入か）」が「うらやましかった[46]」と自伝に述べることになる。

和辻が注目したのは、たとえば「雑草が不在」なヨーロッパの牧場であるが、これまた「京都帝国大学農学部の大槻教授」からの示唆だったらしい[47]。同様に、イタリアの松が手入れもしないのに幾何学的な円錐形をなし、糸杉が垂直に細長く伸びていることを、和辻は自宅宛ての絵葉書で観察している。そしてここから和辻は、風の弱いヨーロッパの「牧場」と、モンスーンの強風にさらされる日本の「桃山時代の襖絵に描かれるうねった樹の姿」や、それとは一見したところ対照的な、日本庭園の檜や比婆《ヒバ》の「人工的」な「規則正しさ」が、いかに人為的であるか——といった比較へと連想をたくましくする。欧州のように「自然が暴威を振るわないところでは自然は合理的な姿に己れを現わしてくる」というのである。

この観察が、征服すべき対象としての自然のうちに法則性を発見する西洋の「自然科学」を特徴づけ、それが「牧場的風土の産物」にほかならないとみなす説へと、和辻を導く。その傍ら、こうした比較論は、湿潤に「自然の暴威」を見る「モンスーン域の人間の構造を受容的・忍従的と把捉する」方向へと和辻を誘ってもいく。(48) それはまた、ハイデガーと和辻との気質や方法論の違いをも浮き彫りにする。ハイデガーは、「自然」を本質的に人間にとっての素材とみなし、そのなかで「道具的存在」(Zuhandensein) へと堕落した人間存在を批判する。それとは対照的に和辻は、制御不可能な自然のなかに産み落とされた人間同士の、人倫的 (sittlich) な「共存在」(Mitsein) の「間柄」を「人格」に先行させ、結果的に「共同体」への融和の誘惑を「個」として拒絶しようとはしない。この両者の対比は、対象と方法論との癒着あるいは循環論法のうちに、西欧的な「形而上学」と東亜的・儒教的「人間学」との「風土的」差異をも示していた。

だが、『風土』での和辻哲郎の観察眼を、我知らず、同時代人の美術史家・矢代幸雄の近傍へと引き寄せてもいた、かの「細部に注目する直観力」は、はたしてモンスーンに根ざした風土性の発露だったのか、それとも欧州との対決のなかで、欧州航路を体験した二人の同時代人に宿った、偶発的な時間性の契機だったのか。『風土』の刊行翌年には、高浜虚子が、横光利一と同船の欧州航路に沿って洋行し、道中で熱帯の季語や欧州の季語を織り込んだ発句を試みることになる。細部を瞬時に描いて世界全体を凝縮しようとする俳句の営みには、日本の風土性に根ざした美意識の集約を見ることもできるだろう。(49) だが、こうして和辻の『風土』を矢代の「細部拡大観察」や、欧州航路の高浜虚子に結び付けようとする着眼そのものが、和辻の『風土』に屋上屋を架して、いたずらに反復を犯しかねないものだ、という危うさも否定し難い。とすれば、『風土』の著者の風土性と時間性とに決着をつけようとする企ては、もとより放棄したほうが賢明、というのが、とりあえずは、本稿の方法論的限界を自覚した結論になるだろう。[50]

注

（1）渋沢栄一「航西日誌（一八六七年三月二十六日〔慶応三年二月二十一日〕）」『渋沢栄一滞仏日記』（日本史籍協会叢書）、日本史籍協会、一九二八年（「航西日記」『渋沢栄一滞仏日記』〔日本史籍協会叢書〕、東京大学出版会、一九六七年、三一―三三ページ）

（2）福沢諭吉「西航記（一八六二年〔文久二年〕二月二十八日）」（『福沢諭吉全集』第一巻、岩波書店、一九五八年、一七―一八ページ）、芳賀徹『大君の使節――幕末日本人の西欧体験』（中公新書）、中央公論社、一九六八年、参照

（3）欧州航路の確立については、園田英弘『世界一周の誕生――グローバリズムの起源』（〔文春新書〕、文藝春秋、二〇〇三年）が概観を与える。また日本近代の「洋行」の変質については、大久保喬樹『洋行の時代――岩倉使節団から横光利一まで』（〔中公新書〕、中央公論新社、二〇〇八年）が的確かつ簡便。

（4）日本郵船と並行して、二十世紀初頭から、大阪商船が欧州航路以外の開拓を国家事業の一環として目指している。一九〇八年に最初の公のブラジル移民船となった笠戸丸（六千二百九トン、最初は台湾航路）と並んで、日露戦争での捕獲船だったかなだ丸（六千六十四トン）の事跡が知られる。かなだ丸船長を務めた森勝衛（一八九〇―一九八九）は、二六年の東南アフリカ航路開設のために、「朝日新聞」の白川威海記者、「毎日新聞」の久富達夫記者を伴ってダーバンに回航し、九月二日に帰路出航の折には、当時南アフリカで人種差別反対を唱えていた若き作家・記者ウィリアム・プルーマー（一九〇三―一九七三）とローレンス・ヴァン・デル・ポスト（一九〇六―一九九六）とを、船長独断で連れ帰った。ここからは南アフリカと日本とを結び付ける比較文化史・比較文学上興味深い事例が展開する。その一端については、日本海事広報協会『キャプテン森勝衛――海のもっこす七十年』（日本海事広報協会、一九七五年）、また Laurens van der Post, *Yet Being Someone Other*, The Hogarth Press, 1982, ローレンス・ヴァン・デル・ポスト『船長のオディッセー』（由良君美訳、日本海事広報協会、一九八七年）ほかを参照されたい。

（5）一九二〇年代初頭の欧州航路については、論ずべき課題が多い。ほんの一例にすぎないが、一九二一年七月三十一

日に神戸を出航したクライスト丸（日本郵船）には小出楢重（一八八七―一九三一）、坂本繁二郎、硲伊之助、林倭衛らの画家たちが二等船室に、また小松清が三等船室に搭乗していた。小松はパリでグエン・アイコク（のちのホーチミンと同一人物とされる）と接触していて、また密入国を果たした大杉栄（一八八五―一九二三）とも接触している。こうした係累から、同船の日本人画家たちもフランス秘密警察に監視された。当時パリ日本人会の書記を務めていた画家の青山義雄に回想がある。周知のとおり、大杉栄は『日本脱出記』（アルス、一九二三年）に見られるように、上海経由で二三年一月五日出帆、二月十三日にパリ着。この年のメーデーで演説をして逮捕され、サンテ監獄に収監され、強制送還で戻った日本で関東大震災に遭遇し、惨殺される。この時期の画家の旅行記としては、黒田重太郎（一八八七―一九七〇）による『欧州芸術巡礼紀行』（国画創作協会同人著、大阪時事新報社編纂、十字館、一九二三年）があり、小野竹橋（一八八九―一九七九）、土田麦僊（一八八七―一九三六）、野長瀬晩花（一八八九―一九六四）ら、京都の国画創作協会関係者の航海中、欧州滞在中の水彩やデッサンを掲載している。小松清（一九〇〇―六二）は結局二一年から三一年まで欧州に滞在し、人民戦線関係者ほかと交友する。三一年に来日するアンドレ・マルローの出世作『人間の条件』（一九三四年）は上海の革命運動に取材した小説だが、そこに小松は、主人公格のキヨとして登場する。その生涯は、林俊《たかし》／クロード・ピショワ『小松清――ヒューマニストの肖像』（白亜書房、一九九九年）に詳しい。

（6）とはいえ、第一次世界大戦中は、地中海からアラビア海、インド洋の海上交易の安全確保が、重大な問題だった。第一次世界大戦中、日本海軍がマルタ島へ駆逐艦を派遣したことが、「新しい歴史教科書を作る会」の教科書には特筆されている。これは従来の日本の歴史教科書に記載された山東出兵の違法性を緩和して、国際連盟に協力した連合国側の一員としての日本の立場を強調する選択だろう。だがそこには、編集当時の政治問題だった湾岸への自衛隊派遣を、第一次世界大戦当時の歴史的事実によって正当化しようとする時局的配慮が露呈している。現在の利害に沿って過去の史実を選別する編集意図が教科書に反映された事例として、検討に値する。なお、京都大学を中心とするいわゆる京都学派で、和辻の次の世代を代表する科学史家の下村寅太郎（一九〇二―九五）には、野々宮朔の筆名で刊行した『東郷平八郎』（雑誌「知性」に連載、一九四三年）が知られ、講談社学術文庫版への解説は『ロシヤにおける広瀬武夫』（「朝日選書」、朝日新聞出版局、一九七六年）の著者・島田謹二が担当している。制海権が国家戦略の機軸をなしていた時代の海軍組織の分析を通じて時代の精神史を描こうとする点で、これらの著者が共通の関心を抱いてきたことは、福原麟太郎が両者を並べて書評している事実からも推測される。本件については、小林信行「円熟期の島田謹二教授――書誌の側面から（十三）」（東大比較文学会「比較文学研究」二〇一一年六月号、すずさわ書店）一二八ページ。これらの著書が軍人の「神格化」とは無縁な「日本精神史」探求であり、決して余技的な副産物ではなかったとの説は、大橋良介『京都学派と日本海軍――新史料「大島メモ」をめぐって』（〔PHP選書〕、PHP研究所、二〇〇一年）一二二ページが展開している。

（7）和辻の田辺宛て私信の引用は、竹田篤司『物語「京都学派」』（〔中公叢書〕、中央公論新社、二〇〇一年）一四一ページから。

（8）安倍能成ほか編『和辻哲郎全集』第二十五巻、岩波書店、一九九二年、二四八ページ

（9）漱石のロンドンについては多くの論考があるが、ここは和田博文／真銅正宏／西村将洋／宮内淳子／和田桂子『言語都市・ロンドン――一八六一―一九四五』（藤原書店、二〇〇九年）二六二ページ。

（10）苅部直『光の領国 和辻哲郎』（現代自由学芸叢書）、創文社、一九九五年（苅部直『光の領国 和辻哲郎』〔岩波現代文庫〕、岩波書店、二〇一〇年、一七三ページ）

（11）勝部真長『青春の和辻哲郎』（中公新書）、中央公論社、一九八七年、一〇一―一〇四ページ。なお江島顕一「明治期における井上哲次郎の「国民道徳論」の形成過程に関する一考察――『勅語衍義』を中心として」、慶應義塾大学大学院社会学研究科編「慶應義塾大学大学院社会学研究科紀要――社会学・心理学・教育学――人間と社会の探究」第六十七号、慶應義塾大学大学院社会学研究科、二〇〇九年、一五―二九ページ

（12）講義ノートは国立国会図書館蔵。そこからの引用は、前掲『光の領国』一七二ページ。これが改稿・推敲のうえ『風土』に組み込まれる。

（13）董世奎「『戴季陶『日本論』の構造および文体」「中国研究月報」二〇〇三年十二月号、中国研究所、一六―三三ページ。なお林語堂（一八九五―一九七六年）にも英語版が国際的に話題になった『我国土・我国民』（豊文書院、一九三八年）が知られ、その抗日的な姿勢が顕著になるなか、時局柄必要な配慮は払いながらも、阿部知二などが、紹介に努めている。清朝遺臣として戦前期には日本でも高名だった辜鴻銘（一八五七―一九二八）の著作『支那人の精

神』(*Spirit of the Chinese People*)(目黒書店)も魚返《おがえり》善雄による日本語訳が一九四〇年には刊行される。なお、前掲『光の領国』は東京大学の和辻の前任者三教授と京大での前任者の藤井謙治郎がいずれも国民道徳論かそれに類する著作を刊行していることを注記している(第三章註十三)。同書巻末に収められた付録資料「『東京帝国大学学術大観』文学部第十一章「倫理学科」」のための和辻と金子武蔵による項目を見ると、中島力蔵、吉田静致、深作安文の先任教授が形作った「人格主義と国民道徳論」が和辻の着任によって「哲学的人間学にまで変容した」との認識が示される。逆に言えば和辻「人間学」はその背後に、単に国家の時代的要請というだけでなく、学統としての国民道徳論をも背負っていたことになる。前掲『光の領国 和辻哲郎』(岩波現代文庫)、三二九—三三五ページ

(14)関口すみ子『国民道徳とジェンダー——福沢諭吉・井上哲次郎・和辻哲郎』東京大学出版会、二〇〇七年

(15)前掲『物語「京都学派」』二〇ページ。安倍能成『我が生ひ立ち——自叙伝』岩波書店、一九六六年。伊藤吉之助のヘーゲル演習については、今道友信『断章 空気への手紙』(TBSブリタニカ、一九八三年)八二—八七ページに興味深い回想がある。

(16)今道友信「一哲学者の歩んだ道(第三回)二十世紀の終わりに」「中央公論」一九九九年一月号、中央公論新社

(17)大橋良介『日本的なもの、ヨーロッパ的なもの』(講談社学術文庫)、講談社、二〇〇九年、一二〇ページ

(18)同書一三七—一四一ページ。該当個所は、Martin Heidegger, *Gesamtausgabe*, Bd. 12: *Unterwegs zur Sprache*, Vittorio Klostermann, 1985, S. 85.

(19)澤瀉久敬がフランス語訳しているが、正直なところ、こちらのほうがはるかに読みやすい。Kuki Shuzo, *Problème de la contingence*, University of Tokyo Press, 1967, traduction et introduction par Omodaka Hisayuki. なお和辻は「日本語は哲学的思索にとって不向きな言語ではない」としながらも、それは「思索にとっていまだ処女である」と述べている。和辻哲郎「日本語と哲学の問題」『日本精神史研究 続』岩波書店、一九三五年。この点については、熊野純彦『和辻哲郎——文人哲学者の軌跡』(〔岩波新書——新赤版〕、岩波書店、二〇〇九年)、第二章第三節および長谷川三千子『日本語の哲学へ』(〔ちくま新書〕、筑摩書房、二〇一〇年)。

(20)そしてここまで分析を進めると、もう一人の美学者を想起せざるをえなくなる。鼓常良(一八八七—一九八一)である。鼓は留学中に執筆したドイツ語原稿を、ライプチッヒのインゼル書店から一九二八年に *Kunst Japans* と題す

る研究書として公刊している。増補された日本語版は『日本藝術様式の研究』として三三年に章華社から八百ページを超える大冊として刊行される。本書は、西洋の美術が様式という枠組みにきちんと縁取られているのに対し、日本の芸術は時代的にも空間的にもそうした強固な枠組みをもたないとして、無框性（Rahmenlosigkeit）の理念を提唱した著述である。これは和辻の「日本文化の重層性」とも踵を接する立論であり、また西欧世界との対比で日本美学の特徴を論じるという意味でも、時代の潮流に棹差した特徴を備えている。だがドイツ語で著述をなした鼓は、帰国後、紀平正美《きひらまさよし》などに急速に接近し、戦時中はナチス・ドイツの宣伝活動に積極的に関与する。外国語で直接自己主張できた人材が、帰国後かえって国粋的傾向を強め、国家主義思想の鼓吹に邁進した典型例が、鼓常良に見られる。

（21）これにつき、苅部直「「間柄」とその波紋」、*Heidegger Forum*, vol.3, 2009. の配布資料から示唆を得た。

（22）前掲『光の領国』一七八―一八二ページに、きわめて切れ味のよい要約が見られる。続く和辻のディルタイ読書に関しても、詳しくは同書第三章註三五、三六を参照されたい。なお和辻によるハイデガー批判については、嶺秀樹『ハイデッガーと日本の哲学――和辻哲郎、九鬼周造、田辺元』（［Minerva21世紀ライブラリー］、ミネルヴァ書房、二〇〇二年）。ハイデガーと和辻の Dasein 解釈の比較については、ハンス・ペーター・リーダーバッハ『ハイデガーと和辻哲郎』（平田裕之訳、新書館、二〇〇六年）、第三章。紙面の都合で、これらの著書の見解との異同にはここでは踏み込まない。

（23）ローディ・フリトヨフ「ハイデガーとディルタイ」「思想」一九八六年十一月号、岩波書店、一一ページ

（24）前掲「倫理学」一〇三―一〇四ページ。改訂のうえ安倍能成ほか編『和辻哲郎全集』第九巻、岩波書店、一九九〇年、一六二ページ。前掲「「間柄」とその波紋」一八一ページに引用。そこに見える苅部の割り注は、苅部自身が「ハイデガー自身にいわせれば誤読であろう」（同一七九ページ）と断るとおり、あくまで和辻による理解をハイデガー用語で補う解釈だろう。

（25）前掲『日本的なもの、ヨーロッパ的なもの』一五四―一五七ページ。言うまでもなく、『人と人との間』は木村敏が精神病理学の立場から展開する議論であり、それは別注に述べるビンズヴァンガーの現存在分析と密接な連関をもつ。

（26）前掲『風土』第一章第一節「風土の現象」（和辻哲郎『風土――人間学的考察』〔岩波文庫〕、岩波書店、一九七九

年、一二ページ）

（27）Watsuji Tetsurō, *Fūdo, le milieu humain*, commentaire et traduction par Augustin Berque, Nichibunken-CNRS Éditions, 2011, pp.11-29. ここでベルクは英訳やドイツ語訳が「風土」と「風土性」との差異を見落とす一方、「契機」moment という、和辻（および先に検討した大西克禮）の鍵言葉にも無頓着な事実を指摘したうえで、「風土」に和辻が原語で明記する climat でなく和辻の定義に沿った milieu を、「風土性」には milieuïté では落ち着かないため、あえて造語の médiance をあてた理由を論じている。このベルクの提案を受けた国際研究集会として、Actes du colloque de Cerisy, : *Être vers la vie, Ontologie, biologie, éthique de L'existence humaine* が *Ebisu, Études japonaises,* 40-41, Automne 2008-été 2009. に収められている。筆者の考えは、そこに "La naissance de la médiance à l'état embryonnaire ou l'origine de l'écoumène entre utérus et foetus," pp.189-204 として展開した。

（28）前掲『風土』二三—二四ページ、安倍能成ほか編『和辻哲郎全集』別巻一、岩波書店、一九九二年、三九〇—三九三ページ

（29）『和辻哲郎全集』別冊第一巻に収められた「国民性の考察」のノート（抄）（三八〇—三九二ページ）に、和辻のハイデガーとの対決の現場が生々しい形で残されている。なお、このあたりのさらに詳細な「地理哲学」的解析は、木岡伸夫『風土の論理——地理哲学への道』（ミネルヴァ書房、二〇〇一年）、第一部参照のこと。

（30）安倍能成ほか編『和辻哲郎全集』第七巻、岩波書店、一九八九年、二四四ページ。前掲『風土』（昭和四年初稿、昭和十八年改稿）一五〇—一六〇ページも参照のこと。いささか皮肉なことにも、こうした次第で、和辻は上海に上陸しても、時局柄、自由に散策になど出ることはできなかった。勝部真長『和辻倫理学ノート』（東京選書）、東京書籍、一九七九年、四八ページ

（31）前掲『和辻哲郎全集』第七巻、二五五ページ。坂部恵『和辻哲郎』（〔20世紀思想家文庫〕、岩波書店、一九八六年）は類書を絶した独特の切り口を有する書物だが、和辻『風土』のこのあたりの個所を忌避するイデオロギー的な配慮が、かえって坂部の時代性を露呈させ、その論鋒をたわめている（一二四—一二六、二二六—二三二ページ）。

（32）「国民道徳論構想メモ」「国民道徳論草稿（抄）」は前掲『和辻哲郎全集』別巻一に収録されている。なおこうした和辻の議論に対する最も正面きった批判は、Naoki Sakai, "Return to the West/ Return to the East: Watsuji Tetsurō's

Anthropology and Discussions of Authenticity," *Translation and Subjectivity*, University of Minnesota Press, 1997, pp.72-116. 概して日本の和辻研究者の評価は低い論文だが、北米の日本研究に典型的な一つの姿勢を代弁する代表的論文として、その決して読みやすくはない突兀たる英語の文体が、北米でいかに受容されたかへの配慮が必要であることのみ、備忘録に注記しておきたい。

(33)三木清さらに戸坂潤の和辻『風土』批判については、すでに多くの検討があるため、ここでは省く。

(34)四方田犬彦『先生とわたし』新潮社、二〇〇七年(四方田犬彦『先生とわたし』〔新潮文庫〕、新潮社、二〇〇九年、一三三ページ)。なお『叡知的世界』は一九三八年になってロベルト・シンチンガーほかによって独訳された。「絶対矛盾の自己同一」をニコラス・クザーヌスの独訳を援用して die Einheit der Gegensätze と訳したという証言は、ローベルト・シンチンゲル「西田哲学の翻訳のことなど」(下村寅太郎編『西田幾多郎――同時代の記録』岩波書店、一九七一年)二三六ページ。

(35)前掲『光の領国』一六六―一七〇ページ、および三章註十五。なお和辻は木村への反論「木村泰賢氏の批評に答う」(安倍能成ほか編『和辻哲郎全集』第五巻、岩波書店、一九八九年、五六九―五八〇ページ)を欧州航路の南シナ海洋上で認めている。

(36)ここで蛇足を加えるならば、由良哲次の博士論文指導を担当したカッシーラーとパノフスキーの発想の温床となったのは、アビ・ヴァールブルクがハンブルクに設けた私設の図書館であり、その創設者ヴァールブルクの精神疾患の治療にあたったルートヴィヒ・ビンスヴァンガーがハイデガーに影響を受けて提唱したのが、精神医療の「現存在分析」にほかならない。

(37)安倍能成ほか編『和辻哲郎全集』第十三巻、岩波書店、一九九〇年、三三―三九ページ。ここでは前掲『光の領国』二二八―二三一ページの簡潔な整理を参照した。なお国家を形成する靭帯と国民性の問題は、和辻が隆盛を見せていたマルクス主義との対決として展開した議論だった。「間柄」をめぐる哲学的あるいは政治学的な考察からは、和辻がマルクスを批判しながらもそこから養分を吸収した様が看取される。一九二八年にマルクス=エンゲルス全集の日本語訳出版が開始されたという同時代性が色濃く影を落とすとともに、この年がまた昭和天皇の即位儀礼の年でもあり、臣民と天皇との「間柄」が新たな考察を要請していた時代性も見逃せない。事実、和辻もベルリンで付き合いがあった鹿子木員信《かずのぶ》らは、紀《き》平正美《ひらまさよし》（一八七四—一九四九）らとともに、日本主義哲学を声高に喧伝していく。こうした潮流には、注（20）に触れた、鼓常良らも巻き込まれていく。鼓の『日本芸術様式の研究』（章華社、一九三三年）と和辻の『風土』（一九三五年）とは、留学帰りの成果として比較するに値するだろう。

（38）前掲『風土』一四三ページ、安倍能成ほか編『和辻哲郎全集』第八巻、岩波書店、一九八九年、一一二ページ

（39）「国民道徳論」は岩波書店編『岩波講座教育科学』第七冊（岩波書店、一九三二年）所収。一部は『風土』第三章二節「日本」の「台風的性格」と重複する。本稿は関連する「普遍的道徳と国民的道徳」ほかとともに安倍能成ほか編『和辻哲郎全集』第二十三巻（岩波書店、一九九一年）に収められている。引用個所は、同書一六六—六七ページ

（40）井上章一『法隆寺への精神史』弘文堂、一九九四年、一八六—一八七、二二一—二二二ページ

（41）和辻哲郎『和辻哲郎全集』第十八巻（自叙伝の試み）、岩波書店、一九六三年（単行本初版は一九六一年）。斑鳩に関する記述は、六〇ページ、鶴林寺の太子堂に関する記述は二一一ページ。

（42）和辻哲郎『古寺巡礼』（岩波文庫）、岩波書店、一九七九年、「改版序」五ページ、一五、二三五—二四七ページ。なお初版本文の現代表記による復刊は『初版古寺巡礼』（〔ちくま学芸文庫〕、筑摩書房、二〇一二年、衣笠正晃解説）で入手可能。

（43）和辻哲郎『古寺巡礼』岩波書店、一九一九年、三一七ページ。井上章一は前掲『法隆寺への精神史』二二一ページは、この一節に和辻が『風土』で展開する説とは相容れない様相を認めようとする。

（44）和辻哲郎『妻 和辻照への手紙』（講談社学術文庫）、講談社、一九七七年、二一〇ページ。琳派との比較を云々する観察そのものが、矢代幸雄の受け売りである。さらにこの個所は和辻哲郎『イタリア古寺巡礼』（〔岩波文庫〕、岩波書店、一九九一年）二一二—二一九ページに書き直して利用される。フィレンツェの最後となるこの部分の末尾に、手紙でも『巡礼』でも「例の行儀の良い笠松」が登場しているが、これは和辻の「風土性」の直観を示しており示唆的である。

（45）ここでは、細部に兆候を見いだす傾向を因果律の枠組みのなかでの「兆候学」として要約したカルロ・ギンズブルクの論に依拠したが、ヴァールブルクが意図した「症候学」は相互依存の多重決定に身を委ねるものであり、両者は区別する必要がある、との反論を、ディディ＝ユーベルマンが展開している。このあたりに関する精緻な議論として

は、田中純『イメージの自然史――天使から貝殻まで』（羽鳥書店、二〇一〇年）一六六―一七〇ページ。ここで田中は慧眼にも、矢代幸雄とヴァールブルク両者のボッティチェルリ論を対比して論じている。

（46）出隆『出隆著作集』第七巻（出隆自伝）、勁草書房、一九六三年、和田博文／真銅正宏／西村将洋／宮内淳子／和田桂子『言語都市・ベルリン――一八六一―一九四五』藤原書店、二〇〇六年、二六三ページに引用あり。

（47）前掲『風土』（岩波文庫）、七六ページ。日本の欧州旅行者の手記の多くに「雑草の不在」が観察されていることを出発点として、和辻の『風土』の可能性を問い直す注目すべき未刊行の論考、Dennitza Gabrakova, "Meiji Critique and the Poetics of Homecoming in Modern Japan" を著者から恵投頂いた。記して謝意を表する。

（48）前掲『風土』九二ページ

（49）一九三六年、横光利一と同船で欧州航路に臨む高浜虚子は、シンガポールで南洋での季語の問題に直面し、パリではハイカイを実践するフランス人詩人たちが季語に一向に関心を示そうとしないことに苛立ちを隠さない。ここには和辻が『風土』で問題にした風土性の違いが、俳句という文学創作の場で露呈した実例を見ることも許されるだろう。高浜虚子『渡仏日記』改造社、一九三六年。その分析として芳賀徹「高浜虚子のフランス吟行」（『芸術の国日本――画文交響』角川学芸出版、二〇一〇年）三五五―三九六ページ。またその概要として児島由理「高浜虚子と横光利一の船旅――『渡仏日記』と『欧洲紀行』」（「実践女子大学紀要」第三十号、実践女子短期大学、二〇〇九年）六九―八二ページも参照。なお私家版だが、中川成美に『異国の情景――海外に渡った作家たち』（非売品、一九九五年）がある。

その虚子に対して、横光は次のような感慨を述べている。「印度洋で、高濱虚子氏は、印度洋月は東に日は西にといふ句をつくられたが、この句ほど下手な句はないにも拘わらず、この幼稚な平凡さに落ち込んだ所に、名手でなければ落ち込み難い、外国といふ越へゆくべからざる穴がある」（『渡仏日記』一三六―一三七ページ）。この指摘を基礎に、前掲『渡仏日記』と横光利一『欧洲紀行』（創元社、一九三七年）に見える句作の季語を交えた表現の有効性が旅程でいかに増減するかを分析するという課題は、別の機会に譲らなければならない。

（50）自らは写真機を旅先に持ち込むことはしなかった和辻だが、その既製品の写真絵葉書の活用には、フォトジャーナリズムの勃興期との一致を指摘しておいていいだろう。和辻の『風土』での砂漠の乾燥地帯を挟んだ東西文明の並行進化をより生態学的な装いで描き出したのが、「文明の生態史観」（初出の「中央公論」掲載は一九五七年二月号、中央公論社）の著者梅棹忠夫（一九二〇―二〇一〇）だが、彼は、和辻の三十歳年下となる。三高山岳部から京大探検部へと進んだ梅棹は、フィールドでの写真撮影に才能を発揮したが、その写真を掲載した『アフガニスタンの旅』や『タイ』『インドネシアの旅』は岩波写真文庫から刊行される（岩波書店、一九五六年・五八年）。「文明の生態史観」はこの体験に裏打ちされているが、岩波写真文庫の編集担当は、一九三〇年代にベルリンに本社をもつBerliner Illustriert Zeitungでルポルタージュ報道員として雇用され、日本にフォトジャーナリズムを根付けた名取洋之助（一九一〇―六二）だった。

こうした次世代のジャーナリストや文化人類学者と対比してみると、文献学者・和辻の姿勢が鮮明となる。対象地域の住人たちとは密接な「間柄」にはならない距離を保ち、日本人共同体の枠組みという安全圏から外界を観察し、写真絵葉書という既製品を手段に文化の「風土性」を分析し、同行の洋行者たちには納得がいく、安心感を与える観察を闊達に提起する和辻哲郎――。そこに、フィールドワークを自らに禁じ、emic（内部観察）とも etic（外部基準による記述）とも無縁な定期航路の船内から世界を見る、観光人類学者の姿を認めることも許されるだろう。

［付記］本稿は二〇一一年に脱稿した。なお、校正時に笠原賢介「和辻哲郎『風土』とヘルダー」「思想」第千百五号（岩波書店、二〇一六年、一三六―一五七ページ）に接した。

おわりに

鈴木禎宏

ウミハ　ヒロイナ、
大キイナ、
ツキガ　ノボルシ、
日ガ　シズム。

本書は日本比較文学会に集う研究者による共同研究の成果である。

この研究会は二〇〇四年（平成十六年）に読書会として始まり、〇七年度から〇九年度にかけて科学研究費補助金の交付を得て活動を本格化させた（基盤研究B「欧州・朝鮮・南洋航路を中心とする戦間期日本における旅行記の比較文化的研究」、研究代表者橋本順光、課題番号19320049）。科研費の申請時、研究会の成員・所属と分担は次のとおりだった（申請書掲載順。以下、敬称略）。

橋本順光（横浜国立大学）総括、コロンボ、ロンドン
鈴木禎宏（お茶の水女子大学）横浜
李建志（県立広島大学）朝鮮半島
大東和重（近畿大学）台湾、上海
西原大輔（広島大学）香港、シンガポール
須藤直人（立命館大学）南洋

山中由里子（国立民族学博物館）　アデン、ポートサイード

児島由理　マルセイユ

研究会は成員が所属する大学や博物館でおこない、右のような分担に基づいて研究発表を重ねた。それと並行して日本郵船歴史博物館で資料調査・蒐集をおこなったり、海外移住資料館（横浜）や神戸海洋博物館などを見学したりした。

研究会をおこなっていた当時、研究内容と関連する書籍の出版や展覧会の開催が相次いでいた。前者では大久保喬樹『洋行の時代――岩倉使節団から横光利一まで』（〔中公新書〕、中央公論新社、二〇〇八年）や小島英俊『文豪たちの大陸横断鉄道』（〔新潮新書〕、新潮社、二〇〇八年）などが、後者では、「美しき日本――大正昭和の旅」展（江戸東京博物館、二〇〇五年）、「スイス・スピリッツ――山に魅せられた画家たち」展（Bunkamuraザ・ミュージアム、二〇〇六年）、「パラオ――ふたつの人生 鬼才・中島敦と日本のゴーギャン・土方久功」展（世田谷美術館、二〇〇七―〇八年）、「美術家たちの『南洋群島』」展（町田市立国際版画美術館、二〇〇八年）などが思い出される。

研究会はこのような刺激に加えて、諸先生・先輩方の支援・励ましを受けて展開していった。特に、国際日本文化研究センターの稲賀繁美教授は二〇〇八年度から研究会に積極的に参加してくださるようになった。東京大学名誉教授の平川祐弘先生が展覧会の見学に参加してくださったこともあった。

研究会の成果は日本比較文学会で発表していった。最初の発表の機会は二〇〇九年十月三十一日の日本比較文学会関西支部大会（立命館大学衣笠キャンパス）で開催したシンポジウム「戦間期における南方航路の比較文学――南洋、シンガポール、ペナン、インド」である。この機会には橋本が司会を務め、「椰子の木と章魚の木――南洋群島ミクロネシア往還の果て」（須藤）、「西に行く日本人の見たシンガポール、東に帰る日本人の見たシンガポール」（西原）、「彼南・Penang・檳城――日本人の目に映った／映らなかったペナン」（大東）、「天竺へ

の道　暁烏敏を中心とする仏跡巡礼とアジア主義の相互関係」（橋本）という発表をおこなった。

二回目の成果発表は、二〇一一年六月十八日に九州産業大学で開催された日本比較文学会第七十三回全国大会でのワークショップ、「欧州航路の比較文学――和辻哲郎の『風土』を中心に」である。このときは司会・講師として橋本が全体の問題提起を、稲賀先生が和辻哲郎と『風土』論を、西原が「和辻哲郎のシンガポール体験」を、山中が南部商会について研究発表をおこなった。

欧州航路を通って多くの日本人が洋の東西を往還したが、こうした「洋行」はそれをおこなう個人にとっては通過儀礼ないし巡礼のようであり、日本という国にとっては呼吸ないし新陳代謝のようであった。「ウミニ　オフネヲ　ウカバシテ、／イッテ　ミタイナ、ヨソノ　クニ」と林柳波（一八九二―一九七四）が唱歌で歌ったように、海の向こうは憧憬（と怖れ）の対象であり、日本という島国に住む人びとが生の糧を探し、手に入れに行く場所である。その糧を持ち帰ることができるか否かが個人や国の命運を左右した。海外に出かけ、行く先々に関する記述を残すことは個人的な記録であると同時に、日本人という集団による世界領略の営みである。こうして数々の旅行記が集積し、独特の世界観（メンタル・マップ）が日本語圏で形成されていった。

序章「欧州航路の文学――船の自国化と紀行の自国語化」（橋本順光）にあるように、欧州航路の寄港地は明治以降、数々の旅行記に描かれることによって、日本語の世界で一種の「歌枕」のようになっていった。堆積していった個々の寄港地についての言説は、後に続く旅行者の思考・認識の基盤や制約になると同時に、後発の訪問者によって更新されていった。このように継承されていく土地に対する集団的な心象が、本研究会の研究対象だった。

本研究の見どころは、それぞれの港にそれぞれ異なる言語・文化・風俗・制度などが歴然と存在しているのを、訪問者たちがどのように記述していったか（あるいは、記述しなかったか）を、質・量の観点から考えたことにある。さらに、そうした多様な港が航路という形で――西原の言葉を借りればあたかも「東海道五十三次」のように——つながっているという点も重要な論点である。この寄港地間の連続性と不連続性が、様々なレベル、コンテクストのなかで旅行者の記録にどのように現れるかも重要な論点だった。様々な視線・思惑の交錯を取り上げることが旅行記の比較文学研究の醍醐味である。その意味で、本書が目指したのは単なる日本文化研究や外国文化研究ではないし、作家研究や作品研究でもなかった。

今回の共同研究の成果と言えるのは、「西回り」の世界一周によって形成される世界観と、「東回り」によって形成されるそれとの間に、差異がある可能性を見いだしたことだろう。「西回り」にしろ、「東回り」にしろ、日本の人々が欧米で「近代・文明」を体験し、それを日本に移植する努力をしたことに変わりはない。ただし、「西回り」の人々は、イギリスなどの列強によって支配されるアジアの植民地の過酷な現実を見聞してから欧米という先進国に入った。そのため、「近代・文明」を両手放しで受容したわけではなく、どこかで欧米が掲げる「文明」の独善性を冷ややかに見ていた。それに対して「東回り」の人々は、アメリカという先進国を見てからヨーロッパを見、それからアジア各国を経て日本に帰国した。このような人びとは「文明」の精華を最初に見聞してそれを良いものとして素直に受け入れ、アジア各地を通過するときにその素晴らしさを確認する傾向がある。「東回り」の代表的な事例として、岩倉使節団（岩倉具視、大久保利通、木戸孝允、伊藤博文ら）、高村光太郎、永井荷風などを指摘できる。「西回り」の人も「東回り」の人も、帰国後に日本の近代化を牽引することに変わりはない。しかし、どちらかと言えば「東回り」の人びとのほうが「欧米・近代」への信頼が厚く、それゆえ日本の後進性を見いだしたときに失望を強く感じるのではないだろうか。

研究会メンバーはそれぞれの問題意識からこの研究会に参加したが、個人的なことを書くと、本研究につながる問題意識を私が抱いたきっかけは一九九一年秋にさかのぼる。当時私は東京大学教養学部の二年生で、定年退官間際だった芳賀徹教授と平川祐弘教授の授業に出ていた。両先生が受け持っていたのは新設されたばかりの後期課程・教養学科第一・比較日本文化論分科の授業である。芳賀先生は「日本文化交流基礎論」を担当され、

「日本文化史における「海」の役割」について論じられた。一方、平川先生は「比較日本研究基礎論」を担当され、「外国の日本研究者の人と作品」について講義をされた。これらの授業を通じて私は場所・土地がもつイメージや、異文化を経験した人びとを論じることへの関心を抱いた。これら二つの関心を重ねているうちに「欧州航路（寄港地）の比較文化的研究」というテーマを思い付いたのは、九三年の春、学部四年生になる少し前である。このテーマを含め、卒業論文のテーマについていくつかの案を竹内信夫教授にご相談したところ、竹内先生は寄港地というテーマには難色を示された。そこで自分は竹内先生が勧めてくださった別のテーマで卒業論文を書いた。結果的にこの卒業論文は大学院進学後、博士論文へと発展していった。しかし「欧州航路の比較文学」という問題への関心を失ったわけではなかった。博士論文を仕上げ、再びこのテーマに挑むことを考えるようになったとき、幸いなことに自分と同じような関心をもっている人たちが見つかった。こうして冒頭の読書会が二〇〇四年に始まったのである。いま振り返ると、竹内先生の判断は正しかったようである。寄港地の研究は共同研究にふさわしいテーマだった。研究会のメンバーの関心は多岐にわたっていたが、各人の問題意識は船の航路と旅行記という枠組みのなかでうまく結び付いた。その研究の過程で、和辻哲郎を狂言回しとし、『風土』をあえて旅行記として読む、というアイデアが出てきた。その成果が前述の日本比較文学会でのワークショップである（私自身は何も貢献できなかったが）。

科研費の交付終了後、研究成果の出版を引き受けてくれる出版社を見つけるまでに少しの時間を要した。橋本さんのおかげで青弓社が見つかり、二〇一二年に論文集の入稿が始まった。ところがその後、研究資料の使用許諾や、一部の論文の入稿が遅れるなどの問題があり、出版が遅れた。その間に阿部純一郎『〈移動〉と〈比較〉の日本帝国史――統治技術としての観光・博覧会・フィールドワーク』（新曜社、二〇一四年）や和田博文『海の上の世界地図――欧州航路紀行史』（岩波書店、二〇一六年）などの類書が出版された。また、もろもろの制約によって李建志さんと須藤直人さんの論考を掲載できなかったことは誠に遺憾である。

研究会の活動は船旅に似ている。途中いろいろあったが、とにもかくにも本書の出版によってその船旅も終わりである。研究会が開催されていた当時、メンバーの肩書は助教授や助手であり、教授は一人もいなかった。しかし、本書の刊行の時点でそれぞれの所属や肩書はだいぶ変わり、もはや「若手」とは呼べない年齢に差しかかっている。最初の読書会の開始から干支が一巡したが、当初と同じ顔ぶれで研究の成果を出版できることは喜びである。本書に寄稿してくださった研究会の成員、および私たちを支えてくださった東京大学比較文学比較文化研究室のみなさま、そして日本比較文学会のみなさまに感謝を申し上げ、結びとする。

本書が執筆者それぞれの人生航路の記録の一部となり、また読者にとって新たな旅の出発点とならんことを。

ウミハ　大ナミ、
アヲイ　ナミ、
ユレテ　ドコマデ
ツヅクヤラ。

船名索引

人名索引

は

ま

や

ら

[著者略歴]

西原大輔（にしはら・だいすけ）
広島大学大学院教育学研究科教授
専攻は比較文学、日本文学
著書に『谷崎潤一郎とオリエンタリズム』（中央公論新社）、『橋本関雪』（ミネルヴァ書房）、『日本名詩選１・２・３』（笠間書院）、詩集に『七五小曲集』『掌の詩集』『詩物語』（いずれも七月堂）など

大東和重（おおひがし・かずしげ）
関西学院大学法学部教授
専攻は日中比較文学、台湾文学
著書に『文学の誕生』（講談社）、『郁達夫と大正文学』（東京大学出版会）、『台南文学』（関西学院大学出版会）、共訳書に黄錦樹『夢と豚と黎明』（人文書院）など

山中由里子（やまなか・ゆりこ）
国立民族学博物館准教授
専攻は比較文学比較文化
著書に『アレクサンドロス変相』（名古屋大学出版会）、編著に『〈驚異〉の文化史』（名古屋大学出版会）、共編著に*The Arabian Nights and Orientalism*（I.B. Tauris）など

児島由理（こじま・ゆり）
立教大学・大東文化大学非常勤講師
専攻は日独仏文化交流史
論文に「森鷗外と19世紀ドイツの学問観」（「鷗外」第68号）、「クルト・トゥホルスキーの「文化」批判」（「比較文学」第46巻）、「高浜虚子と横光利一の船旅」（「実践女子短期大学紀要」第30号）など

稲賀繁美（いなが・しげみ）
国際日本文化研究センター・総合研究大学院大学教授（並任）
専攻は比較文学比較文化、文化交流史
著書に『接触造形論』『絵画の臨界』『絵画の東方』『絵画の黄昏』、編著に『異文化理解の倫理にむけて』（いずれも名古屋大学出版会）、訳書にピエール・ブルデュー『話すということ』（藤原書店）など

［編著者略歴］
橋本順光（はしもと・よりみつ）
大阪大学大学院文学研究科准教授
専攻は英文学、比較文学
編著に『英国黄禍論史資料集成』全４巻（エディション・シナプス）、共著に『国際日本学入門』（成文社）など

鈴木禎宏（すずき・さだひろ）
お茶の水女子大学基幹研究院准教授
専攻は比較日本文化論、生活造形論
著書に『バーナード・リーチの生涯と芸術』（ミネルヴァ書房）など

欧州航路《おうしゅうこうろ》の文化誌《ぶんかし》　寄港地を読み解く

発行――――2017年1月27日　第1刷
定価――――2000円＋税
編著者――橋本順光／鈴木禎宏
発行者――矢野恵二
発行所――株式会社青弓社
〒101-0061 東京都千代田区三崎町3-3-4
電話 03-3265-8548（代）
http://www.seikyusha.co.jp
印刷所――三松堂
製本所――三松堂

ISBN978-4-7872-2069-1 C0021

富田昭次

旅の風俗史

鉄道の敷設や客船の就航、宿泊施設・観光施設の建設、旅情を誘うメディアの発達、スポーツリゾートの普及――旅行の原形を作った鉄道旅行、豪華客船、海外旅行などを、多くの貴重な図版を交えて紹介する。　定価2000円＋税

富田昭次

絵はがきで楽しむ歴史散歩

日本の100年をたどる

東京の名所案内、近代化する都市、暮らしと文化、近代史を飾った人々、新しい技術と産業、戦後復興と高度成長期の絵はがきを展示し、近代日本の100年という一大パノラマをカラーも交えて展望する。　定価2000円＋税

若林 宣

帝国日本の交通網

つながらなかった大東亜共栄圏

日本帝国を盟主として企図した大東亜共栄圏、その鉄道と海運・港湾、航空の交通網はズタズタで、兵站・物資流通は確保できないままだった。膨大な史料から、台湾・朝鮮などの植民地と東南アジアの実態を描く。　定価2000円＋税

曽山 毅

植民地台湾と近代ツーリズム

帝国日本による植民地統治下で、鉄道をはじめ交通インフラを整備して移動空間を拡張し、「近代化」が進められた台湾。膨大な史料の読解とポストコロニアルな方法で近代アジア史の死角を照らす労作。　定価6000円＋税

野村典彦

鉄道と旅する身体の近代

民謡・伝説からディスカバー・ジャパンへ

日本で鉄道が全国に敷設されたとき、地域や人々は生活に鉄道というメディアをどう織り込んでいったのか。民謡集や伝説集、案内記、旅行雑誌などから鉄道と旅の想像力の歴史をたどり、身体感覚の変容を描き出す。定価3400円＋税